사일런트 위치

V

침묵의 마녀의 비밀

Secrets of the Silent Witch

이소라 마츠리

Illust

후지미 난나

Contents
Secrets of the Silent Witch

003 【 프롤로그 】 동기님, 승부는 테이블에 앉기 전부터 시작되는 겁니다.

018 【 1장 】 윈터 마켓과 겨울 정령의 얼음 종

055 【 2장 】 위대한 마녀, 빛나는 바람을 두르고 강림하다

089 【 3장 】 비전(祕傳) 3번의 행방

122 【 4장 】 바르톨로메우스 바르의 제안

143 【 5장 】 육식 남자의 육식 토크

162 【 6장 】 저주받은 자

186 【 7장 】 꼭두각시가 죽음 앞에서 생각하는 것

215 【 8장 】 애정결핍증 환자, 도착

240 【 9장 】 모니카와 네로의 만남

266 【 10장 】 베네딕트 레인을 아는 자

294 【 11장 】 각자의 귀성

333 【 에필로그 】 이 소리에 맹세한다

351 【 시크릿
에피소드 】 '침묵의 마녀'가 모르는 몇 가지 일들

357 지금까지의 등장인물

364 후기

프롤로그 동기님, 승부는 테이블에 앉기 전부터 시작되는 겁니다.

그것은 리디르 왕국의 칠현인 중 한 명 '침묵의 마녀' 모니카 에버렛이 제2왕자 호위 임무를 맡기 반년 이상 전, 성에서 열렸던 신년 식전에 참석한 다음 날의 일이었다.

리디르 왕국에서는 새해 첫날에 식전을 거행하고, 그로부터 일주일간 연회가 이어진다. 그 기간에 칠현인은 성에 머물러야만 한다.

전날 식전에서 완전히 지쳐 버린 모니카는 연회에 얼굴을 내비치지 않고 마련된 객실에 틀어박혀 책을 읽고 있었다. 그러나 어찌 된 영문인지 차례차례 고용인이 찾아와서는 "목욕하시겠습니까?", "머리를 묶어드릴까요?" 등등 말을 걸었다.

아무래도 부스스한 땋은 머리나 시원찮은 안색 때문에 배려해 준 모양이다.

그러나 연회에 나갈 예정이 없는 모니카는 목욕도 머리 묶기도 할 필요가 없다. 그저 사람이 없는 곳에서 조용히 책을 읽고 싶을 뿐이었다.

그래서 모니카는 칠현인의 로브를 걸치고 객실을 나가서 칠현인이 모이는 '비취의 방'으로 향했다.

'비취의 방'은 특수한 결계가 보호하는 방이다. 칠현인과 국왕만 드나들 수 있어서 고용인이 차례로 찾아올 걱정은 안 해도 된다.

어차피 다른 칠현인은 연회에 나갔을 테니까, 이곳이라면 누구에게도 방해받지 않고 독서에 집중할 수 있을 거다.

모니카는 읽던 책과 평소에는 좀처럼 들지 않는 지팡이를 움켜쥐고 후드를 깊이 눌러쓰고는 '비취의 방'으로 향했다.

새해가 되어 떠들썩한 성안에는 출입하는 사람이 매우 많다. 누군가와 스쳐 지나가기만 해도 모니카의 위는 꽉 오그라들었다.

이윽고 도착한 '비취의 방' 문 앞에서, 모니카는 지팡이 끝을 문에 대고 마력을 주입했다.

이 문을 열려면 지팡이의 보석을 통해 마력을 주입해야 하니까.

모니카는 문을 조금 열어서 방을 들여다보자마자 이 '비취의 방'에 온 걸 후회했다.

"어라? 동기님."

"오, 침묵이냐! 마침 딱 좋을 때 왔구나. 이리 와라!"

원탁 앞에 앉아서 카드 게임을 하던 건 긴 밤색 머리를 땋은 젊은 남자와 검은 머리에 턱수염을 기른 40대 정도의 거한.

전자는 모니카의 동기인 '결계의 마술사' 루이스 밀러. 턱수염을 기른 거한은 '포탄의 마술사' 브래드포드 파이어스톤이다.

두 사람 모두 칠현인의 로브를 입었지만, 장식천을 제대로 여민 루이스와는 대조적으로 덩치가 큰 브래드포드는 로브의 장식천을 풀고 속에 입은 셔츠 옷깃을 드러냈다.

모니카는 무서워서 몸을 덜덜 떨었다.

지금 이 자리에 있는 건 칠현인 중 무투파 대표인 두 사람이다. 단적으로 말하면, 이 두 사람은 혈기가 왕성하고 성미가 급하다. 그래서 가능하면 동석하고 싶지 않았다.

실례했다고 말하며 돌아가고 싶었지만, 브래드포드가 이리로 오라고 손짓하고 있었다.

선배의 명령을 무시하고 돌아갈 용기가 있을 리 없기에, 모니카는 덜덜 떨면서 실내로 발을 들였다.

브래드포드는 "그래, 앉아라."라며 자기 옆 의자를 당겼다.

"침묵이 여기로 오다니, 별일이군?"

"아마 돌봐 주러 온 고용인이 무서워서 이리로 도망친 거겠죠."

루이스의 말을 듣자, 브래드포드는 짐작 가는 바가 있다는 표정을 지었다.

"아아, 어느 쪽 고용인이 칠현인을 돌보느냐로 경쟁하고 있기는 하지."

지금 성안에서는 제1왕자파와 제2왕자파가 서로를 견제

하는 중이다.

칠현인은 '결계의 마술사'가 제1왕자파고, '보옥의 마술사'가 제2왕자파지만, 그 이외에는 중립적인 입장이다.

각 파벌의 중진들은 중립에 있는 칠현인을 자기 진영으로 끌어들이고자 고용인을 써서 접대 싸움을 벌이고 있었던 모양이다. 어쩐지 고용인의 눈이 번쩍거린다 했다.

"그럼 객실에 있어 봤자 마음이 편치 않겠군. 침묵도 여기서 카드 게임이나 하자고."

그렇게 말한 브래드포드는 테이블에 흩어진 카드를 회수했다.

자기 손에 카드를 펼치고 있던 루이스가 살짝 웃었다.

"……패가 무척 안 좋으셨던 모양이군요."

"침묵도 끼워서 다시 하자고 생각했을 뿐이야."

"그거참."

루이스는 자기 손에 있던 카드를 뒤집어서 그림이 보이도록 책상에 놓았다. 카드에는 각자 용의 날개, 발톱, 눈 문양이 그려져 있었다.

모니카는 그 그림이 의미하는 바를 몰랐지만, 아무래도 루이스는 이미 어떤 족보를 완성한 모양이었다.

브래드포드는 "위험해라, 위험해." 하고 작은 목소리로 중얼거리며 카드를 모아 옆에 앉은 모니카를 봤다.

"침묵은 이 게임을 해 본 적이 있나?"

"아, 아뇨……."

"처음에 패를 일곱 장 돌릴 거다. 그리고 플레이어가 교대로 덱에서 한 장 뽑고, 한 장 버리지. 그렇게 그림 무늬를 모아서 용을 완성하는 게임이다."

브래드포드는 실제로 카드를 펼쳐서 족보를 설명했다.

초식 용이 가장 배점이 낮고, 이어서 하위종인 익룡, 지룡, 화룡, 수룡. 상위종인 녹룡, 황룡, 적룡, 청룡. 전설급인 백룡, 흑룡의 순서대로 배점이 커진다고 한다.

그리고 게임 시작 전에 그 판의 속성을 정해서 완성된 용이 그 속성이라면 점수가 두 배가 된다는 특수 룰도 있다나?

모니카가 아무 생각 없이 카드를 세는데, 브래드포드가 당연하다는 말투로 말했다.

"뭐, 패가 안 좋아도 승산은 있지. 그럴 때는 허세를 부리면서 강하게 나가는 게 포인트야."

그 말을 듣자 루이스가 "어라?" 하고 중얼거리더니 살짝 어깨를 으쓱했다.

"혹시 눈치 못 채셨습니까? '포탄의 마술사' 님은 패가 안 좋을 때 턱수염을 만지는 버릇이 있는데요."

"뭣이~?!"

브래드포드가 반사적으로 턱수염을 만졌다.

루이스는 방긋 웃으며 모니카를 봤다.

"이런 식으로 상대의 언동에 현혹되기 쉬운 멍청이가 망하는 게임입니다."

브래드포드는 턱수염을 누른 채 뺨을 실룩거리며 루이스

를 노려봤다.

그리고 옆에 앉은 모니카의 어깨에 두툼한 손을 올리고
는, 분노로 떨리는 중저음으로 중얼거렸다.

"침묵……. 나하고 편을 먹자. 저 녀석의 콧대를 눌러 주
자고."

모니카는 대답 대신 히익, 하고 일그러진 목소리를 냈다.

테이블 옆에는 은화, 동화가 쌓여 있었다. 이 두 사람은
돈을 걸고 하던 거다.

그런 승부에 말려들고 싶지는 않았지만, 브래드포드는 이
미 카드를 돌리기 시작했다.

모니카는 무릎 쪽 로브를 움켜쥐고는 덜덜 떨었다.

루이스가 덱에서 카드를 한 장 뽑고는 파란 날개 카드를
버렸다. 모니카는 그 카드에 체크메이트를 선언했다.

앞으로 한 장이면 용이 완성될 때, 상대가 버리는 패에 체
크메이트를 선언하면 그 카드를 빼앗을 수 있기 때문이다.

모니카는 루이스가 버린 카드를 더해서 패를 공개했다.

"저기, 수룡을…… 완성했, 어요."

모니카가 용을 완성했다는 선언을 듣자, 모니카와 페어였
던 브래드포드가 갈채를 보냈다.

"와하하! 왔다왔다왔다왔다! 운이 오고 있다고~!"

브래드포드는 기분 좋게 웃으며 모니카의 머리를 마구 어
루만졌다. 거한인 데다 목소리가 큰 남성이 거북한 모니카

포탄의 마술사
브래드포드 파이어스톤

는 의자 위에서 얼어붙은 채 당하고만 있었다.

　게임이 시작되고 2차전. 현재는 브래드포드&모니카 콤비의 연승이었다.

　모니카 맞은편에 앉은 루이스는 딱히 초조한 기색 없이, 오히려 꺼림칙할 만큼 싱글벙글 웃고 있었다.

　"이거이거, 역시 '침묵의 마녀' 님. 행운이 넘치시는군요."

　굳이 따지자면, 모니카 자신은 운이 나쁜 편이라고 생각한다.

　솔직히 지금까지 연승한 건 자신의 행운 덕이 아니라 루이스가 이기게 해 준 거라는 생각이 들 정도였다.

　모니카가 불길한 예감이 들어 흠칫거리며 떠는 와중에, 브래드포드는 다시 카드를 돌리며 산더미 같은 은화를 내밀었다.

　"좋아. 다음에는 은화 20닢을 걸겠다!"

　브래드포드의 선언을 듣고 모니카는 눈을 휘둥그레 떴다. 조금 전까지 세 닢이나 다섯 닢을 걸었는데, 지금은 너무나도 성급하다.

　"저기, 조금, 생각을 고치시는, 편이……."

　모니카가 당황하자, 브래드포드는 입꼬리를 씨익 올리고는 승리를 확신한 표정으로 귓속말했다.

　"나는 눈치챘다고. 결계는 패가 안 좋을 때 머리를 만지작거리는 버릇이 있어."

　"네……?"

모니카는 조심스럽게 루이스의 낌새를 엿봤다. 루이스는 손패를 바라보면서 여유롭게 웃고 있다.

그러나 그 오른손은 분명히 뺨에 붙은 머리를 매만지고 있었다.

"여기가 승부처야. 침묵. 저 녀석을 깨갱 하고 울게 만들어 주자고."

맹렬하게 불길한 예감이 든다. 그러나 브래드포드는 완전히 결심을 굳혔다.

그렇게 불안감을 남긴 채 게임이 진행됐다.

모니카의 패는 순조롭게 모였다. 한 장만 더 있으면 상위종인 적룡이 완성된다. 이번 판의 속성은 불이니까, 화속성인 적룡이라면 점수는 두 배가 된다.

그럼에도 모니카는 불길한 예감을 떨칠 수가 없었다. 왠지 이길 자리를 깔아 주는 듯한 느낌이 들었다.

불안감을 품으면서 덱에서 카드를 뽑은 모니카는 움찔하며 어깨를 움츠렸다.

(앗, 앗. '녹색 날개'가 왔어…….)

모니카가 예상하기로 루이스가 노리는 족보는 익룡 혹은 그 상위종인 녹룡이다. '녹색 날개' 카드를 버렸다가 그 카드에 체크메이트를 당하면 질 수도 있다.

(손패는 항상 일곱 장. 그중 여섯 장으로 이쪽은 상위종인 적룡이 완성돼……. 패는 앞으로 한 장만 들 수 있으니까, 여기서는 녹색 날개를 남기고 여분인 이빨 카드를 버리는

게 맞아.)

"동기님."

루이스가 손에 든 패로 입가를 가리며 키득거렸다.

"동요했을 때 어깨를 움츠리는 버릇은 고치는 게 좋아요."

"으…… 네헷……."

어깨를 움츠린 모니카에게 브래드포드가 귓속말했다.

"쫄지 마, 침묵. 자, 결계를 잘 보라고. 머리를 매만지고 있어. 패가 안 좋은 거야. 여기서는 과감하게 공격해 보자고."

"네에."라며 애매하게 수긍한 모니카의 눈앞에서 루이스가 판에 패를 버렸다.

루이스가 판에 내놓은 것은 '금색 눈'. 모니카에게 필요했던 마지막 카드 한 장이었다.

모니카가 체크메이트를 선언하기에 앞서, 브래드포드가 목소리를 높였다.

"체크다! 와~하핫! 적룡으로 났다! 이번 판의 속성 효과로 점수는 두 배! 미안하구나, 결계!"

승리의 함성을 내지른 브래드포드 앞에서, 루이스가 자기 손패를 공개했다.

"이거 실례. 실은 저…… 주룡(呪龍)을 완성했거든요."

루이스의 패를 본 브래드포드가 침묵했다.

상황을 이해하지 못한 모니카는 루이스의 패를 빤히 바라봤다.

루이스는 이미 익룡이라는 족보를 완성했다. 하지만 그와는 별도로 '저주'라고 적힌 카드가 있었다. 지금까지 나온 카드 중에서 아직 모니카가 한 번도 쓰지 않은 카드다.

모니카가 의아한 표정을 짓자, 루이스는 웃으며 해설했다.

"용을 완성시키고, 그러면서 패에 저주 카드가 있을 때 주룡이라는 특수한 족보가 성립합니다."

주룡── 이른바 저주를 받은 용은 역사상으로 따져도 매우 드문 용 재해의 일종이다.

"저기이……. 그건, 용을 완성했다는 선언을, 안 하는 건가, 요?"

"주룡은 완성되더라도 선언할 필요가 없어요. 그리고 자기 이외의 플레이어가 완성했다고 선언했을 때……."

루이스의 미소가 짙어졌다.

"점수를 모조리 마이너스로 바꾸죠."

"에윽?!"

즉, 대승이 단숨에 대패로 변했다는 뜻이다.

저주 카드는 지금까지 한 번도 나오지 않았고, 모니카는 주룡이라는 특수 룰을 몰랐다.

그러나 그걸 변명 삼아서 도망치게 놔둘 루이스가 아니다.

"불만 있습니까? 정식 룰을 직접 알아보지 않고 타인의 설명을 그대로 받아들여서 승부의 자리에 선 당신이 어리석은 겁니다."

그렇게 말한 루이스는 보란 듯이 옆머리를 어루만졌다.

모니카는 새삼스럽게 깨달았다.

"호, 혹시, 루이스 씨가, 불리할 때 머리를 매만지던 것도……."

"말했잖아요? 상대의 언동에 현혹되는 멍청이가 망하는 게임이라고."

즉, 불리할 때 머리를 매만진 것도 이쪽이 공세에 나서게 하기 위한 연기였다는 거다.

브래드포드가 무릎을 꿇었고, 루이스는 희희낙락하며 산더미 같은 은화를 자기 손으로 그러모았다.

크게 진 모니카는 브래드포드에게 미안하다고 생각하면서 판에 나온 카드를 바라봤다.

사실 모니카는 루이스가 패를 보여 줬을 때부터 신경 쓰이는 점이 있었다.

"저기이, 루이스 씨……. 카드 장수가…… 안 맞는 것, 같은데……."

"기분 탓이 아닐까요?"

"아뇨."

루이스가 살며시 웃자, 모니카는 또렷하게 단언했다.

앳된 얼굴에서 쭈뼛거리던 표정이 사라지고, 동그란 눈은 깜빡이지도 않은 채 카드를 바라봤다.

"지금까지 한 게임을 토대로 역산하면 이빨 카드는 덱 안에 여덟 장 있던 게 돼요. 한 장이 많아요. 저는 버린 패를 전부 기억하니까 틀림없어요."

이럴 때만 막힘없이 말하는 모니카를 보고 루이스는 더더욱 귀여운 동작으로 고개를 갸웃했다.

"동기님, 승부는 테이블에 앉기 전부터 시작되는 겁니다."

"즉, 테이블에 앉기 전부터 사기를 치려고 했다, 그런 거로군? 이봐, 결계. 잠깐 그 로브 좀 벗어서 보여 주시지?"

"이런 추운 날에 참 너무하시는군요."

루이스가 의자에서 일어나 슬금슬금 다리를 끌며 입구로 다가갔다.

사기임을 확신한 브래드포드는 사나운 미소를 지으며 루이스에게 지팡이를 내밀었다.

"카드 게임만 하다 보니 마법전도 하고 싶어졌군. 잠깐 어울려 줘라, 결계."

"기운찬 중년이군요. 마법병단 대기소로 가심이 어떨지?"

브래드포드가 공격 마술 영창을 시작했다.

그에 맞춰 루이스도 단축 영창으로 방어 결계를 폈다.

'비취의 방'은 강고한 결계가 보호해서 간단히 파괴되지 않는다. 그렇기에 루이스가 친 방어 결계는 술자만 지키는 것이었다. 당연하게도 그 결계가 보호하는 대상에 모니카는 포함되지 않는다.

모니카는 "으갸아아!" 하고 비명을 지르며 원탁 아래에 숨어서 무영창으로 방어 결계를 발동했다.

십여 분 후, '비취의 방'에서 기운차게 날뛰던 '포탄의 마술사'와 '결계의 마술사' 두 명은 '별을 읽는 마녀'와 함께 달려온 '가시나무의 마녀'가 구속했다.

책상 밑에 웅크려서 공허한 눈으로 숫자를 외던 '침묵의 마녀'는 '별을 읽는 마녀'가 무사히 보호했다.

Now Monica is no longer a helpless child.

지금의 모니카는 이제 무력한 아이가 아니다.

She is the Seven Mages,

the "Silent Witch".

칠현인 '침묵의 마녀'다.

사일런트＋위치

V

침묵의 마녀의 비밀

Secrets of the Silent Witch

1장 원터 마켓과 겨울 정령의 얼음 종(오르테리아 차임)

세렌디아 학원에서 도보로 한 시간이 걸리는 도시, 크레메에서는 동초월이 되면 동지(冬至) 전에 윈터 마켓이 열린다.(셀그리아)

제2왕자 호위 임무 때문에 세렌디아 학원에 잠입한 모니카는 이곳에 와 본 적이 있었지만, 예전에 왔을 때보다 거리가 소란스럽고 포장마차도 늘었다.

리디르 왕국은 동지 당일부터 열흘간 동지 연휴가 있고, 연휴가 끝난 다음 날을 새해로 정했다. 이 연휴 동안에는 대부분의 가게가 닫으므로 사람들은 동지 전에 쇼핑을 끝마치려 한다.

오늘은 세렌디아 학원의 휴교일이라서 모니카는 호위 임무 협력자인 이자벨 노튼과 그녀의 시녀 애거서와 함께 윈터 마켓을 찾았다.

(역시, 사람이 많네에……. 윽, 긴장돼.)

그래도 처음에 이 도시로 왔을 때 사람이 무서워서 웅크렸던 걸 생각하면 지금은 많이 나아진 편이다.

긴장하면서 몸을 웅크린 채 걷는 모니카는 예전에 루이스에게 받은 외출복을 입고 코트를 걸친 차림이다.

옆을 걷는 이자벨은 짙은 노란색 드레스에 모피를 둘렀고, 애거서는 시녀복이 아니라 초콜릿 브라운 색의 외출복을 입었다.

오늘 외출한 목적은 이자벨 아가씨의 쇼핑이다.

고개를 수그리고 걷는 모니카에게 이자벨이 들뜬 목소리로 말했다.

"자, 마켓 행사장으로 가 보죠. 언니!"

애거서가 작은 목소리로 눈에 띄게 활기 넘치는 이자벨을 타일렀다.

"아가씨. 이 도시에는 세렌디아 학원 관계자분이 계실지도 모르니까 조심하세요."

"그랬었지. 그럼…… 여기서는 악역 영애답게 가 볼까요."

이자벨은 모니카에게서 떨어지고는 턱을 슬쩍 들고 외쳤다.

"자, 가자. 짐꾼! 늦으면 각오하라고!"

모니카를 짐꾼 취급하는 이 악역 영애는 산 물건을 모두 마차로 보내게 조치했기에, 모니카가 들 짐 같은 건 있을 리 없었다.

윈터 마켓에서는 광장을 중심으로 포장마차나 노점이 늘어서서 동지 연휴 동안에 쓸 식재료나 오래가는 과자, 동지에 장식할 화환 등을 팔았다.

그중에는 손님의 취향에 맞춰서 그 자리에서 화환을 만들어 주는 가게도 있었다.

동지의 화환은 일종의 액막이다. 집에 장식하여 재앙을 피하고 새해의 행복을 부른다고 전해진다.

모니카도 어린 시절에는 아버지와 함께 덩굴과 리본의 비율이나 솔방울의 배치를 계산하면서 화환을 만들었었다.

(화환이라…… 그립, 네.)

모니카의 양어머니는 기성품을 장식했었고, 모니카가 칠현인이 되어 산속 오두막 생활을 시작하고 나서는 화환을 장식하지도 않았다.

모니카가 형형색색의 리본으로 장식된 화환을 바라보자, 이자벨이 설탕 과자 가게 앞에서 발을 멈췄다.

"우선은 귀성 선물을…… 오래가는 과자도 몇 종류 필요하겠네. 그리고 향기가 좋다고 평판이 자자한 비누 가게도 들르고 싶고…… 앗, 그리고 고아원 아이들에게 새로운 책을 사다 주고 싶어."

책이라면 케르벡 백작령에서도 살 수 있지만, 동부 지방인 케르벡에는 책의 입고가 조금 늦는 모양이다.

한편, 크레메는 비교적 왕도와 가까워서 유행하는 책이 금방 입고된다.

이자벨이 사고 싶은 것을 손가락으로 꼽자, 눈치 빠른 애거서가 진언했다.

"비누 가게는 이 거리를 쭉 나아가서 모퉁이 쪽에 있어요. 서점은 다른 거리에 있답니다. 아가씨."

"그럼 먼저 과자를 사야겠어. 동부에서는 잘 못 보는 과자가 좋겠네……."

오늘 쇼핑은 이자벨의 귀성 선물이 메인이다.

셸그리아를 맞이한 세렌디아 학원은 다음 주부터 겨울방학에 들어간다.

리디르 왕국에서는 동지부터 새해 사이의 기간은 가족끼리 보내는 것으로 되어 있기에 학생들은 다들 귀성하고, 기숙사도 완전히 폐쇄한다.

가족이나 고용인에게 보낼 선물로 설탕 과자 열 상자를 산 이자벨은 짐을 마차로 보내라고 점원에게 지시하고는 안타까운 표정으로 한숨을 내쉬었다.

"아아, 가능하다면 언니와 함께 동지 연휴를 보내고 싶었는데……."

이자벨은 모니카에게 함께 자신의 본가에 귀성하자고 권유했다. 모니카도 당초에는 그 권유를 받아들이려고 했다.

이자벨과 그 가족에게는 매우 많은 도움을 받고 있어서 한 번쯤은 제대로 감사를 표현하고 싶었다.

그러나 이틀 전, 칠현인 중 한 명인 '별을 읽는 마녀' 메리 하비가 어떤 예언을 해서 사태가 급변했다.

──올겨울, 우리 나라에 용 재해의 전조 있음.

이 나라 제일의 예언자가 남긴 말 때문에 온 나라가 용을 경계하고 있다.

'별을 읽는 마녀'가 예언한 이상, 칠현인인 모니카도 호출될 것이다. 그래서 모니카는 이자벨의 귀성에 동행할 수가 없었다.

(그러고 보니, 이 도시의 경비가, 굉장히 삼엄해졌어…….)

크레메에서는 예전에 지룡이 나온 적이 있다. 그렇기에 용 재해 예언을 경계하는 것이리라.

원래 추위에 약한 용이 활동적으로 변하는 건 봄과 여름에 걸쳐서다. 대부분의 용은 동면하기에 겨울은 용 재해가 적은 계절이다.

그러나 '별을 읽는 마녀'의 예언이라면 겨울이라도 경계할 수밖에 없다. 그 사람의 예언은 과거에도 몇 번이고 이 나라를 구했으니까.

"저, 언니와 함께 동지의 민스파이와 진저 케이크를 먹으면서 저희 케르벡 백작령의 볼거리를 안내해 드리고 싶었어요……!"

그렇게 말하는 이자벨의 눈가에는 눈물이 반짝이며 아른거렸다. 상당히 분한 모양이다.

"아가씨, 아가씨. '침묵의 마녀' 님이 곤란하세요."

애거서의 말을 듣자, 이자벨은 고개를 홱 들고는 손수건으로 눈시울의 눈물을 삭 닦았다.

"이러면 안 되죠. 쉽게 눈물을 보여서는 악역 영애의 수치…… 악역 영애가 흘리는 눈물은 가짜 눈물뿐이라고 정해져 있으니까요."

"그, 그런 엄격한 규정이 있는 건가요……."

놀라는 모니카 앞에서 이자벨은 단호하게 표정을 바로잡았다. 그 표정은 기품 있는 영애의 것이었다.

"추한 모습을 보여드렸네요. 언니와 함께 겨울방학을 만끽하고 싶다는 마음은 변함없지만…… 지금은 용 재해 대책이 최우선이에요."

리디르 왕국에서 특히 용 재해가 많은 곳은 케르벡 백작령을 비롯한 동부 지방이다.

케르벡의 역사는 용과 벌인 싸움의 역사와 마찬가지다. 케르벡 백작 영애인 이자벨은 용 재해의 공포를 모니카보다 훨씬 잘 안다.

우려에 잠긴 표정을 짓는 이자벨에게 모니카가 어색하게 말을 걸었다.

"저기, 용 재해 대책에는, 용기사단만이 아니라, 칠현인도 움직인다고 하니까……. 어쩌면, 저, 이자벨 님의 집 근처에, 파견될지도 몰, 라요!"

"어머! 만약 그렇게 된다면 꼭꼭꼭꼭, 말씀해 주세요. 저희 케르벡 백작령이 총력을 기울여서 언니의 용 퇴치를 지원할게요!"

"아뇨. 저, 저는 괜찮으니까……. 아무쪼록, 영지의 경비에 인원을 할당해 주세요……."

모니카가 소곤거리던 그때, 주변을 경계하던 애거서가 작은 목소리로 "아가씨." 하고 속삭였다.

이자벨은 모니카에게 보이던 친애가 담긴 미소를 거뒀다.

그리고 심술궂은 표정으로 턱을 젖히면서 크게 울리는 목소리로 말했다.

"아아, 가족과 평온하게 보내야 하는 동지 연휴에 당신 같은 사람이 우리 집에 있다니, 난 도저히 참을 수가 없어! 당신을 가족이라고 생각하고 싶지도 않아! 당신에게는 마구간이 어울려!"

"저, 저기……?"

갑작스러운 악역 영애 연기에 모니카가 곤혹스러워하자, 시녀 애거서가 얼굴은 그대로 두고 눈만 움직여서 모니카를 바라봤다.

"제 오른쪽 대각선 후방에 있는 여성 2인조, 세렌디아 학원의 학생입니다. 아무래도 이자벨 아가씨를 눈치챈 기색이라……."

이자벨과 모니카의 관계가 들키지 않게 항상 주변에 주의를 기울이는 애거서가 작은 목소리로 이자벨에게 물었다.

"어떻게 하실 건가요? 아가씨?"

이자벨은 고민에 잠긴 듯 살짝 시선을 내리더니 신중하게 입을 열었다.

"사실은 언니와 함께 좀 더 느긋하게 있고 싶었지만……. 여기서는 만약을 위해 따로 행동하죠. 괜찮으신가요? 언니?"

"네, 넷!"

모니카가 수긍하자, 이자벨은 오렌지색의 돌돌 말린 머리를 젖히면서 크게 울리는 목소리로 말했다.

"잔뜩 걸었더니 피곤해졌어! 어딘가에서 차라도 마시고 있을 테니까, 당신은 이 메모에 적힌 걸 전부 사 오도록 해."

그렇게 말한 이자벨은 주머니에서 꺼낸 메모지를 모니카에게 떠넘겼다.

메모지는 백지였다.

"한 시간 뒤에 시계탑 앞에서 기다리겠어. 조금이라도 늦으면 가만두지 않을 거야!"

그렇게 말한 이자벨은 애거서를 데리고 조금 떨어진 곳에 있는 여학생에게 마치 방금 알아챘다는 표정으로 "어머, 평안하신가요." 하고 말을 걸었다.

그 틈에 모니카는 이자벨과는 반대 방향으로 이동했다.

케르벡 백작 영애 이자벨 노튼과 그 일행인 모니카 노튼. 이 두 사람을 멀리 떨어진 곳에서 관찰하는 한 남자가 있었다.

사람의 기억에 그다지 남지 않을 수수한 얼굴에 갈색 머리를 한 30대 중반쯤의 남자다. 평균 키, 평균 몸집에 흔한 외투를 걸쳤다.

남자는 어느 인물에게 고용된 탐정이었다.

탐정이라고 해도 소설의 주인공 같은 명추리를 보이며 화려하게 사건을 해결하진 않는다.

그는 탐정이지만 추리 같은 건 해 본 적이 없고, 기본적인 업무는 감시와 애완동물 찾기이다. 이번 의뢰는 모니카 노튼이라는 소녀의 감시였다.

　(역시 모니카 노튼은 케르벡 백작 영애에게 괴롭힘당하고 있군. 저 영애가 모니카 노튼을 매도하는 밉살스러운 목소리는 도저히 연기하는 것 같지 않아.)

　아니, 연기하는 게 맞다.

　그러나 그걸 모르는 탐정은 이제 어떻게 할지 고민에 잠겼다.

　(의뢰주는 모니카 노튼을 감시하라고 했지만…… 정말로 저 소녀에게 뭔가 있는 건가? 감시라면 거물인 케르벡 백작 영애 쪽을 하는 게 맞을 텐데…….)

　이자벨에게 쇼핑 명령을 받은 모니카는 메모를 손에 들고 허둥지둥하며 쭈뼛거리고 있었다. 솔직히 말해서 전혀 감시할 가치가 없어 보인다.

　(뭐, 그래도 의뢰주의 명령이니까. 일단 감시하기로 할까.)

　남자는 자신을 타이르고는 모니카 노튼의 미행을 계속했다.

＊ ＊ ＊

　이자벨과 헤어진 모니카는 무의미하게 그 자리를 왔다 갔다 했다.

　(한 시간 뒤에 시계탑 앞에서 만나기로 했는데, 그때까지 뭘 하지…….)

　일단 이자벨이 쇼핑 명령을 내린 만큼 뭔가를 사기라도

해야 하나. 방에 있는 네로에게 과자를 사다 주는 것도 나쁘지 않을 것 같다.

얼마 전의 모니카였다면 사람이 많은 윈터 마켓에서 걷는 것만으로도 곤란했겠지만, 지금은 가게를 돌면서 원하는 걸 사는 정도는 가능하다. 목소리가 큰 점원이 말을 거는 건 아직 조금 거북하지만.

최대한 자신에게 말을 걸지 않는 점원이 있는 가게가 좋겠다고 생각하면서 가게를 바라보자, 귀에 익은 목소리가 들렸다.

"에에잇, 대체 언제까지 먹고 있을 거냐! 선물을 보러 온 게 아니었나?!"

"그치만 잔뜩 걸었더니 배가 고프지 않습까. 앗, 부회장님도 어떠심까?"

"필요 없다! 쇼핑이라는 목적이 있다면 우선 그걸 먼저 끝내야 하지 않나!"

"어슬렁거리면서 보는 게 즐겁지 않습까~."

모니카는 저도 모르게 목소리가 들린 쪽으로 눈을 돌렸다.

음식을 파는 포장마차 앞에서 소란을 피우는 건 은발을 뒤로 넘겨 묶은 선이 가는 청년과 금갈색 머리를 한 장신의 청년—— 시릴 애슐리와 글렌 더들리였다.

두 사람 다 교복 차림은 아니다. 시릴은 차분한 분위기의 외출복을, 글렌은 그야말로 마을 사람의 평상복 같은 분위기의 움직이기 편한 옷을 입었다.

모니카가 발을 멈추고 두 사람을 바라보자, 글렌이 이쪽을 알아채고 한 손을 휘저었다.

"앗, 모니카다! 모니카도 왔었음까!"

인파 속에서 지인을 발견했을 때 말을 걸면 폐가 될까 신경 쓰는 모니카에게 있어서 글렌처럼 먼저 말을 걸어 주는 사람은 굉장히 고마운 존재다.

모니카는 두 사람을 향해 파닥거리며 다가갔다.

"시, 시릴 님, 글렌 씨. 안녕하세요……. 저기, 쇼핑, 하시나요?"

"그렇습다! 나는 귀성 선물을 찾고 있었는데……."

글렌이 그렇게 말하자, 팔짱을 낀 시릴이 고개를 끄덕였다.

"우리 학원 학생이 학원 밖에서 문제를 일으키면 전하에게 폐가 되니까. 후배를 감독하는 건 전하의 측근으로서 당연한 책무이며……."

"그때 부회장님하고 우연히 만나 같이 쇼핑하고 있었습다!"

시릴의 말을 악의 없는 표정으로 가로막은 글렌이 품에 안고 있던 종이봉투에서 과자를 하나 꺼냈다.

엄지와 검지로 고리를 만든 것 같은 크기의 튀김과자다. 글렌은 옅은 갈색으로 잘 튀겨진 과자를 "자." 하고 모니카에게 내밀었다.

"가, 감사, 합니다."

모니카는 살짝 감사를 표하면서 과자를 받고는 약간 따스한 튀김과자를 살짝 깨물었다.

달걀과 밀의 부드러운 맛이 나는 반죽에는 살구잼이 들어 있었다. 살짝 신맛이 나는 잼이 반죽의 소박한 단맛과 잘 어울렸다.

모니카가 잼의 열기 때문에 숨을 내쉬면서 과자를 먹자, 의리 있게 다 먹을 때까지 기다리던 시릴이 물었다.

"노튼 회계는 여기까지 혼자 온 건가?"

"아뇨. 이자벨 님하고 같이 왔어요. 지금은, 잠깐 따로 행동하는 중이라……. 저기, 한 시간 후에 만나기로, 했어요."

모니카의 말을 듣자, 시릴이 험악한 표정을 지었다.

"여학생이 혼자 행동하는 건 좋지 않은데."

"그럼 약속한 시간까지 우리하고 같이 있으면 문제없지 말임다! 모니카, 같이 쇼핑하죠! 마침 여자아이의 조언이 필요했슴다!"

여자아이의 조언이라는 말을 듣고 모니카는 표정이 굳었다.

모니카는 자신의 감성이 일반적인 여자아이의 기준과는 동떨어졌음을 자각하고 있었다.

"저기, 조언이라니…… 뭘…… 말인가요?"

모니카가 조심스럽게 물어보자, 시릴과 글렌이 동시에 대답했다.

"여성이 좋아하는…… 선물을 알고 싶다."

"여자아이는 뭘 받아야 기뻐할까?"

마도서나 수학서가 기쁘다……라고 말하면 안 된다는 건 아무리 모니카라도 학습했다.

모니카는 으으음, 하고 신음하면서 고개를 갸웃했다.

"저기, 여성에게, 선물을 사 주고 싶은 건가, 요?"

"우리 집은 여동생이 두 명 있습다. 그래서 귀성할 때 꼭 선물을 사 오라고 시끄럽게 굴지 말임다. 그것도 세련되고 귀여운 걸 달라면서요!"

세련되고 귀여운 것—— 그건 라나의 특기 분야다.

모니카는 관자놀이를 손가락으로 꾹꾹 누르면서 이럴 때 라나라면 어떤 걸 살지 생각했다.

(라나라면…… 화장품이나 액세서리라든가……. 앗, 얼마 전에는 향수도 갖고 싶다고 했었어…….)

글렌 여동생의 나이는 모르지만, 향수는 너무 성숙한 느낌이 든다.

그때 모니카는 한 가지 물건을 떠올렸다. 이자벨이 말하지 않았는가. 향기가 좋다고 정평이 난 비누가 있다고.

"저기, 비누 같은 건, 어떨까요……. 저기, 좋은 향기, 난다던데요. 이자벨 님도 갖고 싶다고…….."

자신이 실제로 써 본 건 아니니까 자신감을 가지고 추천할 수 없어서 슬펐다.

그러나 이게 모니카가 할 수 있는 최선의 제안이었다.

글렌은 튀김과자 하나를 입에 넣고는 고개를 갸웃했다.

"음…… 비누가 좋은 향기를 낼 필요가 있음까? 때를 씻어 내기만 하면 되지 않슴까?"

"불쾌한 향기가 나는 것보다야 낫겠지. 옛날에 만든 비누는 독특한 냄새가 나서 거북하게 느끼는 사람도 많았다고 들었다. 그리고…… 먹으면서 말하지 마라. 예의가 아니다."

글렌은 과자를 우물거리면서 고개를 끄덕였다.

시릴은 어이없다는 듯이 한숨을 내쉬고는 모니카를 바라봤다.

"노튼 회계. 그 비누를 파는 가게의 위치를 아나?"

"아, 네. 알아요!"

이 거리를 똑바로 나아가서 모퉁이…… 애거서가 그렇게 말했었다.

"안내해 줄 수 있을까?"

"네!"

모니카는 힘차게 대답했다.

모니카가 할 수 있는 건 정말 사소한 일이지만, 그래도 존경하는 사람이나 친구가 의지하니까 기뻐서 가슴이 근질근질했다.

큰길 모퉁이에 있는 비누 전문점은 여성 손님으로 북적였다. 평판이 좋다는 건 사실인 모양이다.

손님 중에는 고용인을 동반한 세렌디아 학원 학생으로 보이는 영애도 몇 명 있었다. 그런 영애는 시릴이나 글렌을 힐끔거려서 금방 알 수 있었다.

"아, 진짜다! 뭔가 좋은 꽃향기가 난다!"

가게에 들어가자마자 글렌이 목소리를 높였다.

작은 꽃무늬 천이 깔린 선반에는 허브나 꽃향기가 나는 비누가 귀엽게 포장되어 놓여 있었다.

비누 중에는 장미 꽃잎이 든 것도 있었다. 글렌이 그 비누의 홍보 문구를 보고 의아한 표정을 지었다.

"『바로크 부인도 애용!』이라고 되어 있는데, 바로크 부인이 누구임까?"

"아마 바로크 백작 부인이겠지. 미용에 박식해서 사교계에서도 유명하다고 들은 적이 있다."

시릴이 대답하자, 글렌은 그러냐며 수긍하고는 꽃잎이 든 비누를 하나 집어 들었다.

"그럼, 그 어쩌고 부인 걸로 하겠슴다! 이거라면 여동생도 납득할 테니까."

"여동생이 두 명 있다고 하지 않았나? 두 개 사지 않아도 되는 거냐?"

글렌은 시릴에게서 눈을 돌리며 속삭였다.

"그치만 이 비누 엄청 비싸잖슴까. 그러니까 반으로 잘라서 다시 포장하면 되지 않을까 해서……."

"불성실하군. 하나씩 사 줘라."

"에이…… 선물이 너무 호화로우면 여동생의 요구가 점점 터무니없어짐다~."

글렌은 투덜거리면서도 결국 비누를 두 개 들었다.

그걸 곁눈질한 시릴도 라벤더 비누를 하나 들었다.

(클로디아 님에게 주려는 걸까……?)

모니카가 가만히 바라보자, 시릴은 왠지 조마조마한 기색으로 빠르게 말했다.

"이건…… 저기, 내 고향에는 라벤더가 드물어서……"

"아, 네. 좋은 향이라고, 생각해요."

모니카는 미용으로 유명한 백작 부인이 애용하는 것보다 자신이 좋아하는 향을 사는 게 더 낫다고 생각했다.

모니카가 솔직하게 고개를 끄덕이자, 시릴은 왠지 맥 빠지는 표정으로 살짝 웃었다.

"그렇지……. 이걸로 해야겠어."

시릴이 계산대로 향하는 걸 배웅한 모니카는 라벤더 비누를 곁눈질했다.

(용 재해 예언이 있어서, 올해는 들르지 못할지도 모르지만…… 가는 게 무리라면 비누만 보내도 되니까……. 응.)

모니카는 라벤더 비누를 두 개 들고 계산대 줄에 섰다.

세 사람이 비누 전문점을 나서자, 어딘가에서 딸랑딸랑 맑고 고운 소리가 들렸다.

"아, 오르테리아 차임이다."

글렌이 모퉁이를 돌면 있는 작은 광장으로 눈을 돌리고는 목소리를 높였다.

글렌의 시선이 향한 곳, 광장 중앙에 설치된 것은 어른 키 정도 높이의 폴대였다. 그곳에는 기다란 금속 통이 수없이 매달려 있고, 사이사이로 눈 결정을 본뜬 장식이 흔들렸다.

북풍이 불어서 통이 흔들리면 금속 통들이 부딪혀 딸랑거리는 아름다운 소리를 낸다.

오르테리아 차임이라 불리는 그것은 오르테리아라는 빙령(氷靈)의 전승이 유래가 되었다.

옛날 어떤 곳에 오르테리아라는 얼음 정령이 있었다.

상위 정령이면서도 힘이 약했던 오르테리아는 소멸할 위기에 처했을 때 정령신에게 도움을 청하고자 미약한 힘을 긁어모아 얼음 종을 만들었다. 평범한 종이 아니다. 무척이나 청량한 소리를 내는, 겨울의 아름다움을 모은 종이다.

오르테리아는 얼음 종을 울리며 정령신을 불렀다.

——신이시여, 신이시여. 부디 저를 알아채 주세요.

——신이시여, 신이시여. 부디 저의 목소리에 귀를 기울여 주세요.

——신이시여, 신이시여. 부디 제게 아주 작은 축복을…….

오르테리아의 종소리를 들은 정령신은 소멸 직전이던 오르테리아를 구하고 가호를 내렸다고 한다.

그런 전승에 따라 만들어진 것이 오르테리아 차임이다.

오르테리아 차임을 울리면서 기원하면 신이 귀를 기울여 축복을 준다—— 나아가서는 소원이 이루어진다고 전해진다.

"우리 고향에서는 겨울이 되면 학교나 교회 같은 데 설치되곤 했슴다. 잠깐 울리고 가도 됨까?"

"글렌 씨. 바라는 게, 있나요?"

모니카가 글렌을 올려다보자, 글렌은 조금 쑥스러운 듯 목뒤를 긁었다.

"바라는 거라기보다는, 힘내자~는 느낌이지 말임다."

"그렇군. 목표를 세우고 신에게 선서하는 건가. 좋은 마음 가짐이다."

"헤헷."

시릴이 진지하게 감탄하자, 글렌은 살짝 웃고는 오르테리아 차임의 손잡이를 당겼다.

금속 통과 사이에 매달린 얼음 결정 장식이 흔들리면서 딸랑딸랑 맑고 고운 소리가 났다. 글렌은 그 소리가 사라지기 전에 커다란 목소리로 외쳤다.

"마술 수행, 힘내자~!"

기분 좋은 선서다. 그러나 목소리가 너무 커서 주변 사람들이 발을 멈추고 이쪽을 주목했다.

낯가림이 심한 모니카가 저도 모르게 어깨를 움츠리자, 글렌이 몸을 돌려 모니카를 봤다.

"모니카도 울리고 갈 겁까?"

"으엑?! 저기…… 저기…………."

'저는 괜찮아요.' 평소의 모니카라면 그렇게 말했으리라.

하지만 지금의 모니카는 글렌의 힘내자는 선언이 왠지 무척 근사하게 들렸다.

무엇보다 이 자리에서 글렌이 선서하고 싶어진 마음을 모니카도 조금 공감했다.

(나의, 목표…….)

모니카는 앞으로 나아가서 오르테리아 차임의 손잡이를 잡았다.

그리고 자신의 마음을 확인하고자 눈을 감고 입을 열었다.

"저, 처음 이 도시에 왔을 때는 무서워서, 글렌 씨가 말을 걸어 줄 때까지, 한 발짝도 걷지 못했어요……."

쪼그려 앉아, 눈을 감고, 숫자만 생각하며 그렇게 도망칠 수밖에 없었다.

다정한 누군가가 손을 잡아당겨 주는 것에 의지했을 뿐, 자신이 뭔가를 하려는 생각조차 하지 않았다.

"그런데, 오늘 왔더니, 걸을 수 있었어요. 전보다 사람이 많은데도요. 그러니까, 저기……."

모니카는 오르테리아 차임을 흔들었다.

금속 통과 눈 결정 장식이 흔들리며 딸랑거리는 아름다운 소리를 냈다.

"그, 그런 걸, 좀 더 노력하고 싶, 어요!"

말이 그리 잘 나오지는 않았지만, 틀림없는 모니카의 본심이었다.

모니카가 손잡이 끈을 놓고 돌아보자, 팔짱을 끼고 있던 시릴이 살짝 끄덕였다.

"글렌 더들리, 모니카 노튼."

"넵!"

"네, 넷!"

시릴은 허리를 쭉 편 두 사람을 번갈아 보고 짧게 답했다.

"기대하마."

모니카와 글렌은 얼굴을 마주 보며 웃었다.

두 사람이 어울리지 않게 오르테리아 차임을 울리며 선서하려고 했던 건, 그걸 지켜보는 선배가 있기 때문이다.

"부회장님이 그렇게 말하시니까 왠지 마음이 다잡혔음!"

"에헤…… 네."

북풍이 불어오자, 오르테리아 차임이 딸랑거리는 소리를 내며 흔들렸다.

모니카는 그 음색을 들으면서 자기 가슴에 대고 힘내자며 다짐했다.

남이 듣는다면 고작 그런 게 목표냐면서 비웃을 법한 자그마한 것이라도, 웃지 않고 지켜봐 주는 선배나 친구가 있으니까.

* * *

세렌디아 학원의 휴교일, 모니카 일행이 크레메에서 쇼핑하고 있을 무렵, 리디르 왕국 제2왕자 펠릭스 아크 리디르는 기숙사 자기 방에서 소파에 앉아 회중시계를 닦고 있었다.

은세공에 왕가의 문장이 들어간 그 회중시계는 특별 주문품이다.

그러나 펠릭스에게 중요한 건 왕가의 문장도 시계의 기능
도 아니다.

열었던 뚜껑을 다시 닫은 펠릭스는 회중시계 아랫부분을
살짝 비틀었다. 그리고 다시 뚜껑을 열자, 문자판 속에 숨
은 또 하나의 판이 나타났다.

숨겨진 판에는 커다란 아쿠아마린이 박혀 있었다. 이것이
그의 계약 정령 월디아누와의 계약석이다.

아쿠아마린 자체는 그다지 희귀한 돌은 아니지만, 물색이
진할수록 가치가 높다. 펠릭스의 수중에 있는 아쿠아마린
은 그야말로 최고급이라 부르기에 딱 어울리는 진한 물색
이었다.

일찍이 이 돌은 어느 귀부인의 목걸이였다. 그 귀부인은
이 아쿠아마린처럼 굉장히 아름다운 물색 눈을 가졌다고
한다.

펠릭스는 그 귀부인을 잘 모르지만, 그 귀부인에게 밀리
지 않는 아름다운 물색 눈을 알고 있었다.

이제…… 그 물색을 보는 건 불가능하지만.

펠릭스는 회중시계 뚜껑을 닫고 일어나서 책상 서랍을 열
었다.

서랍은 회중시계와 같은 이중 구조로 바닥에 또 하나의
비밀 공간이 있다. 펠릭스는 그곳에 숨겨 둔 종이 다발을
꺼냈다.

그것은 어느 마술식에 관해 적은 논문—— 다름 아닌 그

가 직접 쓴 물건이다.

(이건 이제 버려야겠지.)

진심으로 왕위를 바란다면 이 논문은 불필요한 물건이다.

제2왕자 펠릭스 아크 리디르에게 요구되는 건 정치력이나 어학력이지 마술 지식이 아니다.

──그만두시는 건가, 요?

뇌리에, 앳된 모습이 남은 소녀의 곤혹스러운 표정이 스쳤다.

펠릭스는 여러 가지를 포기한 표정으로 살며시 웃었다.

(그래…….)

이건 소원을 이루기 위해 포기해야만 하는 물건이다.

그렇게 자신을 타이른 펠릭스는 종이 다발을 태우려고 난로에 다가갔다. 그 뒤에서 종자 모습으로 우편물을 분류하던 윌디아누가 조심스럽게 말을 걸었다.

"마스터, 크록포드 공작에게서 편지가 도착했습니다."

"보여 줘."

펠릭스는 종이 다발을 일단 책상 구석에 두고 크록포드 공작의 편지를 펼쳤다.

편지에 적힌 내용은 대략적으로 예상하던 것이었다.

"외교 안건이야. 파르포리아 왕국의 사자가 레인부르그 공작령에 올 테니 그 접대를 하라는데."

"레인부르그 공작이라면 분명히……."

"엘리안느 하이엇 양의 아버지이지."

크록포드 공작의 명령을 요약하자면 이런 뜻이다.

겨울방학에 들어서면 레인부르그 공작령으로 가서 파르포리아 왕국과의 외교 석상에서 일정 성과를 거둬라.

그와 동시에 레인부르그 공작의 저택에 머물며 약혼자 후보인 엘리안느와의 관계를 다져라.

파르포리아 왕국은 리디르 왕국 남동부에 위치한 농업 대국이다.

외교 내용은 무역 이야기일 게 분명하다. 파르포리아 왕국은 리디르 왕국의 중요한 동맹 상대이기도 하다.

하물며 제국과 관계가 애매한 지금, 파르포리아 왕국과 제국이 손을 잡는다면 리디르 왕국은 압도적으로 불리해진다.

무역 협상에서 일정 성과를 거두며 동맹 관계를 단단하게 다지기 위해 정중한 접대가 필요할 것이다.

(엘리안느 양에 관한 건 덤이겠지.)

펠릭스가 저택에 머문다면 엘리안느는 무척 들뜰 것이다.

뭐니 뭐니 해도, 크록포드 공작은 엘리안느를 마음에 들어 하니까.

학원제가 끝난 뒤 열린 무도회에서 크록포드 공작의 보장도 받은 엘리안느는 이미 자신이 펠릭스의 약혼자가 되었다고 생각했다.

(뭐…… 크록포드 공작은 엘리안느 양 개인이 마음에 든다기보다는, 그 사람의 아버지인 레인부르그 공작이 다루기 쉬운 인물이라 엘리안느 양을 밀고 있는 거겠지만.)

아무튼 우울한 겨울방학이 될 것 같다.

학원 학생은 다들 귀성을 기대하는지 어딘가 들뜬 분위기
였다.

특히 올해는 웬일로 시릴까지 들떠서는, 즐거운 마음으로
귀성하는 날을 손꼽아 기다리고 있다.

부럽다며 한숨을 내쉬고 편지를 읽던 펠릭스는 마지막 한
구절을 보고 눈을 크게 떴다.

윌디아누가 걱정스럽게 펠릭스에게 말을 걸었다.

"마스터……?"

"윌, 윌디아누. 낭보야!"

모든 걸 포기하려던 푸른 눈이 광채를 되찾았고, 편지를
쥔 손이 기쁨에 떨렸다.

펠릭스는 책상 구석에 놔둔 논문 다발로 시선을 내렸다.

포기하고 놓아주고 태워야 한다. 이건 자신의 목적에는
불필요한 물건이다.

(하지만, 이런 기회는, 이제 다신 없을지도 몰라…….)

펠릭스는 의자에 앉아 깃펜과 잉크병을 꺼내서 쓰다 만
논문 작성에 다시 착수했다.

"마스터?"

"미안해. 한동안 집중하고 싶으니까 말 걸지 말아 줘."

딱딱한 목소리로 말한 펠릭스는 깃펜을 움직였다.

펠릭스는 참을 수 없이 기쁜 나머지 입꼬리를 올리고 뺨
을 물들이면서 기쁨을 곱씹었다.

(겨울방학에는 '침묵의 마녀'를…… 레이디 에버렛을 만날 수 있어!)

* * *

크레메에서 쇼핑을 마치고 이자벨과 함께 여자 기숙사로 돌아온 모니카는 라벤더 비누를 품에 안고 다락방으로 향했다.

비누는 신세를 진 양어머니와 하우스 메이드에게 줄 선물이다.

모니카는 칠현인이 되고 나서 한 번도 양어머니의 집에 돌아가지 않았지만, 올해는 상황이 허락하면 들르고 싶었다.

(힐다 씨의 집은 왕도에 있으니까, 새해 전에 시간이 되면 들를 수 있을 줄 알았는데…….)

신년 식전날로부터 일주일간, 칠현인 모니카는 성에 머물러야만 한다.

그러나 작년의 모니카는 산속 오두막에서 새로운 마술식 개발에 몰두하느라 신년 식전을 완전히 잊었었다.

그 결과, 새해가 되자마자 비행 마술로 날아온 루이스에게 칭칭 묶여서 성까지 연행됐었다. 돌이켜 보는 것만으로도 등골이 싸늘해지는 추억이다.

(그때는, 무서웠지이…….)

당시를 떠올리면서 끙끙거리던 모니카가 사다리를 타고

다락방 문을 밀어 올렸다.

"영차, 다녀왔어, 네로."

"어서 오시죠."

문을 밀어 올리고 다락방으로 올라온 모니카에게 말을 건 것은 네로가 아니었다. 덧붙이자면 린도 아니다.

창틀에 다리를 꼬고 앉은 건, 밤색 장발을 땋고 단안경을 쓴 남자── 모니카와 같은 칠현인, '결계의 마술사' 루이스 밀러였다.

루이스는 이 세렌디아 학원에 방어 결계를 친 인물이므로 이곳에 일시적으로 침입하는 것이 가능하다. 그러나 누군가에게 들킬 리스크가 있을 것이다.

신중한 루이스가 리스크를 감수하고 들어온 걸 보면 절대로 평범한 일은 아니다.

모니카는 새파래져서 몸을 떨며 물었다.

"오, 오늘이…… 신년 식전, 날이었던가요?"

평소의 루이스라면 "동기님은 눈을 뜬 채로 자고 있는 겁니까?"라고 하겠지만, 오늘은 침통한 표정으로 짧게 말했다.

"매우 곤란한 사태가 벌어졌습니다."

루이스 밀러라는 남자는 어지간히 곤란한 사태라도 여유로운 미소를 짓거나 자포자기하며 웃는 남자다.

그런 루이스가 침통한 표정으로 말하다니, 이건 정말로 곤란한 사태인 거다.

루이스가 단안경을 손끝으로 누르며 말했다.

"'침묵의 마녀' 모니카 에버렛 님. 이번에 당신은 우리 나라의 제2왕자 펠릭스 아크 리디르 전하의 호위로 지명되었습니다."

"네……? 저기이, 그건 지금 상황 그 자체, 잖아요?"

현재 모니카는 정체를 숨기고 한창 제2왕자를 호위하고 있다.

매우 곤란한 사태라고 해서 대비했던 모니카는 저도 모르게 맥이 빠졌지만, 루이스는 계속 침통한 얼굴로 고개를 내저었다.

"이건 비공식 임무가 아닙니다. 공식 호위 임무입니다."

"네……?"

"조만간 파르포리아 왕국의 사자가 우리 나라의 레인부르그 공작령을 찾습니다. 거기서 외교 협상이 이루어지는데, 제2왕자가 참가하는 것이 결정됐습니다."

이웃 나라와의 외교 협상에 펠릭스가 출석하는 건 드문 일이 아니다. 펠릭스는 10대 전반 무렵부터 외교 석상에 나가서 수많은 중요 협상을 완수한 실적이 있다.

"거래 장소인 레인부르그 공작령은 이 나라의 남동부…… 용 재해 경계 지역으로 지정되어 있죠."

점점 사태를 받아들인 모니카는 얼굴을 굳히고 루이스에게 물었다.

"호, 호위라니……. 설마, 그 협상의……?"

"그렇습니다. 게다가 공식 호위 임무이니, 당신은 제2왕자 앞에서 모습을 드러내 '침묵의 마녀'로서 함께 행동해야 합니다."

말문이 막힌 모니카에게 루이스가 깊은 한숨을 내쉬며 말했다.

"그리고 더욱 안 좋은 소식이 있는데……."

"이, 이보다 안 좋아, 지는 건가요?!"

"안 좋아집니다. 우리 바보 제자가…… 그 호위 임무에 동행하게 되었습니다."

루이스의 제자—— 즉, 조금 전에 같이 쇼핑했던 그 글렌이다.

그리고 글렌은 모니카가 칠현인이라는 걸 모른다.

"어, 어째서…… 이런, 일이……."

"원래대로라면 나와 당신이 이 호위 임무를 맡았어야 했습니다. 그런데 용 재해 예언에 겁먹은 중앙의 영감들이 '결계의 마술사'가 왕도에 없으면 곤란하다고 투정을 부려서요."

이 나라에서 방어 결계 분야로 루이스를 능가하는 사람은 없다.

결계를 치는 속도만이라면 무영창으로 발동하는 모니카가 더 빠르지만, 결계의 강도나 규모, 지속 시간 등은 압도적으로 루이스가 위다. 그래서 루이스를 '나라의 수호신'이라고 부르는 사람도 있을 정도다.

"『어라, 그러고 보니 '결계의 마술사' 님에게는 우수한 제자가 있다던데요. 그렇다면 호위 임무에는 그 제자를 보내는 게 좋겠군요. 이걸로 해결되었군요. 하하하.』……라는 게 썩어 빠진 대신들의 의견입니다. 이 의견이 그대로 통과되어서 지금에 이르게 된 거죠. 네에."

아무래도 학원제 무대에서 글렌이 크게 활약한 게 이 나라 중진의 눈에 든 모양이었다. 글렌의 활약을 본 그들은 저렇게 우수한 제자라면 전하의 호위도 맡을 수 있겠다 싶었던 거다.

물론 루이스는 반대했지만, 지금은 용 재해 대책을 마련하느라 이 나라에 사람이 부족하다.

자기 제자를 보낼 바에야 '침묵의 마녀'를 혼자 보내는 게 그나마 낫다는 루이스의 주장은 통과되지 못했던 모양이다.

루이스가 하는 말 곳곳에서 분노가 배어 나왔고, 그 얼굴은 흉악하게 일그러졌다.

그러나 모니카는 그런 루이스에게 겁먹을 경황조차 없었다.

('침묵의 마녀'로서 공식적으로 전하를 호위해? 게다가 글렌 씨하고 같이? 정체를 숨기고?)

아무리 생각해도 무모하다. 후드를 깊게 눌러써서 얼굴을 감추더라도 입을 열면 한 방에 들키지 않을까.

"저, 저기, 그거, 제가, 말하면, 바로 들킬 텐데……."

"그러니 당신이 하는 말을 대변할 종자를 붙이려고 합니다. 누구 아는 사람 중에서 당신의 정체를 알면서도 입이 무거운 사람 없습니까?"

슬프게도 '침묵의 마녀' 모니카 에버렛에게 그런 지인은 없다.

모니카의 지인 중에서 그녀의 정체를 아는 사람이라면 버니 존스 정도지만, 백작 영식이라 바쁜 그에게 종자 역할을 맡길 수는 없다.

(그러면…… 네로에게 인간으로 변해 달라고 해서, 종자 역할을 맡길 수밖에…….)

그러나 그 네로가 종자 역할을 맡을 수 있을까?

하물며 이번에는 모니카를 대변하기까지 해야 하니 불안하다.

모니카가 욱신거리는 위를 누르자, 루이스도 두통을 참으려는 듯한 표정으로 관자놀이를 문질렀다.

"아무튼 이 일은 결정된 사항입니다. 빠르게 종자를 선정하세요."

"네, 네에……."

"우리 바보 제자에게는 '침묵의 마녀'에게 필요 이상으로 말을 걸지 말고 폐를 끼치지 말라고 엄중하게 말해 두겠습니다."

"부, 부탁드려요……."

글렌은 누구에게나 붙임성 좋은 청년이지만, 그렇기에 거리감이 너무 가깝다.

'침묵의 마녀' 씨는 왜 후드를 쓰고 있슴까? 왜 말을 안

함까? ——그렇게 말하며 흥미진진한 표정으로 다가오리라는 것이 쉽게 상상됐다.

"그리고 이번에는 칠현인의 정장인 로브와 지팡이가 필요합니다. 전부 산속 오두막에 있겠죠?"

칠현인에게는 전용 로브와 지팡이가 주어진다.

그러나 정체를 숨기고 세렌디아 학원에 잠입하는 데 칠현인 전용 장비를 가져올 수는 없었기에, 모니카는 전부 두고 왔다.

"시간이 아까우니까 린을 보내 회수하겠습니다. 로브는 옷장에 있나요?"

"네, 네에……."

모니카는 옷이 조금밖에 없어서 옷장은 언제나 텅텅 비어 있다. 정장용 로브를 그 옷장에 넣어 놨으니까 찾는 건 그리 어렵지 않을 거다.

문제는 지팡이다.

"지팡이는 어디에 있죠? 설마, 서류에 파묻혀 있다거나?"

"아, 아뇨…… 지팡이는…… 별로 안 써, 서……."

마술사의 지팡이는 일종의 마도구로, 마력을 안정시키거나 일시적으로 증폭시킬 수 있다.

편리하기는 해도 솔직히 칠현인 정도 되면 대부분 지팡이의 보조가 필요 없다.

게다가 리디르 왕국에서 마술사의 지팡이는 지위가 올라갈수록 길어지기에, 마술사의 정점인 칠현인의 지팡이는 쓸데없이 길다.

그야말로 모니카의 키보다 큰 데다 장식도 많고 자리도 차지하기 때문에 산속 오두막 안에 놔두면 뭔가 걸리적거린다.

"저기이…… 지팡이는, 뜰의……."

"뜰?"

루이스가 눈썹을 꿈틀거리자, 모니카는 손가락을 꼬면서 작은 목소리로 말했다.

"빨랫대 대용, 으로……."

루이스 밀러는 그 아름다운 얼굴을 역대급으로 일그러뜨리며 침묵했다.

* * *

젊은 메이드가 세렌디아 학원 여자 기숙사의 복도를 빠르게 이동했다.

그녀의 이름은 돌리. 셰일베리 후작 영애 브리짓 그레이엄을 모시는 메이드다.

돌리는 성미가 매우 급해서, 자신이 모시는 아가씨에게 전달할 것이 있을 때는 그만 복도를 달리고 만다. 그러나 이곳은 세렌디아 학원이라고 자신을 타이르며 달리고 싶은 걸 참고 기품 있게 빠른 속도로 걸었다.

(나가 부끄러운 행동을 하면 브리짓 아가씨한티 수치가

되겠지. 조심해야 혀.)

브리짓의 방 앞에 도착한 돌리는 발을 멈추고 살짝 심호흡했다. 존경하는 아가씨 앞에서는 차분하고 유능한 고용인이고 싶었다.

문을 노크한 돌리는 사투리가 나오지 않게 조심하면서 목소리를 높였다.

"아가씨, 실례합니다."

"들어와."

돌리는 살며시 문을 열고 안으로 들어갔다.

방 안에는 브리짓 혼자 있었다. 오늘은 휴일이라 교복이 아니라 차분한 디자인의 드레스를 입고, 소파에 앉아서 외국어로 된 책을 읽고 있었다.

윤기 나는 금색 머리에 매끄러운 흰 피부, 긴 속눈썹이 감싼 호박색 눈—— 돌리는 이렇게나 아름다운 사람을 달리 모른다.

칙칙한 검은 머리에 얼굴에 주근깨가 난 돌리에게 브리짓은 동경의 대상이다.

(몇 번을 봐두 울 아가씨는 아름답다니까⋯⋯. 할배는 미인은 사흘이면 질린다고 혔지만, 몇 번을 봐도 안질리는겨.)

돌리가 그만 넋을 잃고 브리짓을 바라보자, 브리짓은 읽던 책에 책갈피를 끼우고 돌리를 가만히 바라봤다. 그녀의 용건을 기다리는 거다.

돌리는 황급히 주머니에서 메모를 꺼내 차분한 고용인의

얼굴을 하고 브리짓에게 내밀었다.

"아가씨께서 고용하신 탐정의 보고입니다. 감시 대상인 모니카 노튼이 크레메의 윈터 마켓에 갔다던데요⋯⋯."

메모에는 윈터 마켓에서 모니카 노튼이 벌인 행동이 기록되어 있었다.

케르벡 백작 영애의 짐꾼으로 동행했지만, 도중에 발끈한 영애가 쇼핑을 맡겨서 따로 행동. 그 후에는 세렌디아 학원의 남학생과 만나 한동안 함께 행동. 이후 케르벡 백작 영애와 합류해서 여자 기숙사로 돌아갔다── 딱히 수상한 점은 없었다는 것이 탐정의 견해였다.

돌리가 모시는 아가씨는 최근 이 모니카 노튼이라는 인물을 조사하고 있다.

모니카 노튼은 언뜻 보기에는 무해하고 수수하고 소박한 소녀지만, 돌리는 그녀가 비행 마술을 쓰는 장면을 목격했다. 즉, 모니카 노튼은 마술사인 거다.

(브리짓 아가씨가 조사허신다는 건, 분명 뭔가 깊은 사정이 있는 게 틀림없는겨.)

돌리의 추리는 이렇다.

케르벡 백작 영애 이자벨 노튼은 펠릭스 전하를 노리고 있어서 방해되는 라이벌을 쓸어버리고자 돈이 궁하던 마술사를 고용했다──. 그 가난뱅이 마술사가 모니카다.

가난뱅이 마술사 모니카는 정체를 숨기고 학원에 잠입해서 펠릭스 전하와 이자벨을 붙여 주려고 하고 있다. 그리고 그 방해가 되는 브리짓을 배제하려고 일을 꾸미는 거다.

(분명 브리짓 아가씨는 나쁜 마술사의 정체를 폭로하려는 게 분명혀! 꺄아악, 아가씨 멋져!)

돌리의 망상은 나쁜 마술사의 정체를 간파한 브리짓에게 펠릭스가 구혼하는 것까지 이야기가 진행되었다.

──나쁜 마술사에게 속을 뻔했어. 고마워, 브리짓. 내 아내가 되어 주겠어?

──네. 전하. 기꺼이.

그렇게 펠릭스는 이 나라의 왕이, 브리짓은 왕비가 되어 언제까지고 행복하게 살아가는 거다.

돌리가 마음속으로 소리를 지르며 좋아하는데, 브리짓이 다 읽은 메모를 내밀었다.

"이건 증거가 남지 않게 처분해."

"네. 알겠습니다."

"그리고 탐정에게는 겨울방학 동안에도 모니카 노튼을 감시하라고 해. 학원 밖이라면 꼬리를 드러낼 테니까."

그렇게 말한 브리짓은 아무 일도 없었다는 듯 읽던 책을 펼쳤다.

망상에 잠겨 있던 돌리는 바로 유능한 메이드로 돌아왔다.

"알겠습니다. 탐정에게 전달하겠습니다. 그리고 아가씨, 다른 건으로 상담이……. 얼마 전 주문한 물색 드레스 말인데, 재봉사가 가슴팍에 꽃장식을 붙이고 싶다고 제안했습니다. 허가해도 괜찮을까요?"

돌리는 이 드레스의 디자인 시안을 봤다. 기품 있고 어른스러운 브리짓에게 잘 어울리는 근사한 디자인이었지만, 확실히 가슴팍이 조금 허전해 보였다. 꽃장식을 달면 분명 더 화사할 거다.

그러나 브리짓은 고개를 살짝 내저었다.

"장식을 붙인다면 꽃 말고 다른 걸로 해."

"알겠습니다. 그렇게 전달하겠습니다."

문득 돌리는 깨달았다.

브리짓이 가진 액세서리나 머리 장식 중에는 꽃을 본뜬 것이 적은 듯했다.

(아가씨는 꽃을 좋아하시지 않는가벼. 꽃병에 넣는 건 괜찮지만, 몸에 대는 건 싫다거나 하신가?)

돌리는 속으로 의문을 품으면서 브리짓의 방을 나섰다.

돌리가 나간 뒤, 혼자가 된 방에서 브리짓은 자기 옷의 가슴팍으로 시선을 내렸다.

그러고 보니 오늘 아침에도 다른 고용인이 꽃 코르사주를 달면 분명 잘 어울릴 거라면서 추천했었다.

확실히 이 옷에는 꽃장식이 어울릴 거다. 그러나 브리짓은 가슴팍에 꽃을 장식하길 원치 않는다.

(내가 원하는 꽃을 준비할 수 있는 건, 이 세상에서 단 한 명뿐이니까.)

마음속으로 중얼거린 브리짓은 긴 속눈썹을 내리깔며 눈을 감았다.

——각자의 사정과 생각을 가슴에 안고, 겨울방학이 시작되려고 했다.

2장 위대한 마녀, 빛나는 바람을 두르고 강림하다

세렌디아 학원 전반기 최종일 식전을 마친 레인부르그 공작 영애 엘리안느 하이엇은 서둘러 기숙사의 자기 방으로 돌아와 몸단장을 했다.

이후에 엘리안느는 마차를 타고 귀성한다.

사실은 더 느긋하게 기다렸다가 출발하고 싶었지만, 조만간 파르포리아 왕국 사람이 외교를 위해 레인부르그 공작령을 찾는다.

엘리안느는 파르포리아 왕국의 사자를 맞이하기 위해 서둘러 귀성할 필요가 있었다.

다급한 귀성이라 여느 때였다면 불만스러웠겠지만, 지금의 엘리안느는 더할 나위 없이 기분이 좋았다.

왜냐하면 이번 귀성에는 펠릭스가 동행하니까.

그뿐만 아니라 펠릭스는 파르포리아 왕국과의 외교 협상을 위해 한동안 엘리안느의 본가에 머물게 된다.

"모자는 역시 저번에 산 게 좋겠어. 목도리 고정 핀은 어머님에게 받은 진주 브로치로 하겠어."

나이 많은 시녀는 익숙한 듯이 수긍하면서 엘리안느가 요

구한 모자나 브로치를 꺼냈다.

화장을 고치고 머리를 다시 묶은 엘리안느는 거울 앞에 서서 자기 모습을 확인했다.

산 지 얼마 안 된 코트와 목도리, 최근에 유행하는 디자인의 모자. 거울에 비친 건 모두가 사랑하고 칭찬하고 싶어 하는 귀여운 소녀다.

(지금부터 펠릭스 님과 같은 마차에 타야 하니까 완벽한 복장을 갖춰야지.)

이건 자신을 펠릭스에게 어필할 절호의 기회다.

아버지 레인부르그 공작의 말로는, 이번 외교 협상을 계획한 건 엘리안느의 큰할아버지인 크록포드 공작이라고 한다. 즉, 크록포드 공작이 밥상을 차려 준 것이다.

영지에 도착하면 펠릭스를 어디로 안내할까. 레인부르그가 자랑하는 과수원도 좋지만, 밤의 정원도 안내하고 싶다.

엘리안느의 본가 정원에는 마력을 흡수하는 성질을 가진 꽃이 있다. '정령의 여관'이라고도 불리는 꽃은 밤이 되면 마력을 방출하면서 개화한다.

아련한 빛의 알갱이를 흩뿌리면서 밤에 피어나는 꽃——그 환상적인 광경을 펠릭스와 나란히 서서 본다면 얼마나 근사할까.

(이 기회를 반드시 내 것으로 만들어야 해⋯⋯!)

반년 뒤, 펠릭스는 세렌디아 학원을 졸업한다.

엘리안느는 어떻게든 졸업 파티에서 펠릭스와 그녀가 약

혼을 발표하도록 일을 진행하고 싶었다. 그렇기에 이 기회를 놓칠 수는 없었다.

여차할 때는 기정사실을 만들어도 좋다.

(만약 우연히…… 그래. 우연히 내 침실에 펠릭스 님이 들어오셔서…… 물론 나는 펠릭스 님을 유혹하는 저질스러운 짓은 하지 않겠지만, 만약에 펠릭스 님이 잠옷 차림인 나에게 마음이 흐트러지셔서 두 사람은 그대로 아침까지…… 그런 일이 있을지도 몰라. 응. 물론 내 쪽에서 유혹하지는 않을 거야. 어디까지나 펠릭스 님이 그런 마음을 먹으셔야…… 그걸 위해서는 시녀에게 준비시켜서…….)

펠릭스를 자기 침실로 유도하기 위한 책략을 이것저것 고민하던 엘리안느에게 시녀가 말을 걸었다.

"아가씨, 슬슬 출발하실 시간이 되었는데요."

"응. 지금 갈게."

엘리안느는 시녀에게 미소를 짓고 기숙사를 나왔다.

세렌디아 학원 앞에는 귀성을 위한 마차가 몇 대씩 늘어서 있었다. 그중에서도 진동을 억제하는 최신 바퀴를 탑재한 가장 호화로운 것이 하이엇 가문의 마차다.

펠릭스와 이 마차 앞에서 보기로 약속했다.

엘리안느와 같은 마차에 펠릭스가 타는 걸 본 사람은 분명 저마다 소문을 퍼뜨리겠지.

역시 제2왕자는 엘리안느를 약혼자로 고른 거다. 그러니 겨울방학을 엘리안느의 본가에서 보내는 거라면서.

(후후…… 어쩜 이리도 기분이 좋은지!)

엘리안느는 펄쩍 뛰고 싶은 마음을 억누르면서 어디까지나 곱게 자란 영애다운 조신한 모습으로 나아갔다.

마차 앞에서 엘리안느를 기다리는 건, 모두가 뒤돌아볼 아름다운 왕자님……과 한 사람이었다.

"앗, 아멜리아 역의 조그만 애!"

"엘리안느 하이엇 양이야. 더들리."

무식하게 큰 목소리로 무례하기 그지없는 말을 던진 건 엘리안느의 왕자님이 아니었다.

학원제 무대에서 엘리안느와 공연했던 글렌 더들리다.

그 옆에 선 펠릭스가 부드럽게 엘리안느의 이름을 가르쳐 주자, 글렌은 손을 탁 두드렸다.

"아~ 그랬었음다. 엘리안느, 엘리안느……. 근데, 그 엘리안느가 왜 여기에 있는 검까?"

그건 이쪽이 할 말이다.

왜 귀족도 뭣도 아닌 글렌이 펠릭스와 함께 하이엇 가문의 마차 앞에서 이야기를 나누는 건가.

게다가 글렌이 입은 옷은 다크그린색 각 잡힌 제복——마법병단의 제복이 아닌가.

엘리안느가 속으로 의아해하는데, 펠릭스가 부드럽게 웃으면서 입을 열었다.

"더들리. 이 아이는 레인부르그 공작의 영애야."

"흐응~ 그랬었음까~."

공작 영애인 엘리안느는 펠릭스의 육촌이며 먼 혈연이지만 왕가의 피를 이은 고귀한 혈통이다.

글렌이 그 사실을 가볍게 흘려버리자, 엘리안느는 신경이 날카롭게 곤두섰다.

"왠지 귀족의 이름은 잘 모르겠지 말임다. 엘리안느 레인부르그 하이엇이라는 이름으로 하는 게 알기 쉬울 텐데."

"대부분의 작위는 영지에 부수(附隨)되니까."

"그렇슴까~."

"그런 거야."

"근데 '부수'가 무슨 뜻임까?"

이 이상 이 대화를 들었다가는 정신이 나갈 것 같았다.

엘리안느는 실룩거리는 얼굴로 가련한 미소를 지었다.

"평안하신가요, 펠릭스 님, 더들리 님……."

"나는 딱딱한 건 별로니까 글렌이라고 부르면 됨다! 앞으로 같이 행동할 테니까 편하게 불렀으면 좋겠슴다."

"네……?"

앞으로 함께 행동한다니, 무슨 뜻인가.

엘리안느가 당혹스러워하자, 펠릭스가 웃으며 답했다.

"이번 일정에서는 칠현인의 제자인 더들리가 내 호위로 붙게 되었어."

(뭐라고?)

말문이 막힌 엘리안느에게 글렌이 태양처럼 찬란한 미소를 지으며 말했다.

"그렇게 됐으니까 한동안 잘 부탁함!"

주변 학생들은 분명히 엘리안느 쪽을 주목했다. 그러나 엘리안느는 이런 식으로 주목받으려던 게 아니다.

선망하는 시선이 아니라 호기심 어린 시선이 날아오자, 엘리안느는 숙녀다운 미소를 짓는 한편으로 발을 동동 굴렀다.

* * *

자리가 마주 보게 배치된 마차라면, 엘리안느의 자리는 펠릭스의 옆으로 정해져 있을 터였다. 그렇다. 정해져 있을 텐데, 어째서 펠릭스의 옆자리가 글렌이고 그 맞은편이 엘리안느의 자리인 것인가.

"펠릭스 님. 그쪽 자리, 답답하시지 않나요?"

엘리안느가 넌지시 배려하는 말을 걸자, 펠릭스는 아름답게 웃으며 답했다.

"그렇지 않아. 그리고 더들리는 나의 호위니까 옆자리에 앉아야지."

호위가 옆에 앉는 게 당연하다고 말하면 엘리안느는 아무런 반박도 할 수 없다.

아아, 마차가 흔들릴 때 펠릭스의 품에 기대거나 잠깐 조는 척을 해서 어깨에 기대거나 하는 전개를 바랐는데!

엘리안느가 속으로 이를 가는데, 글렌이 뭔가 알아챘다는 듯이 고개를 들어 엘리안느를 바라봤다.

(드디어 내가 무슨 생각하는지 알아챈 거야? 그래. 눈치 좀 채 줄래?)

"걱정하지 않아도 괜찮슴다! 회장님만이 아니라 엘리안느도 확실히 지킬 테니까!"

아니야. 그게 아니라고.

'아무도 당신에게 지켜 달라고 바란 적 없어.' 엘리안느는 그런 말을 정말 아슬아슬하게 삼키고 가련한 미소를 지었다.

"어머, 글렌 님은 믿음직하네요. 그런데 오늘은 어째서 그 제복을……?"

글렌이 입은 건 마법병단의 제복이다. 그러나 엘리안느는 글렌이 마법병단 소속이라고 들은 적이 없다.

마법병단은 실전에 강한 엘리트 마술사 집단이다. 대부분이 상급 마술사로 구성됐다고 들었다.

"나는 스승님의 연줄로 마법병단 훈련에 참가한 적이 있어서 그때 입었던 제복을 빌렸음다."

"어머, 그랬군요."

즉, 멀쩡한 옷이 없으니까 빌린 제복으로 대용했다는 거다.

세렌디아 학원의 교복보다 눈에 덜 띄고, 마법병단의 제복이라면 호위관답기도 하다.

엘리안느가 납득하자, 글렌이 활기차게 웃으며 말했다.

"그런데 엘리안느라고 부르기가 힘든데 엘리라고 불러도 됨까?"

(될 리가 없잖아.)

그런 말이 입 밖으로 튀어나올 뻔했지만, 엘리안느는 고민했다.

여기서 글렌에게 엘리라고 부르는 걸 허락하고 그 흐름에 편승해서 "펠릭스 님도 저를 엘리라고 불러 주실래요?"라고 조르면 극히 자연스럽게 펠릭스도 엘리라고 부르지 않을까?

엘리안느는 글렌에게 긍정인지 부정인지 단정하기 힘든 애매한 미소를 보내고는 그대로 시선을 돌려 펠릭스를 바라봤다.

"펠릭스 님도 저를······."

엘리라고 불러 주실래요? ──그렇게 말하기보다 먼저, 펠릭스의 머리가 풀썩 흔들렸다.

펠릭스의 긴 금색 속눈썹은 내려가 있어서 어딘가 졸려 보인다. 아무래도 엘리안느의 말을 제대로 듣지 않고 졸았던 모양이다.

"저기~ 펠릭스 님······?"

"아아, 미안하네. 조금 잠이 부족해서······. 레인부르그에 가는 게 굉장히 기대돼서 어제는 잘 잠들지 못했어."

기분이 다운됐던 엘리안느는 펠릭스의 말을 듣고 갑자기 들떴다.

(설마 펠릭스 님이 우리 집에 가는 걸 이렇게나 기대하고 계셨다니!)

이건 앞으로 꽤 기대해 볼 만하지 않을까?

엘리안느는 치솟는 기쁨을 곱씹으면서 펠릭스를 배려하듯 말했다.

"어머, 펠릭스 님도 참……. 부디 무리하지 마시고 조금 쉬세요."

"그럼 호의를 받아들이기로 할까."

펠릭스는 의자 팔걸이에 팔을 올리고 턱을 괴면서 눈을 감았다.

아아, 잠든 펠릭스 님도 멋져. 엘리안느가 그렇게 생각하며 몽롱해졌을 때, 글렌이 그녀의 무릎을 쿡쿡 찔렀다.

"뭔가 용건이 있으신가요? 글렌 님."

"그냥 경치만 보고 있기도 심심하니까, 게임이라도 하지 않겠습까? 난 오늘을 위해 본가에서 이것저것 가져왔지 말임다."

"저기, 펠릭스 님이 잠드셨으니까, 너무 소란 피우면……."

"작은 목소리로 할 테니 괜찮습다. 자, 이 코인을 주목~."

글렌은 주머니에서 코인을 하나 꺼내서 그걸 손끝으로 튕기고는 오른손으로 잡았다.

그리고 양손을 움켜쥔 채 엘리안느 앞에 내밀었다.

"코인이 들어있는 건, 어디일까~요."

"오른손, 이네요."

글렌이 씨익 웃으며 양손을 펼치자, 코인은 왼손에 있었다. 엘리안느는 저도 모르게 눈을 동그랗게 떴다.

"응? 으응? 어째서? 전 오른손으로 잡은 걸 봤는데요?"

"그럼, 한 번 더~."

글렌은 손끝으로 코인을 튕겨서 오른손으로 잡았다. 엘리안느는 눈도 깜빡이지 않고 코인의 움직임을 보고 있었다. 역시 코인은 오른손으로 쥐었다.

"이번에야말로 오른손이에요."

"유감이지만, 틀렸습다!"

"에엥?!"

엘리안느는 저도 모르게 몸을 내밀며 코인을 바라봤다.

이런 약간의 트릭은 길거리 공연 같은 데서는 드물지 않지만, 곱게 자란 영애인 엘리안느는 이런 것에 익숙하지 않았다.

"치사해요. 치사해요. 뭔가…… 마술을 쓴 거죠?"

"저, 영창 안 했습다."

확실히 글렌의 말대로다.

엘리안느는 으으음, 하고 입술을 비틀고는 글렌의 손을 바라봤다.

"한 번 더…… 한 번 더, 부탁해요."

"그럼, 이번에는 쪼~금 난이도를 올리지 말임다~."

"아앗, 아직 처음 것도 어떻게 된 건지 모르는데!"

턱을 괴고 졸던 펠릭스는 한쪽 눈을 살며시 떠서 글렌과 엘리안느의 낌새를 엿보고는 살짝 미소를 지으며 다시 눈을 감았다.

두 사람의 대화를 듣는 것도 그런대로 유쾌했지만, 지금은 조금 자 두고 싶었다. 어제는 자는 시간도 아껴가면서 논문을 완성했으니까.

(아아, 레이디 에버렛을 만나면 무엇부터 이야기할까⋯⋯.)

펠릭스는 마치 첫사랑을 만나러 가는 소년처럼 들뜬 마음으로 행복하게 잠들었다.

"치사해요. 치사해요. 카드에 뭔가 장치가⋯⋯."

"그런 건 없습다~. 엘리가 내기에 너무 약할 뿐임다."

"저, 저도 경험을 쌓으면 이 정도는⋯⋯."

"자, 이걸로 났습다."

"아아앙, 정말!"

글렌과 엘리안느는 지금은 카드 게임에 빠진 모양이었다. 즐거워 보여 다행이다.

(더들리가 와 줘서 다행이네.)

아무래도 예상보다 더 즐거운 겨울방학이 될 것 같다.

* * *

레인부르그 공작령은 리디르 왕국 남동부에 위치하는, 삼림이나 과수원이 많고 온난하고 비옥한 토지다.

레인부르그 공작의 저택은 삼림과 과수원 사이에 있는 조금 높은 땅에 지은, 하얀 벽이 아름다운 건물이다.

그런 저택 뒤에 있는 마구간에서 한 남자가 망치를 휘두르며 헐거워진 문을 수리하고 있었다.

남자가 입은 옷은 저택에서 마련한 품질 좋은 양복이었다. 오늘은 따스해서 상의를 벗어 팔을 걷었고, 허리춤의 벨트에는 공구 주머니를 매달았다.

남자는 작업을 얼추 마치고는 목제 문을 몇 번 여닫았다. 조금 전까지는 삐걱대던 문이 지금은 소리 없이 열리고 닫혔다.

마무리로 동지용 화환을 장식한 남자는 만족스럽게 웃었다.

"와하~! 뭐, 이 정도면 되겠지."

남자의 이름은 바르톨로메우스 바르. 고향을 버리고 하루하루 벌어 먹고사는 기술자다.

바르톨로메우스가 사용한 도구를 벨트에 달린 공구 주머니에 넣자, 근처에서 작업을 지켜보던 젊은 메이드가 고개를 숙였다.

"죄송합니다. 집사 레스턴 씨가 좀 더 일찍 고치라고 지시하셨는데, 제가 완전히 잊어버리는 바람에…….."

"괜찮아. 또 곤란한 일이 생기면 말해 달라고."

바르톨로메우스가 윙크하자, 메이드는 몇 번이고 고개를 숙이면서 그 자리를 떠났다.

바르톨로메우스는 최근 이 저택에 고용된 허드레꾼이다. 재주가 많은 남자라서 저택의 수리나 사소한 재봉일을 부

해결사
바르톨로메우스

탁받을 때도 많다.

누군가가 고작 잡일이나 하냐고 한다면 부정할 수 없지만, 애초에 그날 벌어 그날 먹고살던 시절에 하던 것도 잡일이라서 딱히 괴롭지는 않았다. 잡일을 하는 것만으로도 안정적인 봉급을 받는다니, 최고 아닌가.

바르톨로메우스가 콧노래를 흥얼거리며 마구간을 떠나려하자, 나무 뒤에서 한 남자가 나타났다.

잿빛 머리를 가지런히 모은, 수염 난 마른 체구의 남자──종복인 피터 샘즈다.

피터는 다정한 표정으로 눈을 가늘게 뜨고는 바르톨로메우스가 고친 마구간 문으로 시선을 돌렸다.

"변함없이 재주가 좋군요. 바르톨로메우스."

"예. 이 장점이라고는 이 정도뿐이라서요."

바르톨로메우스는 억지 미소를 지으면서 자리를 떠나려했다.

바르톨로메우스는 눈앞에 있는, 언뜻 봐서는 예순을 넘긴 이 온화한 종복이 좀 거북했다. 이 남자는 다정해 보이는 얼굴로 늘 빈정대는 말을 툭툭 뱉으니까. 지금도 그랬다.

"메이드에게 좋은 모습을 보이는 건 괜찮습니다만, 그녀는 젊은 마부와 연인 사이입니다. 바르톨로메우스."

아무래도 피터는 바르톨로메우스가 조금 전 젊은 메이드를 좋아한다고 상상하고 빈정대는 모양이었다.

(입수한 소문을 퍼뜨리고 싶어서 견딜 수가 없겠지…….)

피터는 이 저택 고용인 중에서 비교적 근속연수가 짧은 남자지만, 소문을 좋아해서 고용인들의 인간관계를 잘 안다.

바르톨로메우스는 이 남자에게 괜한 오해를 사지 않도록 경박한 미소를 지으면서 검은 머리를 쓸어 넘겼다.

"그건 괜한 의심이라고요. 피터 할아범. 나는 이미 마음에 둔 여신이 있단 말이죠."

그렇게 말한 바르톨로메우스는 그의 마음을 빼앗은 여신을 떠올렸다.

인형처럼 아름다운 얼굴에 살랑거리는 금발. 매끈한 몸매와 잘 어울리는 메이드복과 앞치마 차림새 너머로도 알 수 있는 풍만한 가슴.

쭉 뻗은 손발은 가늘면서도 바르톨로메우스의 몸을 단단히 안고 있었다.

콜랩튼 축젯날 밤, 바르톨로메우스를 구한 미모의 메이드.

바르톨로메우스는 영창도 없이 바람을 조종한 그녀의 정체를 알고 있다.

──칠현인 중 한 명, '침묵의 마녀' 모니카 에버렛.

바르톨로메우스는 그녀를 다시 만나고 싶다는 마음으로 이렇게 리디르 왕국에 남아 열심히 돈을 벌고 있었다.

사실 얼마 전 세렌디아 학원의 교복 제작이라는 의뢰를 받았던 그의 호주머니는 그런대로 풍족했었다.

그러나 그 돈을 더 늘리려고 도박에 손을 댔다가…… 그 뒤로는 뻔한 흐름이었다.

(그래도 나는 운이 좋아. 돈을 잘 주는 고용주를 찾은 데다가…… '침묵의 마녀'와도 곧 만날 수 있다고 하니까!)

오늘부터 이 저택에는 한동안 제2왕자가 머물게 되는데, 그 호위로 '침묵의 마녀'가 온다고 한다.

이건 분명 자신의 평소 행실이 발라서 일어난 일이겠지. 바르톨로메우스가 그렇게 생각하며 고개를 끄덕이는데, 초로의 집사가 빠르게 이리로 다가왔다.

백발이 섞인 가느다란 금발의 집사로, 이름은 레스턴이라고 한다.

이 저택에서 가장 주인에게 신뢰받는 남자로, 세렌디아 학원의 학원제에서 돌아가던 마차에도 함께 동승했었다.

지나가던 바르톨로메우스가 마차를 수리한다는 것에 가장 난색을 표했던 인물이자, 동시에 마차 수리가 끝난 뒤에는 누구보다도 정중하게 감사를 표한 인물이기도 하다.

부하에게 엄하기로 유명한 레스턴은 날카로운 눈으로 바르톨로메우스와 피터를 노려보고는 명했다.

"뭘 땡땡이치고 있나. 엘리안느 아가씨께서 돌아오셨다. 다들 자기 위치로 돌아가도록."

(흐응……?)

레스턴의 말을 듣자, 바르톨로메우스는 붙임성 있는 미소를 지으면서 눈을 가늘게 떴다.

사전에 들은 이야기에 따르면, 엘리안느는 제2왕자 펠릭스 전하와 함께 저택에 돌아올 거다.

그런데 집사 레스턴은 "펠릭스 전하께서 도착하셨다."가 아니라 "엘리안느 아가씨께서 돌아오셨다."라고 말했다.

즉, 오랫동안 이 저택에서 일했던 레스턴이 최우선으로 생각하는 사람은 어린 시절부터 돌본 아가씨라는 뜻이다.

(이거, 귀엽고도 귀여운 아가씨에게 무슨 일이 생기면 큰일이 벌어지겠는걸.)

아가씨에게 실수하지 말자고 마음속으로 결의를 다지는 바르톨로메우스에게 레스턴이 신경질적으로 명했다.

"그리고, 이제 곧 '침묵의 마녀' 님도 도착하실 테니 응접실의 최종 점검을……."

"예엡! 그건 제가 꼭 완벽하게 점검해 두겠습니다!"

바르톨로메우스가 몸을 앞으로 숙이면서 말하자, 레스턴은 조금 기세에 밀린 표정을 지었다가 살짝 헛기침하면서 수긍했다.

"의욕이 있다면 됐다. 아무쪼록 아가씨 일행에게 실례가 없도록."

레스턴은 엄격하고 고지식하기에, 의욕적인 사람을 높이 평가하는 집사다.

태도를 누그러뜨린 레스턴과는 대조적으로, 피터는 아주 조금 마음에 안 든다는 표정으로 바르톨로메우스를 바라봤다.

다정해 보이는 것과 다정한 건 다르다. 이 노인은 무척이나 다정해 보이는 표정을 지었지만, 자기 말고 다른 누군가가 좋은 평가를 받으면 미소 짓는 한편으로 그걸 질투한다.

소문에 무척 박식한 것도 주변 평가를 신경 쓰면서 소문을 수집하기 때문이다.

이 이상 귀찮은 노인에게 꼬투리를 잡히기 싫어서 바르톨로메우스는 곧장 그 자리를 떠나기로 했다.

지금은 어떻게 '침묵의 마녀'에게 접근하면 좋을지 생각해야 한다.

* * *

펠릭스가 레인부르그 공작의 저택에 도착한 건 세렌디아 학원을 출발한 지 사흘째 되는 날의 오후 무렵이었다.

글렌 덕분에 가는 길에는 지루하지 않게 보낼 수 있었다.

뭐니 뭐니 해도, 언제나 펠릭스의 관심을 요구하던 엘리안느가 이번에는 줄곧 글렌에게 휘둘린 덕분에 펠릭스는 무척이나 편하게 보낼 수 있었다.

"하~ 도착했다 도착했어~. 시간 때우기용 게임을 잔뜩 가져와서 다행임다! 엘리, 아직도 토라진 검까?"

"딱히 져서 분한 건 아니에요……. 이건 어디까지나 저잣거리 사람들의 문화를 알기 위한 사회 공부의 일환이니까 전혀, 요만큼도 분하지는……."

글렌이 엘리안느를 신경 써 주는 건지, 엘리안느가 글렌을 신경 써 주는 건지는 판단하기 어렵지만, 사이가 좋아 보여서 다행이었다.

저택 앞에 도착해 마차에서 내리자, 고용인이 일행을 맞이했다.

가장 먼저 앞에 나선 건 백발이 섞인 금발을 깔끔하게 넘긴 초로의 집사와 잿빛 머리의 노종복이었다.

"어서 오십시오, 펠릭스 전하. 잘 돌아오셨습니다, 엘리안느 아가씨."

"짐을 들어드리겠습니다. 펠릭스 전하."

인사한 집사와 노종복의 얼굴을 별생각 없이 바라보던 펠릭스는 살짝 고개를 갸웃했다.

잿빛 머리 노종복의 얼굴을 어딘가에서 본 것 같았기 때문이다.

"네 얼굴을 본 적이 있는데. 예전에 할아버님의 저택에 있지 않았나?"

펠릭스가 묻자, 노종복은 놀란 듯 눈을 크게 떴다.

그 얼굴이 순간적으로 초조함 같은 게 느껴지는 쓰라린 표정으로 변했지만, 남자는 바로 수습하고는 고용인답게 고개를 숙였다.

"기억해 주셔서 영광입니다. 네, 전 피터 샘즈라고 합니다. 예전에는 크록포드 공작님의 저택에서 신세를 졌었지요."

크록포드 공작과 레인부르그 공작은 친교가 두텁고, 고용인이 다른 가문에 소개받는 일도 드물지는 않다.

그러나 펠릭스는 종복이 잠시 보였던 초조한 표정이 무척 신경 쓰였다.

어쩌면, 크록포드 공작 밑에서 뭔가 문제를 일으켜 다른 가문으로 보내졌는지도 모른다. 혹은, 크록포드 공작과 레인부르그 공작 사이의 연락 담당이거나.

펠릭스는 이건 이 자리에서 지적할 게 아니라고 판단해서 화제를 바꿨다.

"오늘부터 신세를 지겠어. 잘 부탁해……. 그런데, '침묵의 마녀'는 이미 도착했나?"

"아뇨. 아직 오시지 않았습니다만…… 앗."

피터가 뭔가 알아챈 표정으로 하늘을 바라봤다.

그에 이끌려 펠릭스, 글렌, 엘리안느도 하늘을 올려다봤다.

옅게 구름이 펼쳐진 잿빛 하늘에, 검은 그림자가 보였다. 지팡이를 든 작은 체구의 여성과 덩치 큰 남자의 실루엣이었다.

지팡이에 두 사람이 탄 그 그림자는, 한층 크게 하늘을 돌았다. 그리고 그대로 높이 올라가자── 그 위에 밝은 문이 나타났다.

글렌이 놀라서 눈을 크게 뜨며 목소리를 높였다.

"에엑?! 저건, 설마……!"

글렌의 말을 이어받듯이, 펠릭스가 그 기적의 이름을 입에 올렸다.

"정령왕, 소환……."

빛나는 문이 열리며, 문 안쪽에서 빛의 입자를 동반한 바람이 불었다. 저것은 바람의 정령왕 셰필드의 힘 일부다.

기적을 일으킨 마녀는 종자로 보이는 흑발의 남자를 뒤에
거느리고 천천히 하늘에서 내려왔다.

금실 자수가 들어간 아름다운 로브, 칠현인만이 드는 걸
허락받은 자기 키를 넘는 길이의 지팡이.

그녀는 후드를 깊게 눌러쓰고 입가에 베일을 둘러서 표정
까지는 알 수 없었다.

펠릭스는 들뜨는 가슴을 옷 위로 누르고는 감탄해서 숨을
내쉬려는 걸 필사적으로 참았다.

반짝이는 바람을 두르고, 마치 정령왕의 사자처럼 아름답
게 나타난 사람은 그가 만나고 싶어서 애태우던 이 나라의
영웅.

리디르 왕국 마술사의 정점, 칠현인 중 한 명인——'침
묵의 마녀'.

* * *

'침묵의 마녀'로서 정식 호위 임무를 명받은 모니카는 레
인부르그 공작 저택으로 갈 때 몇 가지 위장 공작을 해야만
했다.

우선 세렌디아 학원을 출발할 때 주변 사람이 의심하지
않게 귀성하는 이자벨과 같은 마차에 탔다. 그리고 케르벡
백작령으로 향하는 도중에 여관에서 이자벨이 준비한 대역

과 교대했다.

솔직히 이렇게까지 해야 하나 싶었지만, 이에 관해서는 이자벨이 철저하게 해야 한다고 강하게 주장해서 모니카도 그걸 따랐다.

그렇게 이자벨과 헤어진 뒤, 모니카는 짐 사이에 숨어 있던 네로와 함께 레인부르그 공작령으로 향했다.

그러나 케르벡으로 갔다가 거기서 레인부르그로 가서는 펠릭스를 따라잡을 수 없다.

루이스의 계약 정령인 린이 있다면 바람 마법으로 단번에 날아갔겠지만, 린은 루이스와 함께 왕도 방어를 맡아서 이번에는 모니카를 도와줄 수 없다.

그래서 모니카가 고른 이동 수단이, 비행 마술이다.

모니카의 비행 마술은 아직 세밀하게 움직일 수 없고, 이착륙이 불안정하지만, 그냥 똑바로 날아가는 것만이라면 어느 정도 유지할 수 있었다.

"흐응, 전보다도 많이 숙달됐잖냐."

모니카의 어깨에 달라붙은 검은 고양이 모습의 네로가 야옹, 고롱고롱, 하고 기분 좋게 울었다.

모니카는 똑바로 앞을 바라본 채 고개를 끄덕였다.

"나, 알아챘거든. 천천히 나는 것보다, 힘차게 나는 게, 균형 잡기 쉬워."

비행 마술에 익숙하지 않았을 때는 몸을 위아래로 움직여서 균형을 잡았지만, 지금은 똑바로 날기만 하니 그럴 필요는 없다.

아직 안정적이지는 않지만, 비명을 지르며 지팡이에 달라붙었을 때를 생각하면 크게 성장했다.

비행 마술은 마력 소모가 크기에, 모니카는 중간중간 휴식을 취하면서 레인부르그 공작 저택으로 향했다.

이윽고 활엽수 숲이 펼쳐진 지역으로 들어서자, 과수원과 숲의 사이에 있는 살짝 높은 땅에 훌륭한 저택이 보였다.

사전에 지도로 확인했으니 틀림없다. 저것이 레인부르그 공작 저택이다.

모니카는 다시금 자신의 차림새를 확인했다.

칠현인 로브로 갈아입었고, 만약을 위해 입가는 베일로 가렸다. 후드도 깊게 눌러썼으니까 섣불리 입만 열지 않는다면 정체가 들킬 일은 없을 거다.

그때, 모니카의 어깨 위에 있던 네로가 뭔가를 떠올렸는지 중얼거렸다.

"아, 그러고 보니 이번에는 이 몸이 네 종자 역할이었지?"

"으, 응."

이번에 말을 할 수 없는 모니카를 위해 네로가 사람으로 변해 종자인 척을 하게 되었다. 만약 누군가가 말을 걸어오면 네로가 대화를 대신한다.

무엇보다 사람으로 변한 네로는 덩치 큰 청년이라서 모니카가 뒤에 숨어 있기에도 좋다.

"그럼 저 저택에 도착하기 전에 인간의 모습으로 변하는 게 좋겠네."

"응. 그러게……."

그럼 일단 착륙하고 나서……라고 모니카가 말하기보다 먼저, 지팡이 뒤쪽이 확 무거워졌다.

"어."

뒤에서 모니카의 어깨를 향해 누군가의 손이 올라왔다. 고양이 손이 아니라 인간 남자의 손이다.

"이제 됐군."

어느새 네로가 인간 청년으로 변해 모니카의 뒤에서 지팡이에 앉아 있었다.

모니카는 얼굴이 새파래졌다.

"자, 자자, 잠깐만……. 난, 아직 두 명을 태우는 건……!"

똑바로 날아가던 모니카의 몸이 기울어지면서 위아래로 격렬하게 흔들렸다.

모니카의 미숙한 비행 마술 실력으로 성인 남성과 함께 둘이서 지팡이에 타는 것은 너무나도 부담이 컸다.

"네네네네네네로오오오, 고양이, 고양이로 돌아가아아아!"

"이 상태에서?! 고양이 손으로는 이 몸이 떨어지잖냐!"

"흐갸아아아아악!"

모니카와 네로는 지팡이에 탄 채로 하늘 위에서 크게 돌았다.

이대로 가면 떨어진다. 떨어져선 안 된다면, 아무튼 위로 가면 된다──. 그렇게 생각한 모니카는 계속 위로, 위로

향했다.

"아니 너, 이거 어쩔 거야아아아아아?!"

"히이이이잉. 으엑, 와아아아앙!"

내려가는 법을 몰라서 패닉에 빠진 모니카는 생각했다.

아무튼 안전하게 내려가고 싶다. 안전하게 내려가기 위해서 필요한 건 무엇인가? 치밀하게 조종할 수 있는 바람 마술이다.

그리고 모니카가 쓸 수 있는 것 중에서 가장 정확하게 바람을 조종하는 마술이라면…….

"칠현인 중 한 명, '침묵의 마녀' 모니카 에버렛의 이름 아래 열려라, 무우우운!"

──바람의 정령왕 소환.

침착하게 생각하면 더 간단한 대처 방법이 얼마든지 있었지만, 패닉에 빠진 모니카는 이것밖에 없다고 생각해서 자기가 할 수 있는 최고위의 마술을 전개했다.

"정숙의 녹색으로부터, 나타나라. 바람의, 정령왕, 셰필드오우오우오."

익숙하지 않은 비행 마술과 정령왕을 소환하는 최고위 마술을 동시에 유지하는 건 무리다.

모니카는 비행 마술을 해제했고, 자신과 네로의 몸을 빛나는 바람으로 감싸서 천천히 안전하게 하강했다.

이렇게, 이보다 더할 수 없을 만큼 마력과 기술을 낭비해

가며 '침묵의 마녀' 모니카 에버렛은 레인부르그 땅에 내려섰다.

이 광경을 목격한 사람은 나중에 이렇게 말했다.

위대한 '침묵의 마녀'님이 정령왕의 바람을 두르고 하늘에서 강림하셨다고.

* * *

레인부르그 공작 저택 앞에 약간의 인파가 생겼다.

펠릭스와 엘리안느를 맞이하러 나온 고용인뿐만 아니라 저택 안에 있던 사람들까지 정령왕 소환이라는 희귀한 대마술을 보고 낌새를 엿보러 나온 것이다.

그리고 이 인파의 맨 앞줄에 있는 것은 모니카의 호위 대상인 제2왕자 펠릭스 아크 리디르.

정령왕 소환을 해제하고 문을 없앤 모니카는 황급히 후드 가장자리를 눌렀다. 맨얼굴을 보이면 극비 호위 임무에 지장이 생긴다.

솔직히 지금 하늘에서 일어난 일로 모든 기력을 쏟아부은 것 같지만, 진짜는 지금부터다.

앞으로 자신은 모니카 노튼과 동일 인물임을 들키지 않게 조심하면서 펠릭스를 호위해야 한다.

모니카가 우선 네로에게 인사를 맡기자고 생각한 그때, 펠릭스가 눈을 크게 뜨고 네로를 바라봤다.

"너는……!"

놀라움을 감추지 못하는 기색인 펠릭스를 엘리안느와 글렌이 의아한 듯 바라봤다.

모니카도 그랬다. 펠릭스는 무엇에 놀라는 걸까?

그런 가운데, 네로가 씨익 웃으면서 입을 열었다.

"그러고 보니 왕자하고는 한 번 만난 적이 있던가."

(엥……?)

펠릭스가 놀란 모습을 보인 건 아주 짧은 시간이었다. 그는 바로 완벽한 왕자님에 어울리는 우아한 모습으로 네로를 향해 웃었다.

"여어, 오랜만이네. 바솔로뮤 알렉산더."

"그래. 이 몸이 '침묵의 마녀'의 종자, 바솔로뮤 알렉산더 님이시다."

모니카는 입에서 심장이 튀어나오는 게 아닌가 싶을 만큼 놀랐다.

(잠깐만, 잠깐만, 잠깐마아아아안?!)

모니카가 네로의 로브 옷자락을 쭉쭉 당기자, 그는 히죽히죽 웃으며 모니카를 내려다봤다.

"오. 왜 그러냐? 주인님."

모니카는 네로를 데리고 저택 문 뒤로 들어가서 작은 목소리로 물었다.

"어, 어째서, 네로가 전하와 아는 사이인 거야?!"

"응? 말 안 했던가? 그게, 네가 잠입 임무를 막 시작했을 때, 썰렁이가 숲속에서 폭주했다가 쓰러진 적이 있었잖냐?"

네로가 말하는 썰렁이란 얼음 마술을 사용하는 시릴 애슐리를 말한다.

즉, 네로는 시릴이 마력 중독으로 폭주했을 때를 말하는 것이리라.

그러나 그건 모니카가 막 학생회 임원이 되었을 무렵——석 달이나 이전 이야기가 아닌가.

어째서 이야기가 거기까지 거슬러 올라가는가? 혼란스럽던 모니카에게 네로가 태연하게 말했다.

"이 몸. 썰렁이를 남자 기숙사에 데려다줄 때 왕자하고 만났거든."

"모, 못 들었는데!"

그때, 네로가 기절한 시릴을 남자 기숙사까지 바래다줬던 건 기억한다.

설마 그때 펠릭스와 만났었다니!

(그때, 네로는 옮겨 놨다고만 말했었는데에에에!)

만약 네로가 인간 모습으로 펠릭스를 만난 걸 알았다면, 모니카는 절대로 종자 역할을 맡기지 않았을 거다.

"게다가 바솔로뮤 알렉산더라니 뭐야?! 다른 가명을 생각했었잖아?!"

바솔로뮤 알렉산더는 유명한 모험 소설 주인공의 이름이다. 그런 걸 이름이랍시고 댔다간 누가 들어도 가명임을 알아챌 테고 수상하기 짝이 없지 않은가.

그러나 네로는 미안한 기색도 없이 태연하게 말했다.

"가명 말이지~. 아~ 응. 까먹었어. 그야 이 몸, 흥미가 없는 인간의 이름은 기억 못하니까."

"최소한 자기 가명 정도는 기억해야지!"

"바솔로뮤 알렉산더면 되잖냐. 이거라면 이 몸도 절대로 이름을 틀리지 않을 거야!"

모니카는 양손으로 얼굴을 가리고 무릎부터 무너져 내렸다.

그러나 네로는 아무 문제도 없다는 듯 당당한 태도였다.

"딱히 소란 피울 일도 아니잖냐. 이 임무가 시작되고 나서 이 몸의 인간 모습을 본 녀석은 아주 일부라고?"

확실히 네로의 말대로다. 모니카 노튼과 인간 청년 모습의 네로가 함께 행동하는 모습을 본 사람은 임무 협력자를 제외하면 '나염' 암살 미수 사건 때의 케이시, 체스 대회 때의 버니. 이 두 사람뿐이다.

사람으로 변한 네로와 모니카 노튼을 연결해서 생각할 사람은 최소한 이 자리에는 없다.

"석 달 전에 전하와 만났을 때, 내 이름은 언급 안 했지?"

"언급할 리가 없잖냐. 이 몸은 똑똑하거든."

"그때 무슨 이야기를 했는지는 나중에 차분하게 물어보겠지만…… 일단, 지금은 진지하게 종자로 있어야 해?"

"그럼, 맡겨두라고."

모니카가 끈질기게 신신당부하자, 네로는 자랑스럽게 말하며 가슴을 두드렸다.

불안하다. 불안하기 짝이 없지만, 펠릭스 일행을 저택 앞에 서 있게 한 채 내버려 둘 수는 없다.

모니카는 후드를 깊게 눌러쓰고 긴장감으로 떨리는 발을 움직여서 펠릭스 앞으로 나아갔다.

그리고 오른쪽 무릎을 꿇으면서 지팡이를 내려놓고, 오른손은 땅에 둔 지팡이에, 왼손은 가슴에 대며 고개를 수그렸다.

막 칠현인이 되었을 때 루이스가 철저하게 가르쳤던 마술사의 최고위 경례다.

그러나 모니카가 무릎을 꿇었는데도 네로는 그녀 옆에서 거만하게 허리를 펴고 있는 게 아닌가.

(네로?!)

모니카가 네로를 살짝 올려다보며 초조해하자, 네로는 거만한 자세로 말했다.

"이 녀석이 이 몸의 주인인 '침묵의 마녀' 다. 이 이름대로 말을 안 하는 주인이니까, 용건을 알리고 싶을 때는 이 몸한테 말해."

주인보다도 태도가 거만한 종자를 보자, 이 자리에 있는 모두가 할 말을 잃었다.

펠릭스가 쓴웃음을 지으며 입을 열었다.

"주인이 무릎을 꿇었는데, 넌 선 채로 있어도 괜찮은가?"

"왜 이 몸이 너한테 무릎을 꿇는데? 이 몸의 주인은 '침묵의 마녀' 이지 네가 아니라고."

"칠현인보다 위에 있는 게 왕족인데도?"

"이 몸은 왕족이든 뭐시기든 나보다 대단한 녀석이 아니면 무릎 꿇지 않아."

(네~~로~~!)

모니카가 말없이 일어나 네로의 등을 주먹으로 토닥였다.

(전하한테, 실례를 저지르면, 안 되잖아!)

모니카가 하려는 말을 짐작했는지, 네로는 불만스럽게 입을 삐죽였다.

모니카는 네로가 머리를 숙이게 하려고 했지만, 체구가 작은 모니카가 아무리 손을 뻗어도 장신인 네로의 머리까지는 닿지 않았다.

모니카가 분투하는 와중에, 펠릭스가 후훗, 하고 숨을 내쉬며 즐겁게 웃었다.

네로가 그렇게나 실례되는 말을 했는데도 불구하고 분노도 불쾌감도 보이지 않는 어른의 태도였다.

"그런가. 그럼 언젠가 네가 무릎을 꿇고 싶어지는 사람이 되도록 노력해야겠어."

"그래. 힘내라."

모니카는 무영창 마술을 써서 네로의 머리 위에 가차 없이 바람을 일으켰다. 머리 위에서 바람 덩어리가 짓누르자, 네로는 "흐악?!" 하고 비명을 지르며 지면에 엎어졌다.

아아, 어서 펠릭스에게 사과해야 한다. 왕가 사람에게 이렇게 행동하다니. 불경죄로 처벌당해도 불평할 수 없다.

그러나 초조해하던 모니카와는 반대로, 펠릭스는 감격한

표정으로 모니카를 바라봤다.

"지금 그게, 무영창 마술⋯⋯."

나지막하게 중얼거린 펠릭스가 모니카에게 우아하게 인사를 건넸다.

"식전에서 몇 번 뵙기는 했지만, 이렇게 직접 인사하는 건 처음이군요. 레이디."

(다행이다. 전하는 화나지 않았어! 다정해!)

남몰래 가슴을 쓸어내린 모니카에게 펠릭스가 아름다우면서도 어딘가 황홀한 미소를 지으며 작은 목소리로 속삭였다.

"학원의 숲에서 시릴을 도와준 것은 역시 당신이었군요."

"──?!"

모니카는 소리를 낼 뻔한 걸 필사적으로 참았다.

학원의 숲에서 시릴을 도왔다. ──그건 모니카가 세렌디아 학원에 막 편입한 무렵, 마력 중독으로 폭주한 시릴을 구했던 사건이다.

(와아악! 전하가 그때 네로와 만났다면 그렇게 되겠지이?! 이, 이럴 때에는, 어떤 태도를 보여야 맞는 거야아아아?!)

펠릭스는 동요하는 모니카의 손을 잡고는 그 손등에 입을 맞췄다.

"당신을 만나게 되어 영광입니다."

'침묵의 마녀'를 보는 펠릭스의 얼굴은 마치 사랑에 빠진 청년처럼 붉게 물들었고, 푸른 눈은 몽롱해졌다.

그가 '침묵의 마녀'에 관해 열변을 토하는 건 몇 번 봤지만, 이렇게 실제로 보게 되니 위가 쪼그라드는 것 같은 심경이었다.

모니카가 베일 속에서 입가를 실룩이자, 엘리안느가 짜증 섞인 목소리를 냈다.

"레스틴! 우선은 막 도착하신 손님을 안내하고 그 후에는 차를 준비해 드려!"

"네. 아가씨."

공작 영애의 명령에 따라 고용인들은 재빨리 반응해서 일행을 저택으로 안내했다.

펠릭스의 손에서 해방된 모니카는 경종을 울리는 심장을 로브 위로 억눌렀다.

어쩌지, 이대로 가면 긴장한 나머지 토할 것 같아.

모니카가 목소리를 죽이고 거친 숨을 내쉬는데, 펠릭스가 말을 걸었다.

"자, 갈까요. 레이디."

(내 위가…… 마지막 날까지, 버틸까아아아……?)

모니카는 지팡이를 품에 안고, 웅크린 채 고개를 숙이면서 일행을 뒤따라 저택으로 향했다.

"야, 인마. 이 몸을 두고 가지 마!"

황급히 일어난 네로가 불평하면서 그 뒤를 쫓아왔다.

3장 비전(祕傳) 3번의 행방

저택 안에 짐을 들이고, 레인부르그 공작에게 인사를 끝내자, 일행은 널찍해서 여유가 있는 방으로 안내받았다.

아무래도 여기서 쉬며 담소를 나누라는 뜻인 것 같다.

정육점집 아들 글렌 더들리는 입구 주변에 서서 안절부절 못한 기색으로 실내를 돌아봤다.

(굉장한 저택이네에⋯⋯.)

레인부르그 공작 저택은 외부도 내부도 아무튼 호화롭다. 벽지도 커튼도 무늬와 장식이 많아서 보기만 해도 눈이 어질어질하다.

그런 실내에서 쉬고 있는 건, 펠릭스와 '침묵의 마녀', 그리고 그 종자인 바솔로뮤 알렉산더라는 남자였다.

그 알렉산더라는 남자가 또 수상쩍었다.

'침묵의 마녀'의 종자를 자칭하지만 주인보다 태도가 거만하고, 입고 있는 건 무척이나 고풍스러운 로브이며 이름은 명백하게 가명이다.

『바솔로뮤 알렉산더의 모험』 시리즈는 글렌도 알고 있는 인기 모험 소설이다. 그 주인공의 이름을 대다니, 너무나도 수상하다. 정말 수상하다.

 게다가 이 남자, 소파에 떡하니 앉아서 느긋하게 하품이나 하고 있다. 이 자리에 있는 누구보다도 태도가 거만했다.

 한편, 그 주인인 '침묵의 마녀'는 소파 구석에 조용히 앉은 채 가만히 있었다.

 (저 조그만 애가 '침묵의 마녀'······.)

 조금 전 목격한 정령왕 소환 마술을 떠올린 글렌은 침을 삼켰다.

 스승이 이 호위 임무에 관해 설명할 때, 글렌은 '침묵의 마녀'의 무서운 일화를 들었다.

                          * * *

 겨울방학이 되기 전 어느 휴일, 윈터 마켓에 가서 오르테리아 차임을 울렸던 날 밤, 글렌은 사감에게 호출받았다.

 스승인 루이스가 글렌을 찾아온 모양이었다.

 그렇게 세렌디아 학원 남자 기숙사에 있는 면회실에 들어온 글렌은 자신의 스승 '결계의 마술사' 루이스 밀러로부터 제2왕자 호위 임무를 전달받았다.

 루이스에게 개요를 들은 글렌은 내심 들떴다.

 열심히 마술 수행을 하겠다고 오르테리아 차임에 맹세했던 그날에 왕자님의 호위로 임명되다니, 왠지 운명인 것처럼 느껴졌다.

무엇보다 호위 대상인 펠릭스에게는 늘 이것저것 신세를 지고 있다. 몰래 고기 굽는 걸 넘어가 주거나, 조리 기구 두는 곳을 알아봐 주는 등등.

"그런 거라면 저, 힘내겠슴다!"

"의욕이 있는 건 좋군요……."

그에 답하는 루이스는 어딘가 피곤한 얼굴이었다. 아마 글렌이 이번 호위 임무를 맡는 것이 그리 내키지 않는 것이리라.

"이번 호위 임무, 너는 어디까지나 보조입니다. 동행하는 칠현인의 지시를 따르세요."

"동행하는 칠현인…… 으~음. '어쩌고 마녀' 씨, 였죠?"

글렌이 중얼거리자, 루이스는 뺨을 실룩거렸다.

단안경 속에서 잿빛 기운이 감도는 보라색 눈이 번뜩이며 예리하게 빛났다.

"글렌. 너…… 설마 그럴 리는 없겠지만, 칠현인 전원의 이름 정도는 말할 수 있겠죠?"

"윽. 스, 스승님하고…… '별을 읽는 마녀' 씨하고……."

글렌은 시선을 이리저리 돌리며 손가락을 꼽았다. 이윽고 두 손가락을 꼽은 채로 멈췄다.

루이스는 미간에 손가락을 대고는 비통한 표정으로 한숨을 내쉬었다.

"칠현인의 제자가 칠현인의 이름도 말하지 못하다니, 정말 한탄스럽군요. 좋아요. 네가 레인부르그 공작 앞에서 수

치스럽지 않도록 칠현인에 관해 설명하겠습니다. 그 텅텅 빈 머리에 확실하게 넣어 두세요."

"네~에."

글렌이 말 잘 듣는 개처럼 자세를 다잡자, 루이스는 손가락을 하나 세웠다.

"먼저 첫 번째. 너도 알고 있는 '별을 읽는 마녀' 메리 하비. 이 나라에서 제일가는 예언자이자 점성술의 달인. 그렇게 젊어 보이는 외모임에도 칠현인 중에 최연장자죠. 미소년과 눈이 마주쳤다 하면 일단 데리고 가는 미소년 애호가입니다."

"저는 미소년이 아니니까 그럴 일 없지 말임다."

루이스는 두 번째 손가락을 세웠다.

"다음으로 두 번째. '가시나무의 마녀' 라울 로즈버그."

"마녀인데 남자 같은 이름이지 말임다."

"남자입니다. '가시나무의 마녀'는 별칭 같은 거죠."

마술 명가에서는 당주가 마술사의 칭호를 물려받을 때가 있다.

라울 로즈버그는 5대 '가시나무의 마녀'인 것이다.

"5대 '가시나무의 마녀'는 현재 우리 나라에서 가장 보유 마력량이 많은 괴물입니다만, 그런 주제에 마술을 별로 쓰지 않고 느긋하게 식물 연구나 하면서 재능을 낭비하는 자식입니다. 눈이 마주치면 직접 재배한 채소를 떠넘기죠."

"근처에 사는 아줌마 중에 그런 사람이 있었슴다."

글렌의 평화로운 코멘트를 흘려버린 루이스는 세 번째 손
가락을 세웠다.

"세 번째. '심연의 주술사' 레이 올브라이트. 젊은 여성과
눈이 마주치면 갑자기 '나를 사랑해?'라고 말하며 따지고
드는 수상한 놈입니다."

"저는 여자아이가 아니니까 괜찮지 말임다."

"네 번째. '포탄의 마술사' 브래드포드 파이어스톤. '콰
쾅, 콰쾅'이 입버릇인 아저씨이고, 눈이 마주치면 마법전
을 걸어오는 전투광입니다."

"스승님…… . 점점 설명하기 귀찮아졌음까?"

글렌이 눈을 반쯤 뜨자, 루이스는 사뭇 당연하다는 표정
으로 끄덕였다.

"잘 이해하고 있군요. 자, 다섯 번째. '보옥의 마술사' 에
마누엘 다윈. 부여 마술이 특기인 마도구 제작의 달인. 돈
이 관련되면 억척스럽고 귀족에게 빌붙는 게 능숙한, 전형
적인 소인배입니다."

악의로 가득한 설명이었지만, 글렌은 이야기만 들어서는 지
금까지 나온 사람 중에 가장 멀쩡한 인물 같다고 생각했다.

루이스는 인상을 찌푸리고는 투덜대는 말투로 말했다.

"참고로 '보옥의 마술사'는 크록포드 공작에게 달라붙은
제2왕자파라서 나를 눈엣가시로 여기고 있습니다. 너는 나
의 제자니까 그자와 눈이 마주쳤다가는 분명 트집을 잡히
겠죠."

'보옥의 마술사'는 칠현인 중에서 가장 정치색이 강하고, 제1왕자파인 루이스와는 천적 관계라고 한다.

글렌은 정치는 잘 모르지만 그래도 제2왕자가 그 학생회장이라는 건 알았다.

(어라? 그럼, 제1왕자파인 스승님은 회장님하고는 적인 건가?)

글렌은 그 학생회장에게 은혜를 입었기에, 가능하면 적대하고 싶지 않다는 게 본심이었다.

본가의 고기를 맛있게 먹어 주는 사람 중에 나쁜 사람은 없다……고 믿고 싶다.

(하지만 회장님은 내가 '결계의 마술사'의 제자라는 걸 알 테니까…… 어쩌면 나도 적이라고 생각할까~.)

그렇다면 조금 쓸쓸할 거다. 글렌은 평민인 자신을 바보 취급하지 않는 그 학생회장을 은근히 좋아했으니까.

글렌이 팔짱을 끼고 신음하자, 루이스가 여섯 번째 손가락을 세웠다.

"그리고 여섯 번째. 이번에 너와 함께 제2왕자 호위 임무를 맡은 최연소 칠현인, '침묵의 마녀' 모니카 에버렛."

"제 친구 중에 똑같은 이름의 아이가 있습다."

"어디까지고 우연이겠죠. 흔한 이름이잖습니까."

확실히 '모니카'라는 이름이 드물지는 않다. 이런 우연도 있는 것이리라. 글렌은 금세 납득했다. 게다가 친구와 똑같은 이름이라면 기억하기 쉬워서 좋다.

"'침묵의 마녀'는 나와 같은 시기에 칠현인이 된, 이른바 동기. 현존하는 마술사 중에서 유일한 무영창 마술 사용자입니다."

"아, 떠올랐다! 칠현인 선발 마법전에서 스승님을 흠씬 두들겨 팼던……."

루이스는 아름답게 미소 지은 채 글렌의 정강이를 걷어찼다. 정말 어른스럽지 못하다.

글렌은 욱신거리는 정강이를 문지르면서 루이스를 원망스럽게 바라보며 물었다.

"다시 말해, '침묵의 마녀' 씨는 스승님보다 위험한 겁까?"

"…………."

루이스는 양손을 맞잡고는 이보다 더할 수 없는 진지한 표정으로 끄덕였다.

"너의 말대로 '침묵의 마녀'는 인간 혐오가 심하고 무자비하며 잔혹합니다. 무영창 마술을 써서 단숨에 적을 없애 버리는, 매우 강력하면서도 위험한 능력의 소유자입니다. 심기를 거스르면 너 따위는 단숨에…… 아아, 이 이상은 입에 담기도 무섭군요."

글렌이 숨을 삼키자, 루이스는 낮은 목소리로 말했다.

"아무쪼록 '침묵의 마녀'를 화나게 하는 일이 없도록…… 접촉은 최소화하세요. 불필요하게 말을 걸어도 안 됩니다. 눈이 마주치면 죽는다고 생각하세요."

"어, 엄청, 위험한 사람 아님까……."

"그렇습니다. 그자는 괴물입니다. 이쪽의 상식 같은 건 통하지 않아요."

한순간, '그런 위험인물에게 왕족의 호위를 맡겨도 되냐'는 의문이 떠올랐지만, 루이스 같은 인격 파탄자가 성을 방위하는 임무를 맡을 정도니까 분명 문제없으리라.

글렌이 혼자서 납득하자, 인격파탄자인 스승이 무겁게 신신당부했다.

"반복합니다만, 목숨이 아깝다면 필요 이상으로 '침묵의 마녀'에게 접근하거나 말을 걸면 안 됩니다. 알겠습니까?"

글렌은 고개를 끄덕이면서 칠현인에 관한 정보를 자기 나름대로 정리했다.

결계의 마술사: 스승. 화나면 무섭다.

별을 읽는 마녀: 예언하는 사람. 눈이 마주치면 끌려간다(미소년 한정).

가시나무의 마녀: 마녀지만 남자. 눈이 마주치면 채소를 떠넘긴다.

심연의 주술사: 저주를 거는 사람. 눈이 마주치면 사랑하냐고 호소하며 물어본다(여성 한정).

포탄의 마술사: '콰쾅콰쾅' 하고 말하는 사람. 눈이 마주치면 싸움을 건다.

보옥의 마술사: 스승과 사이가 안 좋다. 눈이 마주치면 트집을 잡는다(나 한정).

침묵의 마녀: 옛날에 스승을 흠씬 두들겨 팼던 사람. 눈이 마주치면 죽는다.

글렌은 중대한 사실을 깨닫고 말았다.

"스승님. 이래서는 칠현인의 절반 정도와는 눈을 마주칠 수 없습니다."

특히 마지막 세 명이 그렇다.

제자가 곤란해하자, 루이스는 어딘가 자랑스러운 미소를 지었다.

"이걸로 내가 얼마나 유능하고 멀쩡한지 잘 알았겠죠? 좀 더 스승을 존경하시죠."

"스승님. 타인을 깔아뭉개면서 자신의 가치를 올리는 건 좋지 않다고 로자리 씨가 그랬습니다."

아내의 이름이 나오자 루이스는 미소를 지은 채 관자놀이에 푸른 핏대를 세우고 이번에는 두번이나 글렌의 정강이를 걷어찼다.

아파서 끙끙대는 글렌을 곁눈질한 루이스는 헛기침하면서 말을 이었다.

"아무튼, 이것으로 칠현인의 설명은 끝입니다. 기억했습니까?"

글렌은 걷어차인 곳을 문지르며 자신의 솔직한 감상을 입에 담았다.

"뭔가 칠현인이라기보다 칠괴인이라는 느낌이지 말입니다!"

"나를 포함한 건 아니겠죠? 바보 제자?"

루이스가 주먹을 움켜쥐기 시작했기에 글렌은 황급히 고개를 내저었다.

루이스의 주먹은 철판이라도 들어 있는 게 아닌가 싶을 만큼 단단하고 아프다. 바람 마술에 맞아서 날아가는 게 그나마 덜 아프다.

* * *

스승의 말을 떠올린 글렌은 조용히 소파에 앉아 고개를 수그린 '침묵의 마녀'를 몰래 관찰했다.

작은 몸에 펑퍼짐한 로브를 입었고, 매달리듯이 지팡이를 움켜쥔 그 모습은 마술사 놀이를 하는 어린애 같았다.

후드를 깊게 눌러썼고, 베일로 입가를 가려서 어떤 얼굴인지는 전혀 모르겠다.

그러나 루이스의 말에 따르면, 그녀는 인간 혐오가 심하고, 마음에 안 드는 자를 가차 없이 공격하는 무서운 마녀라고 한다.

(으~음. 도저히 스승님을 흠씬 두들겨 팬 사람으로는 안 보이는데…….)

그러나 이 저택에 찾아올 때 하늘에서 나타난 그녀는 사용자가 적은 최고위 마술, 정령왕 소환을 사용했다.

그 마술은 '나를 거스르면 정령왕 소환으로 일망타진해

주마.'라는 시위 행위였을지도 모른다.

글렌이 어디에도 앉지 못하고 남몰래 신음하는데, '침묵의 마녀' 맞은편 소파에 앉아있던 펠릭스가 말을 걸었다.

"더들리. 너도 앉는 게 어때?"

"그럼 실례하겠슴다……."

글렌은 양해를 구하고 소파에 다가갔다. 마주 보고 위치한 소파 한쪽에는 '침묵의 마녀'와 그 종자가, 반대쪽에는 펠릭스가 앉아있다.

글렌은 펠릭스 옆에 앉았다. 마침 알렉산더라는 남자의 맞은편 자리다.

(말을 건다면 이 사람에게 하라고 했으니까…… 물어봐도 되려나~?)

슬슬 입 다물고 있는 게 지겨워진 글렌은 소파에 거만하게 앉아서 하품하는 알렉산더에게 조심스럽게 물었다.

"저기~ '침묵의 마녀' 씨가 칠현인 선발 때 우리 스승님을 흠씬 두들겨 팼다고 들었는데요."

고개를 수그린 '침묵의 마녀'의 어깨가 움찔했다.

물어봐도 되나? 종자인 알렉산더한테 묻는 거라면 괜찮겠지? 글렌은 조마조마한 마음으로 물었다.

"어떻게 스승님한테 이겼는지 가르쳐 주셨으면 함다!"

'침묵의 마녀'는 옆에 앉은 알렉산더의 로브를 쭉 잡아당겼다. 아마 대신 대답해 달라고 부탁한 것이리라.

그러나 알렉산더는 하품 섞인 목소리로 모른다며 대충 대답했다.

"그야 이 몸, 그 시절 일은 잘 모른단 말이지. 뭐, 그래도 우리 주인님이라면 어떤 놈이 상대라도 순식간에 해치우지 않았을까?"

'침묵의 마녀'는 고개를 가로저었지만, 종자는 아랑곳하지 않았다.

그런 가운데, 지금까지 진지한 표정으로 침묵하던 펠릭스가 입을 열었다.

"정말 좋은 질문이야, 더들리. 2년 전의 칠현인 선발 때, 무척 유감스럽게도 나는 입회할 수 없었지. 하지만 나중에 당시 기록을 본 바로는 레이디 에버렛은 마법전에서 광범위한 공격 마술을 연발해서 다른 후보자가 접근하지 못하게 만들었던 모양이야. 특히 원격 술식과 절제 술식의 복합 마술을 무영창으로 구사하는 엄청난 기술에는 당시 칠현인들도 절찬했었지. 그녀가 고위력이면서 광범위한 마술을 연발했던 건 그 절제 술식 덕분이었고, 이것이 '결계의 마술사'와의 승패를 갈랐어."

기분 탓인지 펠릭스는 평소보다 말이 빨랐다.

글렌은 마술을 배운 몸이지만, 펠릭스가 무슨 말을 하는 건지 절반도 이해하지 못했다.

"잘 모르겠지만, 굉장했던 검까!"

펠릭스는 방긋 웃으면서 막힘없이 말을 이었다.

"절제 술식이란 소비하는 마력량을 대폭으로 줄이는 대신

영창에 어마어마한 시간이 걸리는 특수 술식인데, 초급 마술이라도 30분, 상급 마술에 끼워 넣으면 시간이 더 오래 걸린다고 하는, 원래는 실전에 안 어울리는 술식이야. 그걸 무영창으로 해낸다는 게 얼마나 굉장한 일인지, 마술을 조금이라도 배운 사람이라면 알겠지? 레이디 에버렛은 그럴 마음만 먹으면 일반적인 마력량의 절반 이하 정도로도 대형 마술을 연발할 수 있어. 그러니까 '결계의 마술사'는 최종적으로 밀려서 패배한 거야."

역시 글렌은 펠릭스가 하는 말을 잘 알아듣지 못했다.

그러나 회장님은 공부를 열심히 한다 싶어서 그 생각을 솔직히 입에 담았다.

"회장님. 엄청 잘 아시지 말임다."

펠릭스는 누가 보더라도 흠잡을 데 없는 완벽한 미소로 대답했다.

"왕족이니까."

"왕족은 참 굉장함다!"

* * *

(왕족인 거랑은, 전혀 상관없어어어어어!)

소파 위에서 몸을 웅크린 모니카는 베일 속에서 입술을 떨었다.

글렌은 알아채지 못한 모양이지만, 이 방으로 안내받고

나서 펠릭스는 줄곧 '침묵의 마녀'에게 말을 걸려고 했다.

펠릭스는 입을 한 번 열기 시작하자 눈이 반짝거리며 빛났고, 평소 이상으로 혀가 잘 돌아가서 여러모로 하고 싶은 말을 숨기지 못하는 것 같았다. 글렌은 신경 쓰지 않았지만.

펠릭스가 '침묵의 마녀'를 동경하는 마음은 진짜다.

2년 전의 마법전 기록까지 읽었다니, 정말 열렬한 팬이지 않은가.

'침묵의 마녀'에 관해 술술 떠드는 펠릭스를 보고 왕족은 굉장하다는 한마디로 납득하는 사람은 글렌 정도일 것이다…….

"호오, 이 몸은 잘 모르겠지만, 왕족은 굉장하구만."

정정하겠다. 글렌과 네로 정도일 것이다.

(맞아……. 네로는 전하가 '침묵의 마녀'를 어떻게 생각하는지 모르는구나…….)

즉, 펠릭스가 '침묵의 마녀'를 좋아한다는 걸 아는 사람은 이 자리에서 모니카 한 명뿐이다.

덧붙여 글렌은 모니카를 뭔가 무서운 걸 보는 눈으로 바라보고 있지 않은가.

(글렌 씨, 혹시 나를 무서워하나? 루이스 씨…… 나를, 뭐라고 설명한 거야아아아?!)

언제나 쾌활하고 명랑한 친구가 저런 눈으로 바라보니까 조금 마음이 아팠다.

펠릭스는 존경하는 눈으로 바라보고, 글렌은 공포에 물든 눈으로 바라보자, 모니카는 욱신거리는 위를 살며시 눌렀다.

* * *

저택 주방은 소란스러웠다. 왜냐하면 먼 학원에 다니던 엘리안느 아가씨가 귀성하신 데다가 오늘부터 한동안 제2왕자와 칠현인이 머물기 때문이다.

게다가 이건 아직 전초전에 불과하다. 내일은 이웃 나라의 사자도 찾아오기 때문에 당연하게도 매일 호화로운 식사를 준비해야만 한다.

첫날 만찬회가 끝나자, 주방은 싸움 하나를 끝낸 듯한 분위기에 휩싸였다. 물론 뒷정리나 내일을 위한 준비 등, 할 일은 아직도 남았다.

잡일 담당인 바르톨로메우스는 주방 한구석에서 내일 쓸 당근 껍질을 깎으면서 마음속으로 고민에 잠겼다.

(저게 '침묵의 마녀' 라고? 어떻게 된 거지? 내가 아는 '침묵의 마녀'와는 다른 사람이잖아.)

바르톨로메우스는 정령왕 소환이라는 대마술을 쓰면서 하늘에서 나타난 '침묵의 마녀'를 저택 창문에서 지켜봤다.

저건 바르톨로메우스의 심장을 꿰뚫은 아름다운 금발의 여자가 아니다. 키가 전혀 다르고, 무엇보다 가슴이 절벽이지 않은가.

가능하다면 가까이에서 저 조그만 마녀의 얼굴을 들여다

보고 싶었지만, 신입인 바르톨로메우스가 직접 손님을 접대하는 건 지명이라도 받지 않는 한 불가능하다. 손님을 접대하는 중요한 일은 베테랑의 역할이다.

그래서 바르톨로메우스는 웨이터 담당이 식사나 식기를 전하러 갈 때를 이용해 잠깐의 틈을 봐서 문틈으로 '침묵의 마녀'를 관찰했다.

그리고 그가 도달한 결론은 하나.

(나는 알아. 진짜 '침묵의 마녀'가 그런대로 키가 큰 금발의 쿨한 미녀라는 걸……. 그렇다면 저 조그만 자칭 '침묵의 마녀'는 가짜인 게 분명해.)

그러나 잡일 담당이자 말단인 바르톨로메우스가 목소리를 높인들 누가 그걸 믿는단 말인가? 주변 사람은 모두 저 조그만 녀석이 진짜 '침묵의 마녀'라고 믿고 있다.

(어떻게든 저 녀석이 가짜라는 증거를 잡고 싶은데…… 글쎄, 어떻게 하면 좋을까.)

바르톨로메우스가 당근 껍질을 모두 깎자, 주방에 초로의 집사가 빠르게 들어왔다. 엘리안느 아가씨를 무척이나 사랑하는 집사 레스턴이다.

"펠릭스 전하께서는 오늘 밤 만찬이 마음에 드셨던 모양이다. 내일도 이렇게 부탁한다."

레스턴의 말을 듣자, 주방의 요리사들은 일제히 가슴을 쓸어내렸다.

이 저택의 주인인 레인부르그 공작은 온화한 인물로, 굳이 따지자면 일에 엄격한 건 집사 레스턴이다.

그 레스턴이 높게 평가하자 주방의 분위기가 조금 누그러들었다.

레스턴은 그런 고용인들을 돌아보고는 진지한 표정으로 말을 이었다.

"그리고 엘리안느 아가씨께서 펠릭스 전하께 드릴 음료가 필요하다고 하셨다. 시급히 『비전 3번』을 준비하도록."

(뭐야 그게?)

바르톨로메우스가 작업을 멈추고 고개를 갸웃하자, 식기를 닦던 노종복 피터가 바르톨로메우스에게 귓속말했다.

"입맛 도는 과일물에 도수 높은 술과 향신료와 허브를 섞은 겁니다. 밤에 상대를 유혹하기에 딱 알맞죠."

"하하, 과연······."

즉, 가벼운 최음제라는 뜻이다. 그 가련한 아가씨는 오늘 밤 그 아름다운 왕자님을 유혹하려는 생각인 모양이다.

집사 레스턴을 포함해서 고용인 경력이 긴 이들은 다들 감회가 깊은 모습으로 "그 조그맣던 아가씨가 마침내······.", "그렇군. 엘리안느 아가씨가 전하와······."라는 말을 입에 담았다.

그 모습을 지켜보던 바르톨로메우스는 이렇게 생각했다.

('비전 3번'······. 쓸 만할지도 모르겠어.)

작업대 옆에는 '침묵의 마녀'에게 대접하기 위한 과일 케이크가 놓여 있었다.

바르톨로메우스는 주변의 시선이 닿지 않을 때 몰래 '비전 3번'을 약간 가져와 과일 케이크에 섞었다.

'비전 3번'은 향신료와 허브가 섞인 독특한 냄새가 나지만, 향을 첨가하기 위해 과일 케이크에도 술을 넣었으니까 그 냄새를 얼버무릴 수 있을 것이다.

(하하~! 각오하라고, 가짜 마녀! 이 케이크를 먹고 휘청거릴 때 추궁해 주겠어!)

* * *

"에으으으윽, 겨우 끝났어…… 지쳤어어……."

첫날 만찬회를 마친 모니카는 마련된 객실로 돌아가 입가를 가리던 베일을 벗고 소파에 쓰러지듯 누웠다.

칠현인을 위해 준비된 방은 넓어서 방 안쪽에 침대와 책상이 있고, 앞쪽에는 휴식용 소파와 낮은 테이블 세트가 있었다.

모니카를 따라온 네로는 방 안쪽의 커다란 침대를 보고는 눈을 반짝였다.

"이 저택 굉장하구만. 아까 이 몸의 방도 봤는데, 침대가 컸다고."

네로도 모니카를 흉내 내서 침대에 쓰러져 데굴데굴 굴렀다. 겉보기에는 성인 남성이지만 마치 들뜬 어린애 같았다.

그건 그렇고 네로에게는 옆방이 배정되었으니까 뒹굴거리는 건 자기 방에서 했으면 좋겠다.

소파에 누운 모니카가 네로를 가만히 바라보자, 네로가 기분 좋게 말했다.

"보라고, 모니카! 이 몸의 긴 다리가 삐져나가지 않아!"

인간으로 변한 네로는 20대 중반의 청년 모습인데, 상당한 장신이다. 다락방에 있는 모니카의 작은 침대였다면 다리가 삐져나가고 만다.

침대에 누운 네로는 흥흥거리며 콧노래를 부르면서 로브 주머니에서 치즈를 꺼냈다. 아무래도 주방에서 가져온 모양이다.

"너도 먹을래? 밥 안 먹었잖냐?"

"필요 없어……."

만찬회에는 당연히 모니카의 자리도 마련되어 있었지만, 그녀는 거절했다.

식사하려면 입가의 베일을 벗어야 하기 때문이다. 아무리 후드를 깊게 눌러써도 같은 테이블에 착석한다면 얼굴이 들키고 만다.

펠릭스나 글렌은 "레이디도 함께 어떠신가요?", "저랑 교대로 밥을 먹으면 됩다!"라고 하며 신경 써 줬지만, 모니카는 완고하게 거절하고 만찬회가 끝날 때까지 계속 벽 쪽에서 대기했다.

그렇게 모니카가 벽 쪽에 서 있는 사이, 네로는 저택을 어슬렁거리면서 치즈를 가져온 거다. 낌새를 보니 다른 것도 이것저것 가져왔는지도 모른다.

모니카가 네로의 로브를 가만히 바라보자, 침대에 누워서 치즈를 먹던 네로가 상반신을 일으켜 콧소리를 냈다.

"이 몸이 먹는 걸 보니까 먹고 싶어졌냐?"

모니카는 소파 위에서 몸을 돌려 네로를 등졌다.

"필요 없다니까. 식욕 없어."

"아직 첫날이라고? 여기서 뻗어 버리면 못 버티잖냐."

정말이지. 누구 때문에 지쳤다고 생각하는 건지. 반쯤은 네로의 행동이 원인이건만.

모니카는 느릿느릿 일어나 네로를 원망스럽게 올려다봤다.

"네로가 전하와 아는 사이였다는 거, 나, 못 들었어."

이 저택에 도착한 직후 네로와 펠릭스의 대화를 떠올린 모니카는 얼굴을 찌푸렸다.

그러나 네로는 평소와 변함없는 모습으로 치즈의 마지막 한 조각을 입에 넣었다.

"딱히 대단한 이야기를 한 건 아니야. 썰렁이를 넘겨주고 잡담이나 했을 뿐이라고."

"정말로, 내 정체는 안 들킨, 거지?"

"그럼. 도마뱀을 써서 이 몸을 탐색하려고 했던 것 같지만 금방 색출했다고."

"도마뱀?"

도마뱀이란 대체 뭘 말하는 걸까?

모니카가 의아한 표정을 지은 그때, 누가 방문을 노크했다.

"레이디 에버렛. 취침 전에 미안합니다. 잠시 시간 좀 내주실 수 있을까요?"

문 너머에서 들려온 건 펠릭스의 목소리였다.

모니카는 곤란한 얼굴로 네로를 봤다. 네로도 치즈를 꿀꺽 삼키고는 모니카를 봤다.

"어쩔 거야? 쫓아낼 거냐?"

"쫓아낼 수 있을 리 없잖아. 들여보내⋯⋯. 아무쪼록, 실례가 없게 해야 해?"

"예이예이."

네로는 대충 맞장구치고는 모니카가 후드를 쓰고 베일을 두른 걸 확인하고 문을 열었다.

복도에 선 펠릭스는 만찬회 때와 같은 멋진 겉옷을 입고 있었다. 그런데도 품에는 어울리지 않는 간소한 바구니를 들었다.

펠릭스는 문을 연 사람이 네로임을 깨닫고 조금 놀란 표정을 지었다.

"너도 와 있었던 건가?"

"이 몸이 어디에 있든 이 몸의 맘이잖냐. 그보다도 이런 시간에 무슨 용건이야?"

네로가 아래턱을 내밀며 위협하자, 펠릭스는 들고 있던 바구니를 살짝 들었다.

바구니에는 음료수병과 작은 법랑 냄비, 빵과 과일 케이크가 담겨 있었다.

"레이디 에버렛은 만찬회에서 식사를 하지 않았고, 그 뒤로도 아무것도 안 먹은 모양이라 야식을 준비했거든."

네로는 눈을 번뜩이며 빛냈다.

"너는 좋은 녀석이구나. 들어와."

네로의 대답은 모니카의 의견이 무엇 하나 반영되지 않았다. 그러나 원래부터 쫓아낼 생각은 없어서, 모니카는 조심스럽게 펠릭스에게 소파에 앉으라고 권했다.

펠릭스는 감사를 표하면서 소파에 앉았고, 낮은 테이블에 바구니를 내려놨다. 곧장 네로가 맞은편 소파에 앉아 바구니 안을 들여다봤다.

"이봐~ 이 병 안에는 뭐가 있어?"

"과일물이라고 들었는데……."

펠릭스가 말을 마치기보다 먼저 네로가 병에 입을 대고 꿀꺽꿀꺽 내용물을 마셨다.

"오, 맛있네. 여러 향신료 맛이 나. 어른의 맛이구만. 배 속이 확 불타는 듯한 느낌이 좋아."

"응……? 그냥 과일물이라 알코올은 들어있지 않을 텐데."

펠릭스는 의아한 듯 중얼거리면서 냄비 뚜껑을 열었다. 냄비 안에는 보글보글 끓어오르는 수프가 있었다.

"레이디 에버렛. 따듯한 수프는 어떠신가요?"

줄곧 서 있던 모니카는 잠시 고민한 끝에 소파에 앉은 네로 옆에 앉아서 그의 로브를 당겼다.

'나중에 먹겠다고 펠릭스에게 전달해 줬으면 좋겠다.' 매정한 사역마는 그런 주인의 말 없는 호소를 알아듣지 못했다. 그저 기분 좋게 과일 케이크를 우물거리며 먹고 있을 뿐이었다.

모니카는 네로에게 대변을 맡기는 걸 포기하고 책상에 준비된 종이에 '나중에 수프만 받겠습니다.'라고 적어서 펠릭스에게 보여 줬다.

그걸 본 네로가 한 손에 과일 케이크를 들고 눈을 반짝였다.

"그럼 수프 말고는 이 몸이 먹어도 된다는 거구만. 그나저나 이 케이크 맛있네. 술맛이 굉장히 좋아."

"이 지방의 특산품인 증류주에 절인 과일을 썼으니까. 그런데 너는…… 레이디 에버렛과는 무슨 관계지?"

네로는 입 주변에 음식 부스러기를 묻힌 채 당당히 대답했다.

"종자야. 보면 알잖냐."

"평범한 종자치고는 굉장히 친밀해 보이는데. 제자거나 가족이거나…… 아니면, 연인인가?"

모니카는 저도 모르게 목소리를 낼 뻔하다가 황급히 베일 위로 입을 가렸다.

과일 케이크를 다 먹은 네로는 배를 잡고 깔깔거리며 웃었다.

"그건 아니지! 그야, 이 녀석은 이 몸의 타입이 아니니까."

그도 그렇다. 예전에 말했던 네로의 이상형은 '꼬리가 섹

시한 암컷'이었으니까.

그러나 펠릭스는 네로가 한 대답을 납득하지 못한 모양이었다.

모니카가 어떻게 설명할지 고민하는데, 네로가 팔짱을 끼며 말했다.

"이 몸은 그거야. 이 녀석의 사역마……가 아니라…… 으음. 으음, 그거다. 그거."

네로는 사역마를 대신할 말을 찾으려는 듯 신음하더니, 손을 탁 두드렸다.

"종복이다!"

모니카는 후드 자락을 누르면서 온 힘을 다해 고개를 가로저었다.

펠릭스도 곤혹스러운 표정으로 네로와 모니카를 번갈아 봤다.

"종복……이라고?"

"그래. 이 녀석은 이 몸의 생명의 은인이니까. 새 뼈가 목에 걸려서 끙끙거리고 있었는데 이 녀석이……."

모니카는 황급히 네로의 로브 자락을 잡아당겼다.

네로도 너무 떠들었다고 판단했는지 자기 입을 막으려는 듯 입안 가득 과일 케이크를 넣었다.

천천히 과일 케이크를 씹은 네로는 그걸 꿀꺽 삼키고는 금색 눈으로 펠릭스를 노려봤다.

"위험해, 위험해. 하마터면 '유도신문'에 걸려들 뻔했어."

"유도라기보다 그저 솔직하게 물어본 거였는데."

"너. 그렇게 이 몸에 관해 알고 싶었던 거냐……."

펠릭스가 알고 싶었던 건 틀림없이 네로가 아니라 '침묵의 마녀'에 관해서이리라.

펠릭스는 네로의 말을 듣고 쓴웃음을 짓고는 바구니 안에서 종이 다발을 꺼냈다.

"딱히 뭔가를 탐색하러 온 건 아니야. 레이디 에버렛과 잠시 사적인 이야기를 하고 싶었거든. 레이디, 혹시 괜찮다면 이걸 봐 주시지 않겠습니까?"

모니카는 조마조마하며 손을 뻗어서 종이 다발을 받았다.

대체 뭘 적은 걸까? 혹시 지금부터 이웃 나라와 진행할 무역에 관한 상담 거리? 아니면 교섭 자리에서의 호위 계획?

조심스럽게 종이 다발을 넘긴 모니카는 후드 안쪽에서 눈을 동그랗게 떴다.

(이건…… 마술식?)

읽기 편하게 단정한 글자로 빼곡히 적은 것은, 수중에서 광범위 술식을 전개할 때 물의 흐름과 수압이 끼치는 영향에 관한 고찰이다.

모니카는 거기에 주로 언급되는 광범위 술식의 전개 방법을 잘 안다. 다른 누구도 아닌 자신이 고안한 것이니까.

모니카가 저도 모르게 고개를 들자, 펠릭스는 수줍은 듯 말했다.

"실은, 나의 친구가 당신의 대단한 팬이어서……. 내가 레이디 에버렛을 만난다고 하니 당신에게 이 논문을 꼭 첨삭받고 싶다고 하는지라…….”

(그, 그 친구라는 건, 혹시…… 아이크를 말하는 게…….)

즉, 펠릭스 자신이다.

펠릭스는 무릎 위에서 깍지를 끼고 기대감 어린 눈으로 이쪽을 바라봤다. 함부로 대하기도 마음에 걸려서, 모니카는 논문을 훑어봤다.

(아, 굉장해. 잘 만들었어.)

첨부 자료가 적어서 아쉽기는 하지만, 논문 자체는 매우 잘 만들었다. 착안점도 나쁘지 않다. 수중에서의 술식 전개는 아직 연구가 발전되지 않은 분야인지라 모니카도 무척 흥미로웠다.

(이건, 물 속성 마술 지식이 상당히 깊지 않으면 쓸 수 없어. 만약 이걸 전하가 혼자 생각했다면, 미네르바의 상급생에 필적하는 지식을 가졌다는 뜻이 되는데…….)

그러나 모니카는 알고 있다. 펠릭스가 조부에게 마술 연구를 금지당했다는 것을.

심지어 전문서 부류는 소지할 수조차 없어서 마술사 양성 기관 미네르바에서 발행되는 잡지를 몰래 모았을 정도다.

펠릭스는 그런 제한된 상황 속에서 이 논문을 작성한 거다.

(이 사람은, 정말로…… 마술을 좋아하는구나.)

그런 사람이 자신이 생각한 마술식을 응용하는 법을 진지하게 고민했다고 생각하자, 모니카는 마술사로서 자극을 받았다. 엄밀히 말하자면 기뻤다.

모니카는 책상으로 가서 깃펜으로 논문 귀퉁이에 글을 적었다.

한 명의 마술사로서, 모니카는 펠릭스의 열의에 응해 주고 싶었다.

설령 상대가 이 나라의 제2왕자라 해도, 수식과 마술식에 관해서는 타협할 생각이 없다.

필적으로 정체가 들키지 않게 글자를 조금 무너뜨려서 틀린 부분이나 고찰이 어설픈 점을 지적했다. 그리고 모니카는 논문의 여백에 이렇게 적었다.

『굉장히 흥미로운 내용이네요. 지적한 문제점을 개선하고 부족한 마력 유동량의 데이터를 보충한다면 더 좋아질 거예요.』

거기까지 적은 모니카는 확 정신을 차렸다.

(호, 혹시, 이거 굉장히 실례되는 일인 게……. 우와아아아아, 뭐, 뭐 하는 녀석이냐고, 생각하면 어쩌지……! 여, 역시, 마지막 부분은 지워야…….)

모니카가 그런 생각을 하는데, 바로 뒤에서 숨을 삼키는 소리가 들렸다.

돌아보자, 펠릭스가 모니카 뒤에 서서 어깨 너머로 논문을 들여다보고 있는 게 아닌가.

(와아아악! 처처처, 처형되나?! 불경죄로 처형되나……?!)

모니카는 후드 안쪽에서 허둥댔지만, 펠릭스는 불쾌한 기색을 보이지 않았다. 오히려 지금까지 이상으로 감격한 얼굴로 가슴팍을 꽉 움켜쥐었다.

펠릭스는 책상에 앉은 모니카의 손을 잡고는, 마치 프러포즈라도 시작하려는 듯한 열정적인 눈빛으로 말했다.

"당신에게 이런 평가를 받다니…… 대단히 영광이네요. 레이디 에버렛."

빵을 먹던 네로가 의아한 듯 끼어들었다.

"친구의 이야기라면서?"

"나의 친구라면 분명 이렇게 말하겠죠."

태연하게 말을 덧붙인 펠릭스는 모니카가 첨삭한 논문 다발을 품에 안았다.

"고맙습니다, 레이디. 친구도 분명 기뻐할 거예요."

"……."

모니카는 아주 잠깐의 갈등 끝에, 펠릭스의 손에서 논문을 한 장 빼내서 그 뒷면에 살짝 이렇게 적었다.

『당신의 논문을 또 보고 싶네요.』

그걸 본 펠릭스의 기쁨을 감추지 못하는 얼굴이란!

푸른 눈은 별을 박은 것처럼 반짝거리며 빛났고, 입꼬리는 근질근질거렸다.

지금 모니카의 행동은 정체를 감추고 호위 임무를 계속하는 데에는 필요 없는 것이었다.

하지만 논문 뒤에 적은 글은, 마술사 모니카 에버렛의 틀림없는 본심이었다.

학원제가 끝난 뒤에 있었던 무도회에서 그는 별을 올려다보며 말했다.

나에게 남은 자유는 적다고.

(그래도, 저는…… 당신이, 포기하지 말았으면 좋겠어요.)

모니카는 만약 펠릭스가 '침묵의 마녀'에게 환상을 품고 있다면, 그걸 망가뜨리지 말아야겠다고 속으로 맹세했다.

펠릭스는 그 감정을 첫사랑일지도 모른다고 말했지만, 모니카는 그렇게 생각하지 않는다.

분명 펠릭스가 '침묵의 마녀'에게 품은 건 연애 감정이 아니라, 칠현인을 향한 순수한 동경과 존경이다.

그렇다면 모니카는 그가 동경하는 '침묵의 마녀'로서, 앞으로도 칠현인의 자리에 군림하기로 하자.

그러니까…… 부디 포기하지 말았으면 좋겠다. 그가 진심으로 푹 빠질 만한 것을.

* * *

레인부르그 공작 영애 엘리안느 하이엇은 펠릭스가 '침묵의 마녀'의 방으로 들어가는 걸 그늘에서 바라보면서 이를 갈았다.

(어라? 어라? 어라? 어라? 이건 어떻게 된 일일까? 응? 어떻게 된 거야?)

고용인에게 명령해서 하이엇 가문 여성에게 대대로 전해

지는 '비전 3번'을 준비한 것은 만찬회가 끝난 뒤다.

마침 그 타이밍에 펠릭스가 '비전 3번'을 과일물로 착각해서 들고 갔다고 한다.

그래서 엘리안느는 작전을 변경해서 "긴 여행으로 흥분해서 잠들 수가 없어요. 잠시 이야기라도 나누시지 않겠나요?"라고 하며 펠릭스의 방에 찾아갈 작정이었다.

그리고 '비전 3번'을 마신 펠릭스와 좋은 분위기가 되어서 잊을 수 없는 근사한 밤의 추억을…… 남기려고 했는데, 펠릭스는 '비전 3번'을 든 채로 '침묵의 마녀'의 방으로 들어가는 게 아닌가?

"어라~? 엘리 아님까. 이런 곳에서 뭐 하고 있습까?"

으득으득 이를 갈던 엘리안느에게 말을 건 사람은 글렌이었다.

어째서 이럴 때 엘리안느에게 말을 걸어오는 사람은 늘 펠릭스가 아니라 이 남자인 걸까.

"어머, 더들리 님이야말로 이런 시간에 어쩐 일이신가요?"

엘리안느가 짜증을 숨기며 묻자, 글렌은 붙임성 있는 표정을 굳게 다잡고는 진지한 얼굴로 말했다.

"실은 나, 엘리한테 꼭 부탁하고 싶은 게 있습다."

(어라, 어라 어머, 어머.)

혹시 이건, 사랑 고백을 하려는 게 아닐까?

(물론 나는 펠릭스 님 외길이니까, 이런 남자의 고백 같은 건 거절…….)

"화장실에 가고 싶은데, 어두워서 무서우니까 같이 가 줬
으면 좋겠슴다!"

"……."

이렇게 해서 엘리안느 하이엇의 멋진 밤은 글렌 더들리에
게 화장실을 안내하는 것으로 막을 내렸다.

* * *

'침묵의 마녀'의 방을 몰래 감시하던 바르톨로메우스는
머리를 감싸 쥐고 있었다.

그 조그만 마녀가 틀림없이 가짜라고 생각해서 야식인 과
일 케이크에 '비전 3번'을 넣은 바르톨로메우스는 고용인
중 누군가가 '침묵의 마녀'의 방에 야식을 전해 주길 기다
렸다.

그리고 '침묵의 마녀'가 취한 상태가 되면 너는 누구냐
고, 진짜인 금발 미인은 어디 있냐고 정체를 캐물을 작정이
었다.

그런데 주방에서 야식을 들고나온 건 놀랍게도 제2왕자인
펠릭스 아크 리디르.

게다가 그는 엘리안느 아가씨가 가져가야 했던 '비전 3
번'도 가져가고 말았다. 바로 침묵의 마녀가 묵는 방으로.

(어이어이. 이건 제2왕자와 가짜 '침묵의 마녀'가 큰일을
벌이는 게…….)

바르톨로메우스는 모른다. 병에 든 '비전 3번'도, 과일 케이크에 넣은 그것도 모두 네로가 먹어치웠다는 것을.

바르톨로메우스가 몰래 '침묵의 마녀'의 방을 살피러 가는데, 마침 펠릭스가 방에서 나오고 있었다.

펠릭스의 옷에 흐트러짐은 없다. 그러나 저 아름다운 왕자님은 그야말로 황홀한 표정을 짓고 있었다.

뺨은 상기되었고, 푸른 눈은 젖은 것처럼 반짝였다. 저건 무언가에 만족한 사람의 얼굴이다.

"안녕히 주무시길. 레이디 에버렛…… 좋은 꿈 꾸길."

입구까지 마중나온 조그만 '침묵의 마녀'에게 제2왕자는 녹아내리는 듯한 달콤한 목소리로 속삭이고는 자기 방으로 돌아갔다.

바르톨로메우스는 하나의 결론에 도달했다.

(혹시, 제2왕자와 가짜 '침묵의 마녀'는 연인 사이인 건가! 크하하…… 터무니없는 비밀을 알고 말았어!)

이건 가짜 '침묵의 마녀'의 약점을 잡을 절호의 기회다. 바르톨로메우스는 주먹을 움켜쥐었다.

이 약점을 이용해서 가짜 '침묵의 마녀'를 협박하고 진짜 '침묵의 마녀'인 ──금발 미인을 만나는 거다.

바르톨로메우스가 그렇게 결의를 다지는데, 우연히 지나가던 노종복 피터가 의아한 듯 말을 걸었다.

"어라. 바르톨로메우스. 뭐 하는 겁니까? 집사 레스턴 씨가 마차 점검 건으로 상담할 게 있다고 자네를 찾던데요."

"아~ 피터 씨. 아니, 아무것도 아닙니다. 와하하하하, 바로 가겠습니다."

문제는 가짜 '침묵의 마녀'를 협박할 타이밍이다.

어떻게든 단둘이 이야기할 기회를 만들어야 한다.

4장 바르톨로메우스 바르의 제안

저택에 도착한 지 이틀째 되는 날의 아침, 글렌은 기합을 넣고 일찍 일어나서 몸단장을 마치고 저택 뜰로 나왔다.

이번 호위 임무가 결정되고 나서 글렌은 거의 매일 익숙지 않은 이른 아침에 일어나 마술 수행을 하고 있다.

우선 비행 마술을 써서 자신의 몸을 지면에서 아주 약간 띄운다. 그리고 비행 마술을 유지하면서 손끝에 불을 피우는 마술을 영창한다.

불 마술은 위력을 줄인 매우 간단한 것이다. 그러나 두 개의 마술을 유지하려고 하면 난이도가 급격히 올라간다.

그건 줄타기를 하면서 공기놀이를 하는 감각과 비슷하다.

줄타기에 너무 집중하면 공기가 떨어지고, 공기놀이에 너무 집중하면 줄에서 떨어진다. 그런 어려움이다.

글렌은 직접 본 적이 없지만, 옛 칠현인 중에는 한 번에 일곱 개의 마술을 동시에 유지하는 천재도 있었다고 한다. 거기까지 가면 이미 사람이 쓸 만한 기술이 아니다. 글렌은 그렇게 생각했다.

"이……얍…… 이크크크……!"

손끝에 작은 불꽃이 확 켜진 것과 동시에 공중에 떠 있던 글렌의 몸이 휘청거렸다.

결국 글렌은 3초도 못 버티고 지면에 엉덩방아를 찧었다.

"으, 아야얏. 역시 마술을 두 개 동시에 유지하기란 어렵네……."

두 개의 마술을 동시에 유지하면 비행 마술로 적의 공격을 회피하면서 공격 마술을 쓸 수 있다.

그러니 지금은 쓸데없이 쓸 수 있는 마술의 종류를 늘리기보다는 동시에 유지하는 법을 익히라는 것이 스승의 조언이었다.

(그래도 새로운 마술을 팍팍 익히는 편이 대단하고 멋있는 것 같은데…….)

세렌디아 학원의 마술 수업에서 글렌은 특기 속성 이외의 마술도 일단 배웠다. 발동하겠다고 마음만 먹으면 쓸 수 있을 것이다.

'새로운 마술을 익히는 수행으로 바꿀까.' 그런 생각이 머리를 스쳤지만 글렌은 자기 뺨을 양손으로 두드렸다.

"안 되지. 착실하게, 착실하게……."

존경하는 선배와 오르테리아 차임에 대고 맹세했다. 마술 수행에 힘쓰겠다고.

그렇다면 도피성으로 편한 방식을 택하는 건 좋지 않다.

기억 속의 선배도 "일을 도중에 내팽개치지 마라!"라고 냉기를 흩뿌리며 화냈었다.

(응. 좋아. 한 번 더⋯⋯.)

비행 마술을 영창하고, 몸이 두둥실 떠올랐을 때 글렌은 뭔가를 눈치챘다. 조금 떨어진 곳에서 누군가가 글렌을 가만히 보고 있었다.

후드가 달린 로브를 입고 입가를 베일로 가린 조그만 인물――'침묵의 마녀'다.

(스승님을 흠씬 두들겨 팼던 위험한 사람!)

글렌이 비행 마술을 해제하고 우두커니 서 있자, '침묵의 마녀'가 지팡이를 품에 안고 느릿느릿 글렌에게 다가왔다.

(어쩌지? 왠지 나한테 다가오는데! 뭔가 꾸짖기라도 하려나?! 혹시 마음에 안 들어서 날려 버리러 왔다거나⋯⋯?!)

'침묵의 마녀'는 발을 멈추고 후드 안쪽에서 가만히 글렌을 올려다봤다.

스승님의 말에 따르면 이 마녀는 사람을 싫어하고 무자비하며 잔혹한 모양이었다.

그러나 어찌됐든 인사는 해야 한다. 이런 때에는 인사하는 게 중요하다. 세렌디아 학원의 학생이라면 항상 인사와 예절을 잊지 말아야 한다고 모 부회장도 말했던 것 같다.

글렌은 얼굴을 실룩거리면서 목소리를 높였다.

"조, 좋은 아침임다!"

목소리가 조금 갈라졌다.

(우와, 부끄러워.)

글렌이 속으로 부끄러워하는데, '침묵의 마녀'는 손에 든

긴 지팡이로 지면에 글을 썼다.

지금부터 너를 날려 버린다고 쓰고 있는 거라면 어쩌지? 글렌은 초조했지만, 지면에 적힌 글자는 공격 선언이 아니었다.

『마법 동시 유지 훈련인가요?』

남몰래 경계하던 글렌은 가슴을 쓸어내렸다.

"그렇습다! 전 아직 마법 두 개를 동시에 유지하지 못해서……."

'침묵의 마녀'는 글을 덧붙였다.

『불의 마술을 두 개, 동시에 유지하세요.』

"엥……?"

글렌이 '침묵의 마녀'를 빤히 바라보자, 그녀는 작은 손으로 후드 끝을 잡아당기며 다시 글을 써서 덧붙였다.

『같은 마술을 쓰는 편이 동시에 유지하기 쉬워요. 익숙해지면 비행 마술로도 연습하세요.』

글렌은 반신반의한 채로 영창해서 오른손 끝에 작은 불을 피웠다.

그리고 그걸 유지하면서 다시 똑같이 영창했다. 이번에는 왼손 끝에 불을 피웠다.

"영, 차…… 이, 크, 크……."

글렌은 양 손끝을 번갈아 봤다.

불화살을 한 번에 열 발 날리는 마술을 사용할 때와 다섯 발씩 날리는 마술을 두 개 동시에 사용할 때, 후자가 화살의 정밀도는 올라가지만 난이도도 올라간다. 지금 글렌이 피운 두 개의 화염구는 그것과 똑같았다.

불은 매우 불안정해서 몇 번이고 꺼질 뻔했지만, 그래도 어떻게든 20초는 유지할 수 있었다.

"아, 진짜다! 이거라면 되겠어!"

최종 목표인 비행 마술과 불 마술을 동시에 유지하는 건 아직 멀었지만, 두 개의 마술을 유지하는 감각은 조금 감을 잡은 것 같았다.

『마법을 동시에 유지하려면, 그 감각을 아는 게 중요해요. 익숙해질 때까지 반복하세요.』

'침묵의 마녀'는 땅에 그렇게 적고는 고개를 숙여 인사하며 글렌에게서 등을 돌렸다.

친절하다. 굉장히 친절하다.

역시 스승은 거짓말쟁이였다. 글렌은 체념함과 동시에 확신했다.

분명 루이스는 칠현인 선발 마법전에서 패한 것에 원한을 품고 '침묵의 마녀'를 나쁘게 말한 것이다.

"'침묵의 마녀' 씨. 고맙습다~!"

글렌은 손을 흔들면서 떠나가는 작은 등에 말을 걸었다.

* * *

글렌에게서 등을 돌린 모니카는 콩닥거리는 시끄러운 심

장을 로브 위로 억누르며 빠르게 그 자리를 떠났다.

(너, 너무 참견한…… 걸까…….)

정체를 숨기고 있는 이상, 필요 이상의 접촉은 삼가야 한다. 아마 루이스도 그렇게 생각해서 글렌에게 위협적인 말을 했으리라.

그래도 모니카는 마술 수행에 힘쓰는 글렌을 응원하고 싶었다.

왜냐하면 친구가 노력하고 있으니까. 그것이 모니카의 특기 분야라면 더더욱 힘이 되고 싶었다.

한동안 걸어서 글렌의 모습이 보이지 않을 무렵, 모니카는 넓은 정원을 돌아봤다.

모니카가 이른 아침에 뜰을 걷는 건 산책하려는 게 아니다. 뜰을 살펴보기 위해서다.

오늘은 파르포리아 왕국의 사자가 도착하는 날이라서 정원에 수상한 게 없나 확인하고 싶었다.

레인부르그 공작의 저택은 뜰이 넓어서 숨을 만한 곳이 많다.

꼭 숨지 않더라도 저택 자체가 숲과 과수원 사이에 끼어 있다. 만약 침입자가 저택 밖에 있는 숲으로 도망친다면 추적하기 꽤 어려울 거다.

(이 저택은, 추적이 특기인 사냥개를 잔뜩 기르고 있다지만……. 뭔가 다른 대책도 생각해 두는 편이 좋, 겠지?)

그런 생각을 하면서 걷다 보니 딱 저택 모퉁이에 접어들었다.

모퉁이 너머에는 다수의 개가 짖는 소리가 들렸다. 바로 이 저택의 사냥개들이다. 개 짖는 소리 사이에서 사람 말소리도 들렸다.

발을 멈추고 건너편을 살며시 들여다보자, 남성 고용인 두 명이 개를 돌보는 게 보였다.

백발이 섞인 금발을 뒤로 넘긴 초로의 집사와 잿빛 머리에 턱수염을 기른 60대 정도의 노종복이다.

개들은 집사는 잘 따랐지만, 종복은 따르지 않는 모양이었다. 늙은 종복은 으르렁거리는 개를 보며 허둥대고 있었다.

집사가 곤혹스러운 듯 입을 열었다.

"피터, 당신은 언제나 개에게 미움받는군요. 다른 동물을 건드리기라도 했습니까?"

"아뇨. 딱히 짐작 가는 점은 없는데요……. 옛날부터 동물에게는 미움받았죠. 네."

피터라고 불린 노종복이 곤란한 표정으로 말하자, 집사는 문득 뭔가 떠올린 듯한 표정을 지었다.

"그러고 보니 '침묵의 마녀' 님의 종자인 알렉산더 님도 그랬었죠. 그분이 다가가면 개들이 진정하지를 않아요."

살며시 그런 대화를 듣고 있던 모니카는 남몰래 숨을 삼켰다.

(저 사람들이 말하는 종자는…… 네로겠지?)

초로의 집사는 그야말로 신경질적으로 눈살을 찌푸리고는

투덜거렸다.

"정말이지 곤란하군요. 파르포리아 왕국 분들이 오시면 교류의 일환으로 사냥을 나갈 텐데, 사냥개들이 겁먹다니 말도 안 됩니다."

"네. 곤란하군요."

"사냥에는 엘리안느 아가씨께서도 동행하실 테니, 아가씨를 불안하게 만들 수는……."

사실 모니카는 네로가 개에게 미움받는 이유를 짐작하고 있었다. 그러나 그건 남들에게 공개적으로 할 말이 아니다.

(네로에게는, 개한테 너무 접근하지 말라고 말해 두는 게 좋을지도…….)

모니카는 이 자리를 떠나려고 발소리를 죽이고 몇 발짝 물러나서 몸을 돌렸다.

그러나 그대로 걸어가려고 한 순간, 무언가와 부딪쳐서 엉덩방아를 찧었다.

"흐극."

"어이쿠, 이거 죄송하군요. '침묵의 마녀' 님."

아무래도 자신의 뒤에 누군가가 서 있었던 모양이다.

모니카는 엉덩방아를 찧은 채 베일 위로 부딪친 코를 누르며 상대방을 올려다봤다.

모니카와 부딪친 사람은 키가 크고 흑발을 길러 가지런히 넘긴 남자였다. 나이는 20대 전반 정도일까. 이 저택 남성 고용인의 옷을 입고 있었다.

모니카는 예전에 이 남자와 만났었다. 그것도 이 저택이 아닌 다른 곳에서.

(이, 사람은…….)

예전에 봤을 때는 반다나와 작업복을 입고 있었기에 분위기가 많이 다르지만, 그래도 모니카는 남자의 얼굴을 구성하는 숫자를 기억하고 있었다.

대략 두 달 전, 콜랩튼에서 만났던 남자── 바르톨로메우스다.

바르톨로메우스는 고대 마도구 '별을 자아내는 미라' 절도 의혹으로 린이 '별을 읽는 마녀'에게 넘겼었지만, 그 뒤로 그가 어떻게 됐는지까지는 모니카도 모른다.

(어, 어째서 이 사람이, 이런 곳에에에……!)

그와 오래 접촉하는 건 위험하다. 정체가 들킬 수도 있다.

"이렇게 아침 일찍 산책하십니까? 그렇다면 제가 이 정원을 안내해 드리죠!"

모니카는 그러지 않아도 된다는 뜻을 담아 고개를 가로저었다.

그러나 바르톨로메우스는 히죽 웃으면서 모니카의 진행 방향을 가로막았다.

"자자, 사양하지 마시고! 손님에게 소홀하면 집사 레스턴 씨에게 꾸짖음을 들으니까요! 자자자, 이리로 오시죠!"

바르톨로메우스는 이미 먼저 걷기 시작했다. 모니카는 갈등했다.

(이건, 거절하는 게 부자연, 스러우려나? 원래 뜰을 살펴보려고 했으니까…….)

어쩔 수 없이 모니카는 거리를 두고 바르톨로메우스 뒤에서 걸었다.

바르톨로메우스는 앞을 걸으면서 저 나무에는 자주 새가 온다느니, 저기 있는 건 아가씨가 태어났을 때 심은 나무이니…… 하는 별것 아닌 이야기를 했다.

그걸 별생각 없이 들으며 걷는 사이, 저택 뒤쪽에 도착했다.

이 저택 부지 안에서 가장 사람의 눈길이 닿지 않는 곳이었다. 숨기 쉬운 곳이나 수상한 게 없나 면밀하게 확인해 두는 게 좋을 것 같았다.

모니카가 주변을 두리번거리며 살펴보는데, 누가 갑자기 손목을 잡았다. 바르톨로메우스였다.

바르톨로메우스는 지근거리에서 모니카를 내려다보며 씨익 웃었다.

"하하! 잡았다, 가짜 양반."

"윽……?!"

왜 바르톨로메우스가 자신의 손목을 붙잡았는가. 왜 자신을 가짜라고 부르는가.

상황을 이해하지 못해 혼란에 빠진 모니카는 바로 무영창 마술을 써야 한다는 생각조차 못했다.

바르톨로메우스의 손이 동요하는 모니카가 두른 베일로 향했다.

"정체를 보도록 할까!"

바르톨로메우스의 손이 모니카의 입가를 가린 베일을 난폭하게 벗겼다.

"앗."

"엥……?"

모니카가 목소리를 낸 것과 거의 동시에, 바르톨로메우스도 얼빠진 목소리를 냈다.

"너, 어딘가에서……. 아, 맞다. 축제 때 다람쥐 후드를 썼던 마술사 꼬마."

바르톨로메우스는 모니카의 얼굴을 빤히 들여다보고는 의아한지 미간을 오므렸다.

"왜 꼬마가 가짜 '침묵의 마녀' 행세 같은 걸 하고 있어?"

"가, 가짜아?!"

갑자기 손목을 붙잡고 베일을 벗기더니 가짜라고 부르다니, 모니카의 정신은 슬슬 한계였다. 정말이지 영문을 모르겠다.

모니카가 저도 모르게 울상을 짓자, 바르톨로메우스는 깜짝 놀란 표정으로 모니카의 손목에서 손을 뗐다.

"아니, 잠깐. 울지 마, 울지 마! 아니, 울린 건 나지만……흐아악?!"

빠르게 내뱉던 변명은 뒤쪽에서 비참한 비명으로 변했다.

바르톨로메우스의 머리 위로 청년 모습을 한 네로가 떨어진 것이다. 아무래도 네로는 2층 창문에서 뛰어내렸나 보다.

네로는 발밑에서 뭉개진 바르톨로메우스에게는 눈길도 주지 않고 모니카를 바라봤다.

"야, 모니카. 산책 나갈 거면 이 몸도 데려가야지."

"추워서 일어나기 싫다고, 침대에서 뒹굴거렸으면서……!"

모니카가 울상을 지으며 반론하자, 네로는 머리 뒤로 깍지를 끼고는 입술을 삐죽였다.

"어쩔 수 없잖냐. 이 몸은 추위에 약하니까. ……그래서 이 녀석은 뭐야?"

네로는 발밑에 있는 바르톨로메우스에게 눈을 돌렸다.

바르톨로메우스는 네로에게 밟힌 채 모니카를 올려다봤다.

"꼬마……. 넌, 대체 정체가 뭐야?"

"저, 저, '침묵의 마녀'인데요……. 진, 진짜에엽……."

"어~이쿠, 거짓말 하면 안 되지. 나는 다 안다고."

왠 거짓말? 모니카와 네로의 그런 의문에 바르톨로메우스가 힘차게 답했다.

"진짜 '침묵의 마녀'는 콜랩튼에서 나를 구해 준 금발의 미인 메이드잖아! 나는 봤다고. 그 누님이 영창도 없이 바람을 조종하는 걸!"

모니카와 네로는 서로 마주 봤다.

네로는 콜랩튼의 축젯날 밤에 자리를 비웠었지만 '바람을 조종하는 금발의 미인 메이드'라는 말을 듣고 모니카와 같은 인물을── 아니, 정령을 떠올린 것이리라.

네로는 금색 눈을 돌려서 모니카를 봤다.

"명탐정인 이 몸은 눈치채고 말았어. 그건 즉……."

"응……."

명탐정이 아니어도 알 수 있다. 바르톨로메우스가 말하는 금발의 미인 메이드는 '결계의 마술사' 루이스 밀러의 계약 정령, 린즈벨피드를 말한다.

과연. 그때 린은 영창 없이 바람을 조종해서 바르톨로메우스를 안고 하늘을 날았었다.

그래서 바르톨로메우스는 린을 무영창 마술을 다루는 마녀라고 착각한 것이리라.

"저기이, 당신이 본 건, 린 씨라고 하는데…… 인간이 아니고, 정령이에요."

"뭐어?"

모니카가 쪼그려 앉아서 설명하자, 바르톨로메우스는 네로의 발밑에서 납득하지 못하겠다는 목소리를 냈다.

이것저것 말로 하기보다는, 먼저 자신이 진짜라는 걸 증명하는 게 빠르리라.

모니카는 무영창 마술로 손끝에 작은 물을 생성해서 그 물을 나비 모양으로 바꿔 공중에 띄웠다.

둥실둥실 공중을 날아간 물 나비는 바르톨로메우스의 코 끝에서 거품처럼 팡 터져 사라졌다.

할 말을 잃은 바르톨로메우스에게 모니카는 표정을 다잡고 힘차게 이름을 댔다.

"제, 제가, 칠현인…… '침묵의 마녀' 모니카 에버렛, 이에엽!"

진짜처럼 위엄을 보이려고 한 결과, 과하게 힘이 들어가서 더더욱 얼빠진 자기소개가 되고 말았다.

남몰래 침울해진 모니카를 제쳐 두고, 네로가 바르톨로메우스 위에서 뛰어내려 거만하게 몸을 젖혔다.

"그리고 이 몸이 '침묵의 마녀'의 멋진 최강 종자, 바솔로뮤 알렉산더 님이시다! 존경하도록!"

지금 상황에서 네로가 이름을 댈 필요가 있었을까? 모니카는 의아했다.

아마 그냥 멋있으니까 이름을 댄 거겠지.

바르톨로메우스는 지면에 엎어진 채 자신을 내려다보는 조그만 소녀를 바라봤다.

베일을 벗긴 순간, 바르톨로메우스는 이 소녀가 누군지 바로 떠올리지 못했다. 그만큼 수수하고 평범한, 어디에나 있을 듯한 소녀였으니까.

그러나 이 홀쭉하게 마른 소녀가 명백히 진짜 '침묵의 마녀' 모니카 에버렛이라고 한다. 실제로 이 소녀는 무영창으로 마술을 사용했다.

(그리고 내 마음을 빼앗은 금발의 미인은 정령이고 이름은 린! 와하~! 이름도 귀엽구나, 린……!)

바르톨로메우스는 머리를 굴리면서 어떻게 해야 사랑스러

운 린을 만날 수 있을까 생각했다.

역시 그 열쇠가 되는 건 눈앞에 있는 꼬마다. 어떻게든 잘 구슬려서 사랑스러운 린을 소개해 달라고 할 수 없을까?

바르톨로메우스는 천천히 일어나 모니카에게 접근했다.

예비용 베일을 꺼내서 다시 입가에 두른 모니카는 몸을 흠칫 떨며 움츠리고는 종자 뒤로 도망쳤다.

네가 다람쥐냐고 말할 뻔한 걸 참고 바르톨로메우스는 간드러진 목소리로 말했다.

"이봐, 꼬마. 나와 거래하지 않겠냐?"

"거, 거, 래……?"

종자 뒤에서 모니카가 고개를 내밀었다.

바르톨로메우스는 진지한 표정으로 모니카에게 말했다.

"나한테 린을 소개해 줘."

"엥? 왜, 왜……?"

"그야, 좋아하고 말았으니까. 사랑이야, 사랑. 진짜로 반했다고."

모니카는 눈을 동그랗게 뜨고 입을 벌리고는 바르톨로메우스를 올려다봤다.

"저기이…… 린 씨는, 정령인데……."

"종족의 벽 같은 건 나의 사랑 앞에서는 대단한 장해물이 아니야."

"으에에……?"

바르톨로메우스가 힘차게 단언하자, 모니카는 곤혹스러

운 표정으로 신음했다.

조금만 더 밀어붙이면 된다. 바르톨로메우스는 두꺼운 입술을 들어 올리며 씨익 웃었다.

"린을 소개해 준다면 말이지…… 너의 비밀을 지켜 주마."

"저, 저의 비밀……?"

"타종 축제 때 네가 찾던 상대……. 명부의 파수꾼으로 가장했던 사람, 그거 펠릭스 전하지? 아니냐?"

"——?!"

모니카가 눈을 크게 뜨고 바르톨로메우스를 바라봤다.

역시. 바르톨로메우스는 의기양양하게 웃었다.

"린과 내가 잘되게 주선해 준다면, 너와 왕자의 비밀스러운 관계는 입 다물어 주겠어."

비밀스러운 관계. ——즉, 왕자와 이 꼬마는 사귀고 있다. 누구에게도 말할 수 없는 비밀의 연인 관계인 거다.

그래서 타종 축제 때는 가장해서 비밀 데이트를 했고, 지금도 호위라는 명목으로 왕자의 외교 석상에 따라와서 체류 첫날밤에 몰래 밀회를 나눈 것이다. 바르톨로메우스는 그렇게 확신했다.

바르톨로메우스가 오해하고 있음을 모르는 모니카는 베일 안쪽에서 얼굴이 새파래졌다.

(어어어어쩌지. 비밀스러운 관계라니, 호위 임무를, 말하는

거겠지이이. 내가 전하의 비밀 호위라는 게, 들켰어어어어!)

어쩌지, 어쩌지, 하면서 머리를 감싸 쥔 모니카의 어깨를 네로가 쿡쿡 찔렀다.

"이봐, 모니카. 이럴 때는 그걸 하는 거잖냐?"

"그거라니?"

이 사태를 해결할 방안이 있다면 가르쳐줬으면 좋겠다.

모니카가 매달리는 시선으로 바라보자, 네로는 의기양양하게 말했다.

"입막음."

"안 돼애애애! 잠깐잠깐잠깐……."

모니카가 혼란스러워하며 생각했다.

어찌 된 영문인지 바르톨로메우스는 모니카가 정체를 숨기고 펠릭스를 호위하는 걸 아는 모양이다.

그리고 그걸 주변에 퍼뜨리길 바라지 않는다면 린과 잘되게 주선해 달라고 한다.

(하지만 정령은 성별이 없는 게…….)

모니카가 땀범벅이 되어 머리를 감싸 쥐자, 바르톨로메우스는 이해심 있는 어른의 표정을 지으며 말했다.

"뭘~ 그렇게 초조해할 것 없어. 린을 만나게 해 준다면 네가 전하와 좀 더 함께 있을 수 있게 협력하마."

모니카와 펠릭스가 함께 있을 수 있게── 즉, 호위 임무에 협력한다는 뜻이리라.

그러나 정체를 숨긴 호위는 극비 임무다. 일반인인 바르톨로메우스에게 이 일이 알려졌다는 게 들켰다간…… 루이스가 보일 반응이 너무 무섭다. 같은 칠현인인 레이와는 사정도 입장도 다르니까.

"저기 말이죠. 이 일은 정말로 비밀이에요……. 누, 누구에게도 말하면 안 되니까……."

"그럼, 나도 알지. 이런 건 남에게 말할 수 없으니까."

바르톨로메우스는 전부 다 안다는 표정으로 고개를 끄덕이고는 윙크했다.

"다른 녀석한테는 나의 존재를 숨겨도 좋아. 나는 너만의 비밀 아군이라고. 알겠지?"

모니카가 "아우……." 하고 신음하자, 네로가 납득한 듯 "흠." 하고 끄덕였다.

"즉, 너는 모니카의 똘마니가 되겠다는 거냐. 좋아. 부하라고 부르자."

"헤헤헤. 보라고, 여기 형님도 이렇게 말하잖아……. 잘 부탁한다. 꼬마야!"

어째서 네로는 이렇게나 적응이 빠른 걸까.

모니카가 제안을 수락하지 못한 채 "그래도오……."라고 하며 우물거리자, 바르톨로메우스가 모니카의 손을 잡았다.

그 눈은 후덥지근할 만큼 번쩍번쩍 빛나고 있었다.

"부탁이야. 나는 진심이라고! 정말로 첫눈에 반했다니까!"

바르톨로메우스가 열의가 담긴 목소리로 말한 그때, 모니카의 뒤에서 발소리가 들렸다. 그것도 난폭하게 흙을 박차는 발걸음이다.

돌아본 곳에 있는 건, 이리로 빠르게 다가오는 펠릭스였다. 모니카의 위가 꽉 오그라들었다.

(흐에에엑……! 저, 저저, 전하아……!)

펠릭스는 모니카의 손을 잡은 바르톨로메우스의 팔을 잡더니 떼어 놓았다.

"레이디를 건드리지 마."

바르톨로메우스를 바라보는 펠릭스의 눈은 겨울 호수도 얼어붙을 만큼 차가웠다.

그러나 그 얼굴을 모니카에게 돌리자 돌변한 펠릭스는 봄의 햇살처럼 따스한 미소를 지었다.

"레이디. 이제 곧 아침 식사 시간이에요. 함께 가시죠."

그렇게 말한 펠릭스는 영애를 에스코트하듯이 모니카의 손을 잡고 걸어갔다.

허둥대면서 걸어가는 모니카의 뒤로 네로가 재미있다는 표정으로 따라왔다.

정원 모퉁이를 하나 돌아서 바르톨로메우스가 보이지 않게 되자, 펠릭스는 진지한 얼굴로 모니카를 바라봤다.

"곤란한 고용인이 있군요. 당신에게 폐가 된다면, 접근하지 못하게 하라고 레인부르그 공작에게 전달해 두죠."

모니카는 고개를 내저었다.

바르톨로메우스가 접근하지 못하게 한다면 그가 모니카가 펠릭스의 비밀 호위라는 걸 퍼뜨릴지도 모른다. 그것만큼은 어떻게든 피해야 한다.

모니카는 네로의 로브를 잡아당겨서 억지로 몸을 숙이게 한 다음에 귓속말했다.

(바르톨로메우스 씨는 신경 쓰지 마세요……라고 전하란 테 말해 줘!)

네로는 끄덕이고는 펠릭스에게 당당히 말했다.

"그 녀석은 이 몸의 부하가 됐으니까 신경 쓰지 않아도 돼."

(다른 식으로 전달할 수 있잖아아아아──!)

펠릭스는 살짝 눈을 가늘게 뜨고는 네로를 탐색하듯 바라봤다.

미소를 유지한 그 얼굴에는 뭐라 말 못할 박력이 있었다.

"그래. 그럼 네 부하가 레이디 에버렛에게 무례를 저지르지 않게 확실히 교육시키도록 해."

모니카는 욱신거리는 위를 누르면서 울고 싶은 걸 필사적으로 참았다.

큰일이 벌어지고 말았다. 이렇게 되면 모니카에게는 바르톨로메우스와 협력하거나 그의 입을 막는 것 말고는 다른 길이 없다.

(잘되게 주선하라니, 대체 뭘 해야 하는 건데……. 린 씨는 내 계약 정령도 아닌데에…….)

모니카는 몰랐다. 차가운 분노를 보인 펠릭스의 태도를

보고 바르톨로메우스가 역시 저 두 사람은 연인 사이라고 납득했다는 것을.

그리고 정말로 큰일이 벌어지는 건 지금부터라는 것을.

5장 육식 남자의 육식 토크

리디르 왕국 제2왕자 펠릭스 아크 리디르가 레인부르그 공작 저택에 도착한 지 이틀째 되는 날의 오전, 예정대로 파르포리아 왕국의 사자가 도착했다.

파르포리아 측 사자는 호위를 제외하면 여덟 명. 모두 나이를 먹어 외교에 익숙한 이들뿐이다.

인사를 나눈 뒤에는 바로 외교 회담이 시작되었는데, 펠릭스는 곧바로 이번 회의가 난항을 겪으리라고 확신했다.

파르포리아 왕국은 원래 파르 왕국과 포리아 왕국으로 나뉘어 다른 나라였던 역사가 있다.

그랬던 것이 연합 국가 체제가 되어 파르포리아 연합 왕국으로 이름을 바꿨고, 세월이 지나 지금의 파르포리아 왕국이 된 것이다.

그래서 국민이든 통치자들이든 전통적으로 파르 왕국의 후예와 포리아 왕국의 후예가 경쟁하는 경향이 있고, 정치적으로 결코 안정적이라고 말할 수 없는 상황이었다.

이번 사자 여덟 명 중에서도 필두 외교관인 바로 백작과 마레 백작이 부하를 포함해서 4:4라는 형태로 대립하는 모양이었다.

구 파르 왕국의 후예인 바로 백작은 비교적 리디르 왕국에 우호적──이라기보다는 겸손한 태도를 보이지만, 구 포리아 왕국의 후예인 마레 백작은 리디르 왕국과의 무역 확대에 난색을 보였다.

펠릭스는 마레 백작이 리디르 왕국보다는 제국의 눈치를 본다고 확신했다.

구 포리아 왕국은 제국령과 인접해서 전통적으로 제국과 협력 관계였으니까.

(즉, 어떻게 마레 백작을 공략할지가 열쇠겠어.)

펠릭스는 외교 자료를 읽으며 이웃 나라의 사자들을 슬쩍 관찰했다.

통통한 체격인 바로 백작은 리디르 왕국과의 동맹을 강화하고 싶으리라. 눈에 띄게 펠릭스를 띄워 주고 있다.

한편, 마른 체형인 마레 백작은 신경질적인 얼굴이었고, 도착하자마자 펠릭스와는 거의 얼굴도 마주하려 하지 않았다.

그러나 펠릭스는 굳이 마레 백작을 바라보며 빙긋 웃었다.

"파르포리아 왕국의 와인은 역시 각별하군요. 저도 얼마 전에 페를 단테의 신작을 마셔 봤는데, 올해는 특히 근사했습니다."

진짜 목적인 밀이 아니라 와인 이야기를 들먹이자, 마레 백작은 가느다란 눈을 더욱 가늘게 뜨고는 방심하지 않고 펠릭스를 바라봤다.

"예······. 우리 나라의 특산품은 뭐니 뭐니 해도 극상의 와인. 하지만 전하의 진짜 목적은 와인이 아니라, 그에 맞는 빵이지 않습니까?"

마레 백작의 말대로, 이번에는 파르포리아에서 수입하는 밀의 양을 얼마나 늘리느냐가 본론이다.

리디르 왕국과 가까워지고 싶은 바로 백작은 긍정적이었지만, 마레 백작은 노골적으로 그걸 반대했다.

"듣기로 귀국은 이 레인부르그 공작령에 용기사단 주둔지를 늘릴 예정이라던데요."

펠릭스는 역시 그것에 달려드는가 하고 미소 짓는 한편으로 생각했다.

리디르 왕국 안에서도 특히 용 재해가 자주 일어나는 지역이 동부 지방이다. 그렇기에 왕도에서 용기사단을 파견하더라도 도착하는 데 시간이 걸린다는 것이 예전부터 문제시되었다.

그래서 리디르 왕국 남동부에 용기사단이 상주할 성채를 만드는 계획이 진행 중이다.

그러나 타국 입장에서 볼 때 이 주둔 기지 건설은 그 의미가 조금 달라진다.

용기사단이란 그 이름대로 용 토벌에 뛰어난 기사단을 말하는데, 항상 용하고만 싸우는 건 아니다. 전쟁이 벌어지면 당연히 다른 나라 사람에게 칼날을 겨누게 된다.

그런 용기사단이 머무는 시설을 제국에도, 파르포리아 왕국에도 가까운 레인부르그 공작령에 만든다는 거다.

제국과 파르포리아 왕국 측에서 보면 이건 견제하는 걸로도 느껴지리라.

하물며 마레 백작은 친제국파. 이 기지 건설을 간과할 리가 없었다.

(뭐, 실제로 마레 백작이 염려하는 건 올바른 현상이지만.)

이번 주둔 기지 건설 계획의 중심인물은 펠릭스의 조부 크록포드 공작이다.

그리고 공작은 제국과의 전쟁을 노리고 있다.

(제국과 전쟁이 벌어지면 용기사단 주둔지를 보급 기지로 쓸 생각이겠지.)

크록포드 공작은 용 재해 대책이라는 명목을 내세워 전쟁을 위한 군사력을 강화하고 싶은 거다.

마레 백작은 크록포드 공작의 꿍꿍이를 간파했는지, 턱수염을 매만지면서 탐색하는 듯한 시선으로 펠릭스를 바라봤다.

"새 주둔지를 만든다면 비축할 식량이 대량으로 필요하겠죠. 그게 밀이든 와인이든 많아서 나쁠 건 없으니까요."

그렇다. 그래서 이번 거래로 파르포리아에서 수입하는 밀을 늘리고 싶은 것이다.

특히 이 레인부르그 공작령은 파르포리아 왕국에서 비교적 가까우므로 수입한 식량을 신설 주둔 기지에 옮기기 쉽다. 즉, 수송비가 대폭 절약된다.

"하지만 정말로 주둔 기지 같은 게 필요합니까? 실례지만 귀국은 지금도 충분히 용 재해에 대응하고 있지 않습니까?"

"그건 지방 영주의 노력이 있기 때문이죠. 하지만 일부 영주에게는 용 재해 대책이 부담이 되고 있습니다. 그렇기에 주둔 기지가 필요한 것이죠."

펠릭스는 막힘없이 대답했지만, 마레 백작은 별로 와닿지 않는다는 태도를 보였다.

그런 마레 백작의 말을 커버하려는 듯, 같은 파르포리아 왕국의 바로 백작이 몸을 앞으로 내밀며 발언했다.

"다른 나라의 사정에 끼어들어서 대단히 죄송합니다, 펠릭스 전하. 마레 백작의 영지는 구 포리아 왕국령…… 비교적 용 재해가 적은 지역이라서요. 마레 백작은 용 재해가 얼마나 무서운지 실감하지 못하는 겁니다."

"흥. 용 재해 대책 같은 건 일회용 용병으로 충분하지 않은가."

바로 백작과 마레 백작이 말다툼을 벌이는 걸 들으면서, 펠릭스는 속으로 쓴웃음을 지었다.

원래는 밀 수입 이야기를 하려고 했는데, 용기사단 주둔 기지와 용 재해 이야기로 주제가 엇나가 버렸다.

(일단 이 자리를 재정비해야겠어. 그리고 마레 백작을 설득할 방법을 생각해야…….)

차기 국왕을 선정하는 날이 가까워진 지금, 이 외교는 절대로 실패해선 안 된다.

그리고 무엇보다도……. 펠릭스는 벽 쪽에서 대기하는

'침묵의 마녀'를 힐끔 바라봤다.

(아무래도 나는 동경하는 사람 앞에서 멋진 모습을 보여주고 싶은가보군.)

펠릭스는 아직도 자신에게 이런 마음이 남아있었다는 것에 조금 놀랐다.

벽 쪽에 대기하면서 대화를 지켜보던 모니카는 다른 나라의 사자를 상대로 당당하게 교섭하는 펠릭스를 보며 내심 감탄하고 있었다.

(전하는, 정말로 대단하구나아…….)

예전에 학생회실에서 시릴이 펠릭스의 외교 성과가 얼마나 대단한지 열변을 토했던 적이 있다.

그때는 그렇게까지 펠릭스의 외교 기록을 망라하고 있는 시릴 쪽이 오히려 대단하다고 생각했다. 하지만 이렇게 실제로 교섭하는 모습을 보니 펠릭스의 대단함을 잘 알 수 있었다.

물론 펠릭스는 세렌디아 학원에서 학생회장으로 행동할 때에도 무척 당당하다. 하지만 여기에 있는 사람은 모두가 펠릭스보다 두 배 이상 오래 살아온 연장자들이다.

이 교섭 자리에서 리디르 왕국의 귀족은 펠릭스를 믿고, 파르포리아의 사자들은 쉽게 회유할 수 없는 상대로 보고 있다. 펠릭스가 연하라고 얕보는 사람은 아무도 없다.

그만큼 펠릭스는 과거에 외교에서 성과를 낸 것이다.

그렇기에 모니카는 이런 대단한 사람이 '침묵의 마녀'를 무척이나 공손히 대한다는 것에 신경이 쓰였다.

(전하는, 내가 무영창 마술을 쓰는 걸, 본 적이 있는 모양인데…….)

그뿐만 아니라 펠릭스는 모니카가 시릴의 마력 폭주를 막았다는 것도 안다.

(전하는, 뭘 어디까지 아는 걸까…….)

모니카 노튼이 '침묵의 마녀'임은 알아채지 못한 듯하지만, 분명 그는 '침묵의 마녀'의 맨얼굴을 보고 싶어 하리라.

이것에는 뭔가 대책이 필요할지도 모른다.

(바르톨로메우스 씨는 내 호위 임무에 협력한다고 했어……. 그 사람에게 협력을 요청해야 하나?)

콜랩튼의 축젯날 밤, 바르톨로메우스는 길을 잃은 모니카를 펠릭스에게 넘겨줄 때 그에게 얼굴을 보였다.

그러나 펠릭스는 바르톨로메우스를 기억 못하는 모양이었다. 밤이었고 접촉한 시간도 짧았으니 그럴 수 있다.

모니카에게 협력하겠다고 제안한 바르톨로메우스는 그 뒤로 모니카에게 노골적으로 다가오지는 않았지만, 복도에서 마주치면 후덥지근한 윙크를 날렸다. 나는 네 편이라는 어필이리라.

바르톨로메우스를 볼 때마다 펠릭스가 차가운 분위기를 풍겨서, 사실 모니카는 그저 위가 쓰릴 따름이었다.

(아아…… 나는, 어떻게 해야…….)

생각할 일이 너무 많아서 머리가 어질어질했기에, 모니카는 샘 아저씨의 돼지를 떠올렸다.

모니카의 머릿속에서 돼지가 한 마리, 한 마리, 두 마리, 세 마리, 다섯 마리……로 늘어났다.

이윽고 그 숫자가 10610209857723 마리가 되면서 모니카의 마음이 어느 정도 평온해졌을 무렵, 일단 회의가 끝났다.

돼지가 엄청나게 늘어난 세계에서 현실로 돌아온 모니카에게 펠릭스가 부드럽게 말을 걸었다.

"오래 기다리셨습니다. 레이디. 이야기를 오래 끌어서 죄송하네요."

모니카는 신경 쓰지 말라는 뜻을 담아 살짝 고개를 저었다.

외교 협상에는 기밀 사항이 많기에 네로는 글렌과 함께 별실에서 대기 중이었다. 즉, 이 자리에 모니카의 말을 대변할 사람은 없다.

(으음. 이후의 예정은…….)

파르포리아의 사자들이 우르르 방을 나갔다.

그걸 눈으로 따라가던 모니카에게 펠릭스가 말했다.

"점심 식사가 끝나면 다 같이 사냥을 나갈 겁니다. 그런데 레이디, 말을 타 본 적이 있으신가요?"

＊ ＊ ＊

외교 회의가 진행되는 방 옆방에서 글렌은 '침묵의 마녀'

의 종자, 바솔로뮤 알렉산더와 테이블에 마주 앉아서 카드 게임을 하고 있었다. 한가했기 때문이다.

저택에 막 도착했을 때, 글렌은 '침묵의 마녀'의 종자를 살짝 피했다. 언뜻 봐도 난폭한 것 같았기 때문이다.

게다가 모험 소설의 주인공 이름을 댔고, 입고 있는 로브는 무척이나 낡아빠진 디자인이라 수상하기 짝이 없었다.

그러나 이야기를 나눠 보니, 알렉산더는 의외로 싹싹하고 말하기 편했다. 그리고 그는 어른인데도 호기심이 왕성해서 글렌이 가져온 카드 게임에도 흥미가 넘쳤다.

지금 두 사람이 즐기고 있는 건 글렌이 가져온, 발톱이나 이빨 그림을 모아 용을 완성하는 카드 게임이었다.

"자, 수룡 완성. 났습다."

"우오오오, 또 졌다아아아."

알렉산더는 분한 듯 신음하면서 패를 테이블에 던져서 퍼뜨렸다. 그 패를 본 글렌은 눈을 동그랗게 떴다.

"알렉산더 씨, 또 흑룡을 노리고 있었습가?"

이 게임에서 제일 고득점이면서도 노리기 어려운 족보가 흑룡과 백룡이다.

글렌은 이 카드 게임을 어느 정도 했지만, 이 두 개의 족보가 실제로 완성되는 건 한 번밖에 본 적이 없다.

"어차피 노린다면 큰 걸 노려야지. 깨작거리면서 잔챙이 용 같은 걸 만들까 보냐."

"그런 말을 하다가 지금까지 전패했잖습가. 게다가 수룡은 절대로 잔챙이가 아님다."

"아~니, 잔챙이야. 의사소통도 제대로 못하는 하위종이
잖아."

용은 종류가 많지만 대략적으로 하위종, 상위종으로 분류
할 수 있다.

하위종 중에서 가장 숫자가 많은 것이 익룡, 초식룡.

다음으로 많은 게 화룡, 수룡, 지룡이다. 이 세 마리는 학
문상으로는 중위종으로 분류되기도 하지만 기본적으로는
하위종과 똑같이 취급한다.

그리고 상위종으로 분류되는 것이 적룡, 청룡, 황룡, 녹
룡, 흑룡, 백룡—— 이름이 색인 용이다.

적룡은 화룡, 청룡은 수룡, 황룡은 지룡, 녹룡은 익룡의
상위 호환이라 불리며 비늘 색이나 골격이 비슷하지만, 압
도적으로 몸집이 크고 마력량도 격이 다르다.

그리고 무엇보다, 상위종은 인간의 말을 알아들을 수 있
다. 그중에는 고도의 마법을 사용하기도 한다는 모양이다.

특히 백룡과 흑룡은 하위 호환이 없는 특수한 용으로, 그
존재 자체가 반쯤 전설급이다. 그렇기에 이 게임에서도 제
일 높은 점수를 얻는 족보다.

"그러고 보니 상위종 용은 좀처럼 볼 수 없는데, 다들 인
간의 말을 할 수 있는 검까?"

상위종 용은 인간과 동등하거나 그 이상의 지능을 가졌다
고 한다. 그래서 좀처럼 인간 앞에 나타나지 않고, 인간을

덮치는 일도 적다.

글렌의 소박한 의문을 들은 알렉산더는 카드의 그림을 바라보며 답했다.

"상위종 용은 인간의 말을 알아듣더라도, 그걸 발성할 성대는 없어. 그러니까 말할 때는 정령과 같은 언어를 쓰지. 뭐, 대부분의 인간은 못 알아들어."

"그렇습까?"

"변화해서 성대를 조절하면, 인간의 목소리도 낼 수 있긴 하지만."

방약무인하고 예의를 모르는 종자인 줄 알았는데, 의외로 박식한 모양이다.

글렌이 감탄하자, 알렉산더는 예비용 카드를 넣어 둔 케이스를 뒤적거리기 시작했다.

"이봐, 큰 목소리."

"글렌이라고 불러 줬으면 함다."

"이 『저주』라는 카드는 뭐야?"

그렇게 말한 알렉산더가 케이스 안에서 꺼낸 것은 '저주'라고 적힌 카드였다.

"아~ 주룡은 특수 룰이라서 뺐슴다. 다음 판은 주룡을 넣고 해 볼 검까?"

"어떤 룰이야?"

"종류와는 상관없이 용을 완성시키고 동시에 『저주』를 갖고 있으면 『주룡』이라는 족보가 됨다."

글렌은 흩어진 카드를 모아서 화룡의 족보를 만들고는 거기에 '저주' 카드를 올렸다.

알렉산더가 팔짱을 끼고 고개를 갸웃했다.

"주룡을 만들면 높은 점수인 거냐?"

"이 족보를 만들면 다른 플레이어가 용을 완성했을 때 그 득점을 마이너스로 만들 수 있습니다."

하위종, 상위종 가리지 않고 저주받은 용을 주룡이라 부른다.

주변에 저주를 흩뿌리는 그것은 그야말로 재해. 최악의 용 재해다.

그러나 주룡은 역사상으로도 목격담이 한 손에 꼽을 정도밖에 없는, 흑룡이나 백룡에 버금가는 희귀한 존재다.

"과연. 잘 만든 룰이구만. 좋아. 한 판 더 하자."

알렉산더가 그렇게 말하며 카드를 모았을 때, 고용인이 문을 노크하며 들어왔다.

피터라고 불리는 잿빛 머리를 가지런히 모은 노종복이다.

"실례합니다. 그게, 점심 식사 후에 당주님께서 손님들과 사냥을 나가신다고 하셔서…… 호위 여러분도 동행 부탁드립니다."

"사냥이라니, 이 주변에서 하는 검까?"

"네. 말을 타고 조금만 달려가면 나오는 숲에서 합니다. 여러분의 말도 준비하겠습니다."

피터의 말을 듣자, 알렉산더가 금색 눈을 돌려서 글렌을 봤다.

"큰 목소리. 너 말 탈 수 있냐?"

"타 본 적은 없지 말임다. 해체한 적은 있지만."

정육점 아들의 말을 듣고 알렉산더와 피터는 놀란 표정을 지었다.

* * *

레인부르그 공작 영애 엘리안느 하이엇은 조용히 짜증을 내고 있었다.

이번 귀성에서 펠릭스와의 거리를 좁히기로 했는데, 좀처럼 기회가 오지 않는다.

파르포리아 왕국의 사자가 오기 전날에도 펠릭스는 레인부르그 공작과 외교를 위한 회의를 했고, 사자가 오고 나서부터는 더욱 바빠졌다.

그래서 파르포리아 왕국의 사자와 함께 사냥에 나간다고 들었을 때, 기회라고 생각했다.

사냥은 기본적으로 남성이 참가하지만, 엘리안느나 그 어머니도 마차로 동행해서 피크닉 겸 응원을 하기도 한다.

엘리안느는 여기서 눈치 있게 어필하여 펠릭스의 눈길을 끌려고 했다. 그러나 펠릭스는 바로 사냥터로 이동했고 엘리안느에게는 눈길도 주지 않았다.

"오늘의 사냥감은 꿩이라고 함다. 좋겠다~. 꿩은 지방이

적으니까, 안에 소를 채워서 오븐에 구우면 최고임다!"

"이 몸, 새를 굉장히 좋아한다고. 하지만 뼈가 작으니까 깨작깨작 제거해야 한다는 게 귀찮단 말이지."

"아~ 꿩은 다리 쪽에 잔뼈가 많지 말임다."

"이 몸. 옛날에 그것 때문에 쓰라린 경험을 했다고~."

피크닉용 돗자리에 앉아서 그런 이야기를 하고 있는 건 글렌과 '침묵의 마녀'의 종자 알렉산더다.

이 두 사람은 승마 경험이 없어서 이렇게 피크닉을 나온 사람들의 호위를 위해 대기하고 있다.

말에 탄 펠릭스 일행과 동행한 건 '침묵의 마녀'와 레인부르그 공작의 부하 몇 명이다.

글렌은 비행 마술을 쓸 수 있지만, 마력 소비가 크기 때문에 사냥하는 동안 쭉 공중을 날아다닐 수는 없는 모양이다. 그래서 그는 피크닉을 하는 사람 쪽에서 대기하는 거다.

글렌이 그 고기는 이렇게 하면 맛있다느니, 그 고기는 이 계절이 제철이라느니 하는 이야기를 늘어놓자 그걸 듣던 엘리안느는 미소 짓는 한편으로 짜증을 내고 있었다.

(어째서 펠릭스 님이 내 곁에 없고, 이 사람들이 내 옆에 앉아있는 거야? 옆에 앉아있는 건 그렇다 치고, 고기 이야기라니 야만스러워. 조금 더 멀쩡한 화제는 없는 거야? 귀부인을 배려한 화제를 꺼내야 하지 않겠어? 아아…… 어머님이 뭐라고 말씀하시지 않을까?)

엘리안느가 힐끔거리며 어머니에게 시선을 보내자, 레인

부르그 공작 부인은 입가에 부채를 대고는 나긋하게 미소 지었다.

"어머나, 참. 더들리 씨는 고기를 잘 아나 보네."

"저는 정육점집 아들이지 말입다!"

"어머, 그러니? 그럼 물어보고 싶은 게 있는데, 토끼 고기 먹는 법을 추천해 줄 수 있을까? 엘리안느가 편식이 심해서 잘 먹지를 않거든."

엘리안느는 숙녀의 미소를 유지하면서, 웃음 뒤편으로 절규했다.

(어머님?! 어째서 태연하게 고기 이야기에 끼시는 건가요?!)

공작 부인이 이런 조리법은 시험해 봤다면서 예시를 들자, 글렌은 진지한 표정으로 맞장구쳤다.

"토끼 고기는 단연 암컷 쪽이 촉촉하고 맛있지 말입다. 쪄서먹는 것도 좋지만 돼지와 함께 데쳐서 페이스트로 만드는 게……."

고기 이야기를 하는 글렌은 웬일로 진지하고 똑똑해 보이는 얼굴이었다.

이러고 있으면 그런대로 좋게 보이기는 하지만, 결국 말하는 내용은 고기 이야기다.

"그리고 육수도 맛있지 말입다. 뼈를 망치로 부숴서 육수가 우러나기 쉽게 만드는 게 포인트인데……."

애초에 엘리안느가 토끼 고기를 거북해하는 건 유년기에

요리사가 토끼 가죽을 벗기는 현장을 목격한 게 원인이다.

그런 엘리안느가 뼈를 부숴서 국물을 낸다는 조리 방법을 듣고 즐길 수 있을 리가 없다.

엘리안느는 조용히 일어나서 2인승용 안장을 단 말에 올라탔다.

엘리안느는 승마 실력이 좋은 편은 아니지만 혼자서 말에 오르내릴 수는 있고, 가볍게 근처를 도는 정도는 가능하다.

엘리안느가 고용인에게 말을 걸려고 하자, 그보다 먼저 글렌이 물었다.

"화장실 감까?"

이 배려심 없는 남자의 머리를 좀 두들겨 패 줄 사람이 어디 없을까?

엘리안느는 짜증을 내면서도 어디까지나 숙녀답게 웃으며 대답했다.

"저도 잠시, 주변을 산책하고 싶어졌어요."

"그럼 저나 알렉산더 씨 중 누군가가 따라가지 말임다."

"괜찮아요. 이 숲은 저에게는 뜰이나 다름없으니까 헤맬 일은 없어요."

이럴 때 가장 먼저 엘리안느에게 동행을 제안하는 건 집사 레스턴이지만, 오늘은 동행하지 않았다. 저택에서 만찬 준비를 하느라 바쁘기 때문이다.

주변에 있는 고용인은 두 명. 최근 들어온 신입인 검은 머리와 그보다는 조금 근속 연수가 긴 잿빛 머리의 노종복 피터다.

엘리안느는 신입의 이름을 몰라서 피터에게 말을 걸었다.

"피터. 함께 가 줘요."

"네. 알겠습니다."

피터는 엘리안느의 변덕에 당황한 모양이었지만, 그래도 그녀의 말대로 말을 걷게 했다.

고삐를 당기자, 말은 조금 불쾌한 듯 울었지만 그래도 얌전히 걸었다. 아무래도 피터는 동물에게 사랑받는 체질은 아닌 모양이다. 그러나 젊은 신입에게 맡기는 것보다는 낫다.

엘리안느는 옆으로 앉아서 고삐를 쥐고 숲속에서 우연히 펠릭스와 만나면 좋겠다며 한숨을 내쉬었다.

* * *

"엘리는 괜찮을까요."

글렌이 힐끔거리며 숲을 신경 쓰자, 레인부르그 공작 부인이 음료수를 내밀면서 나긋하게 웃었다.

"아무쪼록 기분 상하지는 말렴. 저 아이는 조금 응석받이인 면이 있거든."

"네……? 기분 상하거나 그런 건 없슴다."

"어머나, 참."

글렌이 따스한 차를 마시면서 대답하자, 공작 부인이 미소 지었다.

공작 부인의 웃는 모습이 엘리를 닮았다고 생각하면서 글렌이 차를 홀짝이자, '침묵의 마녀'의 종자 알렉산더가 목소리를 높였다.

"이 몸은 차보다 술이 좋아! 그리고 음식! 고기!"

"예이. 대령했습니다. 형님."

재빨리 달려와서 술이나 말린 고기를 늘어놓은 것은 비교적 젊은 검은 머리의 고용인이었다.

알렉산더는 기분 좋은 고양이처럼 목을 울리며 히죽거렸다.

"잘했다. 부하."

이 사람은 남의 집 고용인을 부하로 삼은 건가. 글렌이 그렇게 생각하며 어이없어하는데, 레인부르그 공작 부인이 미소 지으며 말했다.

"어머, 두 사람은 사이가 좋네. 이름이 같아서 그런가?"

"이름……?"

글렌이 저도 모르게 고개를 갸웃하자, 검은 머리의 고용인이 공손한 태도로 인사했다.

"저는 바르톨로메우스라고 하는데요. 리디르 왕국어로는 바솔로뮤라고 하죠."

"뭔가 복잡하지 말임다. 바솔로뮤 씨, 바르톨로메우스 씨."

"복잡하다면 저는 바르라고 불러주시죠."

과연. 알렉산더 씨와 바르 씨. 이거라면 조금 외우기 쉬울 듯하다.

그때, 말린 고기를 씹던 알렉산더가 힘차게 고개를 들어서 주변을 두리번거렸다.

그 표정은 언제나 활기차게 웃는 그답지 않게 험악했다.

"왜 그러십까? 알렉산더 씨?"

"무언가가 엄청난 속도로 다가오고 있어. 이 이상한 마력은 뭐지⋯⋯?"

글렌에게 대답하는 동안에도 금색 눈동자는 바쁘게 주변을 돌아봤다. 하지만 이윽고 그 움직임이 우뚝 멎었다.

알렉산더가 날카로운 눈으로 바라보는 건, 엘리안느가 말을 타고 갔던 방향이다.

"이봐, 부하. 큰 목소리. 그 둥실거리는 아가씨를 데리고 돌아와. 뭔가 위험한 게 다가오고 있어."

"위험한 거라고요, 형님? 그게 뭡니까?"

"확실히는 모르겠어. 하지만 무척 위험해. 이 형태와 크기로는⋯⋯."

알렉산더의 말은 막연해서 긴장감을 가지기가 힘들었다.

다른 고용인들도 곤혹스러운 듯 그를 바라봤다.

그런 가운데, 알렉산더는 숨을 삼키고 눈썹을 치켜들며 외쳤다.

"용이다──! 아니⋯⋯ 용에 한없이 가까운 형태를 한 무언가가 다가오고 있어!"

6장 저주받은 자

레인부르그 공작령은 용 재해가 잦다는 동부 지방 부근에 있지만, 그래도 용 재해가 특별히 많은 지역이라고 할 정도는 아니다.

영지에 마력 농도가 진한 숲이 있어서 용이나 정령이 조금 살긴 하지만 무리에서 떨어진 초식룡이 한 해에 몇 번 정도 사람 사는 마을로 오는 정도다. 대형 용이 출몰한 건 엘리안느가 태어난 뒤로 몇 번 정도밖에 없다.

그래서 엘리안느에게는 용보다는 곰이나 멧돼지가 훨씬 가까이 접하는 위협이다.

이 숲에는 그런 큰 짐승이 적으니까 산책하기 딱 좋았다.

(아아, 여기서 펠릭스 님과 딱 마주치면 얼마나 근사할까. 펠릭스 님은 조금 놀란 표정을 지으시면서도 금방 웃으면서 이리로 오라며 내게 손을 내미시겠지. 나는 망설이면서도 펠릭스 님의 손을 잡고…… 그러면 펠릭스 님은 조금 강하게 나를 안아 올리시는 거야. 그리고 부끄러워하는 나에게 꽉 잡지 않으면 위험하다고 말씀하시고, 나는 펠릭스 님의 가슴에 조심스럽게 손을 뻗어서…….)

기분 좋은 몽상에 잠긴 엘리안느가 몽롱해진 와중에 갑자기 말이 발을 멈췄다.

"어라? 무슨 일이야?"

"모르겠습니다. 말이 갑자기 무서워해서……."

피터가 말의 상태를 확인했지만, 다친 기색은 없었다. 말은 그저 흥분하며 뭔가를 두려워했다.

근처에 큰 짐승이 있을 거라고 판단했는지, 피터가 만약을 위해 엽총을 들었다.

그러나 숲속은 굉장히 조용해서, 대형 동물이 풀을 헤치는 소리는 들리지 않았다.

강한 바람이 불어 엘리안느의 치맛자락을 흔들었다. 해가 구름에 가려졌는지 조금 쌀쌀했다.

엘리안느는 구름 모양을 확인하려고 고개를 들어 하늘을 올려다봤고…… 말문이 막혔다.

"어……?"

해를 가린 건 구름이 아니었다.

커다란 무언가가 나무 위를 돌고 있었다. 그 거대한 실루엣을 본 엘리안느는 등골이 오싹해졌다.

"용……."

비행이 특기인 용이라면 가장 먼저 떠오르는 건 익룡이다.

익룡은 대부분 소와 비슷하거나 그것보다 조금 큰 정도다. 그러나 머리 위에 있는 용은 그보다 두 배는 되는 크기였다. 언뜻 봐도 단단할 듯한 두꺼운 비늘은 선명한 심록색이었다.

"녹룡…… 상위종이야……."

엘리안느가 그렇게 중얼거리자, 피터도 머리 위를 올려다
봤다.

피터는 얼굴이 새파래지면서도 종복으로서 해야 할 일을
하고자 말의 고삐를 당겼다.

그러나 겁먹은 말은 한 발짝도 움직이려 하지 않았다. 그
뿐만 아니라 섣불리 자극했다가는 날뛸 것 같았다.

"아가씨. 일단 말에서 내려오세요!"

"그, 그래도, 말을 타고 도망치는 편이……."

"용과 마주친 말은 폭주하기 쉽습니다! 옆으로 앉는 안장
이라면 떨어져요!"

엘리안느는 황급히 고삐를 놓고 치맛자락을 잡으며 말에
서 내리려 했다. 그와 동시에 머리 위의 용이 날카롭게 소
리 질렀다.

용의 울음소리에 겁먹은 말이 울부짖으며 앞발을 높이 들
었다.

균형을 잃은 엘리안느가 말에서 굴러떨어지자, 피터가 그
녀의 손을 당기면서 말에게 걷어차이지 않게 거리를 벌렸다.

그 순간 강한 바람이 불었다. 갑자기 녹룡이 이쪽을 향해
빠르게 내려온 것이다. 피터와 엘리안느는 황급히 나무 뒤
로 도망쳤다.

내려온 용은 날뛰는 말의 몸통에 두꺼운 발톱을 박았다. 그

예리한 발톱은 튼튼한 안장과 함께 말의 몸통을 짓뭉갰다.

말이 내지른 단말마의 울음소리를 듣자, 엘리안느는 바로 귀를 막고 눈을 돌렸다. 피터가 그런 엘리안느의 팔을 강하게 잡아당겼다.

"지금 당장 여기서 벗어나야 합니다."

"기, 기다려 봐. 섣불리 움직이는 것보단, 숨는 편이……."

용은 말의 사체를 먹으려 하지도 않고, 그저 화풀이하듯이 찢어 뭉갰다. 그 모습은 어딜 봐도 정상이 아니었다.

애초에 상위종 용은 하위종과 달리 지성이 있다. 그러므로 함부로 인간을 덮치거나 하지 않는다.

(그런데 어째서……!)

엘리안느는 살며시 녹룡을 엿보고 위화감이 들었다.

녹룡의 아름다운 심록색 비늘 위에 검은 띠 형태의 그림자가 보인 것이다.

그 그림자는 왕뱀처럼 녹룡의 몸 표면을 덮고 있었다.

(저건…… 설마…….)

엘리안느는 몸 위에 그림자를 드리운 용 같은 건 본 적이 없었다. 그러나 책에서 이런 내용을 읽은 적이 있었다.

마력과 부정적인 감정이 연결되어 생긴, 세계의 얼룩——사람은 그걸 저주라고 부른다.

그리고 온갖 생물을 침식하는 저주가 용을 침식했을 때, 주룡이 태어난다.

주룡은 그곳에 있기만 해도 주변에 저주를 흩뿌리는 최악의 존재다. 그 위험도는 같은 전설급으로 취급되는 흑룡에 필적한다.

오오오, 오오오오오오…….

저주받은 녹룡이 목을 긁는 듯한 추악하게 쉰 울음소리를 내질렀다.

그러자 용의 거구를 뒤덮은 그림자의 일부가 스르륵 떠오르더니 말의 사체에 휘감겼다.

일찍이 말이었던 살점은 점점 검게 물들었고, 왕뱀 같은 그림자와 녹아서 뒤섞였다.

엘리안느는 직감으로 깨달았다. 저 말은 저주에 먹힌 거다.

"피터, 아아, 피터……."

"흐, 흐억, 아, 아아……. 다음은, 내 차례야……. 다음은…… 다음은…… 아앗."

피터는 엄지손톱을 깨물면서 반대쪽 손으로 수염을 쥐어뜯고 있었다. 착란에 빠진 거다.

의지하려던 어른이 혼란에 빠지자, 그 공포와 혼란은 엘리안느에게도 옮겨 갔다.

"싫어, 싫어. 싫어, 싫어! 이런 곳에서, 이런, 싫어어! 죽고 싶지 않아……!"

말을 삼킨 그림자는 스르륵 녹룡의 몸으로 돌아갔다.

용의 두꺼운 목이 천천히 움직여서 엘리안느 일행이 숨은 나무를 노려봤다. 다음 사냥감을 정한 것이다.

(괜찮아. 괜찮아. 이 주변은 나무가 밀집해서 좁으니까,

몸집이 큰 용은 지나갈 수 없어…….)

그러나 녹룡은 날개를 한 번 휘두르더니 엘리안느의 작은 희망을 부숴 버렸다.

두꺼운 피막으로 덮인 날개가 오르내리자, 강한 바람이 불며 보이지 않는 바람 칼날이 주변의 나무를 베어 버렸다.

화룡이 불, 청룡이 물을 조종하듯이, 녹룡도 바람을 조종하는 것이다.

이 능력이야말로 녹룡이 익룡의 상위종인 까닭이다.

"싫어어…… 히, 히끅…… 으, 아아……!"

녹룡의 몸을 덮은 검은 그림자가 다시 부풀어 올라 엘리안느 일행에게 기어 왔다.

저 그림자는 저주 그 자체. 저것에 닿으면……. 엘리안느는 그 말로를 방금 목격한 참이다.

"시, 싫어어어어어어어!"

엘리안느가 떨리는 발을 움직여 그 자리에서 도망치려던 그때, 녹룡이 날개를 휘둘렀다.

강한 바람이 엘리안느의 몸을 지면에 내동댕이쳤다. 이제 도망칠 수 없다.

녹룡의 몸을 덮은 검은 그림자가 천천히 떠올라 엘리안느와 피터를 노렸다.

"엘리……하고 고용인 아저씨!"

그때, 강인한 팔이 엘리안느의 몸을 끌어 올리듯이 들어서 옆구리에 끼웠다.

"다친 데는 없습까?!"

낮게 날아서 엘리안느를 구출한 것은 글렌이었다.

글렌은 엘리안느를 안은 반대쪽 팔로 피터를 안았다.

오른손에 피터, 왼손에 엘리안느를 들었다. 아무리 글렌이 젊고 체력이 있다고 해도 상당히 힘들 것이다. 글렌의 얼굴은 새빨갰다.

그럼에도 글렌은 두 사람을 떨어뜨리지 않게 꽉 끌어안은 채 나무 틈새를 누비듯이 날았다. 나무보다 높이 날면 비행 능력이 높은 녹룡의 표적이 되기 쉽기 때문이다.

녹룡은 크게 날개를 펄럭이면서 날아올라 나무 위에서 글렌 일행을 추격했다. 그리고 그 몸에서 검은 그림자를 촉수처럼 뻗었다.

비행 마술은 원래 말에게도 밀리지 않는 속도가 나오지만, 지금 글렌이 낼 수 있는 속도는 달리는 것보다 조금 빠른 정도였다.

그렇게 된 이유는 엘리안느와 피터 두 사람을 안고 있기 때문이었다. 예전에 학원제 무대에서 엘리안느를 안아 들었을 때와 비교하면 명백하게 휘청거리고 있다.

글렌은 비행 마술을 쓰면서 빠르게 영창을 되풀이하고 있었다. 그러나 비행 마술 이외의 것은 발동되지 않았다. 아마 마술을 동시에 유지하는 게 익숙하지 않은 거다.

바로 뒤에서 그림자가 다가오자, 피터가 비명을 질렀다.

"아, 아아아, 따라잡힌다아아아!"

그림자가 피터와 엘리안느의 발에 닿으려는 순간, 글렌이 억지로 방향을 틀어서 나무 뒤로 돌아갔다.

비행 마술을 유지하며 공중에 뜬 채 나무 뒤로 숨은 글렌이 영창의 마지막 한 구절을 읊었다.

"이건…… 어떠냐!"

공중에 화염구가 떠올라 녹룡을 향해 똑바로 날아갔다.

글렌은 비행 마술을 써서 날면서 공격 마술을 발동할 수 없다. 그렇기에 한 번 움직임을 멈추고 두 번째 마술을 발동한 것이다.

먼저 발동했던 비행 마술을 해제하지 않고 유지하고 있었기에, 글렌은 즉시 비행을 재개할 수 있다.

"이 틈에…… 윽!"

괴로운지 신음한 글렌이 비행 마술을 써서 그 자리에서 벗어났다.

글렌의 옆구리에 안긴 엘리안느는 열심히 목을 움직여 뒤를 봤다.

흩뿌려진 불꽃. 그 너머에서 검은 그림자가 날뛰었다. 마치 불에 타서 버둥거리는 뱀 같다.

그러나 마술의 소양이 있는 엘리안느는 불의 위력이 낮음을 깨달았다. 아마 글렌이 익숙하지 않은 동시 마술을 써서 화력이 제대로 안 나왔으리라.

(그래도 누군가가 이 커다란 소리를 듣고 불을 본다면 비상사태인 걸 알아챌 거야……!)

그런 희미한 희망을 비웃듯이 불이 흩어졌다. 녹룡이 조종하는 바람에 글렌의 불이 꺾인 것이다.

나무가 많은 곳으로 도망쳐서 녹룡은 쫓아오지 않았지만, 검은 그림자가 왕뱀처럼 늘어나서 빠른 속도로 덮쳐 왔다.

글렌이 목이 찢어질 듯 포효했다.

"크, 아아아아아아아아아압──!"

글렌은 옆구리에 끼운 엘리안느와 피터를 근처 덤불에 던졌다.

내던져진 두 사람은 이끼가 드러난 지면을 굴렀다.

"꺄아앗?!"

"흐어어억?!"

덤불의 나뭇가지와 질긴 나뭇잎이 엘리안느의 부드러운 피부를 다치게 하고, 폭신폭신한 머리에 휘감겼다.

숙녀에게 이게 무슨 짓이란 말인가! 엘리안느는 불평 한 마디라도 해야겠다며 일어나다가 목격했다.

엘리안느와 피터를 도망치게 한 글렌의 다리에 검은 그림자가 휘감겼다. 그 그림자는 발목에서 몸통, 목, 얼굴로 기어 올라왔다.

비행 마술로 떠 있던 글렌의 몸은 화살에 맞은 새처럼 힘 없이 땅에 툭 떨어졌다.

"으그윽으으으으아아아아그윽으아아아아아아아아아악, 크아아아아아아아악!"

피를 토하는 절규가 글렌의 입에서 흘러나왔다.

그 고통스러운 절규를, 공포를 느낀 엘리안느는 귀를 막고 싶어졌다.

글렌의 몸은 검은 그림자로 군데군데 물들어 있었다. 아까 말의 사체처럼 글렌의 몸도 저주에 휩싸인 것이다.

언제나 쾌활하게 웃던 글렌의 얼굴은 고통으로 일그러졌다.

엘리안느는 그 광경을 덜덜 떨면서 바라볼 수밖에 없었다.

(싫어, 싫어, 이런 건, 싫어……)

글렌의 몸은 이미 절반 정도 그림자에 침식되었다.

그 눈은 초점을 잃었고, 입은 뻐끔거리며 가느다란 목소리를 냈다. 그건 고통 섞인 목소리가 아니라 필사적인 영창이었다──.

"크으……으…… 타올, 라라아!"

글렌의 손바닥에 화염구가 생겨났다.

덜덜 떨리며 경련하는 손에서 발사된 화염구는 귀가 아플 정도로 큰 소리를 내며 녹룡의 얼굴에 작렬했다. 조금 전과는 다른, 고위력의 화염구였다.

글렌을 침식하던 그림자는 일부를 글렌에게 남긴 채 그의 몸에서 떨어져 스르륵 녹룡의 몸으로 되돌아갔다.

글렌이 날린 화염구가 직격했음에도 녹룡은 건재했다. 용의 비늘은 열에 강해서 미간을 제외하면 공격해 봤자 효과가 별로 없다.

그래도 고위력 화염구를 위협으로 느꼈는지, 저주를 두른 녹룡은 한 번 크게 돌더니 그 자리를 떠났다.

피터는 헉헉 거리며 "사, 살았나……?" 하고 중얼거렸다.

엘리안느는 피터에게는 눈길도 주지 않고 떨리는 다리로 글렌에게 다가갔다.

"그, 글렌 님……?"

대답은 없었다. 엎어진 글렌의 몸은 꿈쩍도 안 했다. 그저 저주의 잔재인 그림자만이 꾸물거리며 글렌의 몸을 기어다니고 있었다.

"싫어…… 싫어요……. 저기, 괜찮은, 거죠? 일어나…… 일어나세요……."

"그 녀석을 건드리지 마!"

뒤에서 누군가가 날카롭게 외치고는 엘리안느의 목덜미를 잡았다.

마치 고양이라도 다루는 것처럼 엘리안느를 붙잡은 건 검은 머리에 키가 큰 남자―― '침묵의 마녀'의 종자, 바솔로뮤 알렉산더였다.

"이, 이거 놔요. 글렌 님이…… 글렌 님이, 우리를 감싸고……."

"그 녀석은 지금 저주받았어. 건드리면 저주가 옮아."

"그래도, 그래도오……. 이대로 가면…… 글렌 님이, 죽고, 마는…… 으, 으으…… 히끅……."

마침내 엘리안느가 흐느끼기 시작하자, 알렉산더는 싫다는 듯이 표정을 찡그렸다.

알렉산더는 엘리안느에게 손을 떼고는 글렌 앞에 쪼그려

앉아 그의 전신을 침식하는 저주의 낌새를 관찰했다.

 "마력량이 적은 녀석일수록 금세 이런 거에 먹히는 법인데……. 아, 역시 이 녀석은 인간치고 마력량이 많구나……. 혹시 우리 주인님보다 많은 거 아냐?"

 알렉산더는 뭐라 중얼거리며 글렌의 몸을 침식하는 그림자를 손끝으로 톡톡 건드렸다.

 그림자는 그 손가락을 기어 올라올 것 같았지만, 어찌 된 영문인지 손가락을 피했다.

 "음. 좋아. 이 몸이라면 만져도 괜찮겠군."

 알렉산더는 글렌의 몸을 어깨로 부축해서 일어나고는 엘리안느와 피터를 번갈아 봤다.

 "일단 안전한 곳으로 돌아가자. 그리고 저택에 도착하면 저주 전문가를 불러. 이건 문외한이 감당할 만한 게 아니야."

* * *

 사냥터에는 펠릭스나 레인부르그 공작을 비롯해 리디르 왕국 측 귀족이 여덟 명, 파르포리아 측 사자가 여덟 명, 그리고 고용인이나 호위가 동행해서 꽤 되는 인원이 북적거렸다.

 모니카는 진심으로 사냥에 나선다면 흩어지는 편이 효율적이지 않나 싶었지만, 그들은 말에 올라탄 채 느긋하게 담소를 나누고 있었다.

이 사냥은 어디까지나 사자와 교류하는 게 목적이다.

(뭐, 한데 모여있는 편이, 나도 호위하기 쉽지만······.)

이번에 호위로 동행한 모니카는 옆으로 앉는 안장을 단 말에 타고 있다. 로브 차림으로는 말에 걸터앉기가 힘들기 때문이다. 지팡이도 방해돼서 네로에게 맡겼다.

세렌디아 학원의 선택 수업에서 승마의 기초는 배웠지만, 옆으로 앉는 안장에 앉기란 처음이었다.

옆으로 앉는 건 달리는 데 전혀 걸맞지 않고, 걸터앉는 것보다 불안정하지만 그래도 승마 수업을 들은 덕분인지 그리 추하게 타지는 않았다.

승마 수업을 듣지 않았다면 아마 몇 발짝 가자마자 말에서 떨어졌을 거다.

(그나저나, 쌀쌀하네에.)

모니카는 고삐를 쥔 손을 몇 번 쥐었다 펴면서 피를 돌게 했다.

오늘은 햇살이 따스하지만, 나무가 많은 숲속의 그늘에 있다 보면 꽤 쌀쌀하다.

장갑을 끼고 왔어야 했다고 후회하는 모니카 옆에서 펠릭스가 말을 몰고 나란히 섰다. 변함없이 고삐를 안정적으로 잡고 있다.

펠릭스는 마치 배려하듯이 모니카를 바라봤다.

"레이디. 그 차림으로는 춥겠죠? 제 장갑을 쓰세요."

너무 송구스럽다. 모니카는 고개를 내저었다.

그때, 뒤에서 사냥개가 울면서 총성이 들렸다. 누군가가 사냥개가 몬 꿩을 쏜 것이다.

엽총을 든 건 회의 중에 펠릭스에게 시비를 걸었던 마레 백작이었다. 꿩을 문 사냥개가 마레 백작에게 돌아왔다.

펠릭스가 마레 백작 쪽으로 말을 몰고 가서 미소 지었다.

"훌륭한 실력이네요. 마레 백작."

"뭐, 연륜이라는 겁니다. 어느 정도 오래 익혔으니까요."

마레 백작의 말은 정중했지만, 펠릭스가 경험이 적은 애송이라고 하는 듯한 비아냥으로도 들렸다. 실제로 펠릭스를 보는 마레 백작에게서 어딘가 승리를 뽐내는 분위기가 감돌았다.

그러나 펠릭스는 도발에 넘어가지 않고 부드럽게 웃으면서 마레 백작 근처에서 대기하는 사냥개에게 눈을 돌렸다.

"동물은 사람보다 더 사람의 깊은 곳을 보는 법이죠. 사냥개들은 당신을 믿을 수 있는 사람이라고 인정한 겁니다."

넌지시 자신을 믿을 수 있는 사람이라고 하는 말을 듣자, 마레 백작은 기세가 꺾인 표정을 보였다.

"나도 당신처럼 존경받는 사람이 되고 싶군요."

펠릭스의 말을 듣자, 마레 백작의 콧방울이 움찔거리는 것을 모니카는 봤다.

사냥이 시작되고 나서 어느 정도 지났지만, 펠릭스는 엽총을 거의 쓰지 않았다. 그건 분명 파르포리아 측 사람에게 사냥의 성과를 양보하고 기분을 좋게 하기 위함이겠지.

(외교는, 힘들구나아…….)

이런 물밑 싸움은 보는 것만으로도 신경이 쓰인다.

모니카가 남몰래 한숨을 내쉬는데, 멀리서 커다란 소리가 났다. 퍼엉, 하고 무언가가 터지는 소리는 총성보다도 낮고 묵직했다.

"이봐, 저건 뭐냐?!"

맨 먼저 외친 것은 파르포리아 왕국의 마레 백작이었다.

소리가 난 쪽의 상공에 날개를 펼친 거대한 용이 보였다. 실루엣은 익룡과 비슷했지만, 그보다도 압도적으로 크다.

(저건…… 상위종인 녹룡?! 어째서, 이런 곳에…….)

손님들이 혼란에 빠져 웅성거리는 가운데, 펠릭스가 말을 달래면서 주변 사람에게 말했다.

"아무쪼록 진정하세요. 보아하니 저 용은 이쪽으로 다가올 기색이 없습니다. 지금은 조용히 휴게소로 돌아가죠. 부인들께서 불안해하실지도 모릅니다."

침착한 펠릭스의 말을 듣자, 일행은 조금 차분함을 되찾은 모양이었다.

그러나 모니카는 불길한 예감이 들어 로브 가슴팍을 움켜쥐었다.

조금 전 들린 커다란 소리는 아마 글렌의 공격 마술일 거다. 네로는 마술을 쓰지 않으니까.

모니카는 재빨리 일행의 현재 위치와 휴게소까지의 거리, 방향을 계산했다.

(저 소리가 들린 건, 휴게소와는 다른 방향이었어……. 글렌 씨가 단독 행동을……? 네로는 뭘 하고 있는 거야?)

모니카의 의문에 대답하듯이, 휴게소 방향에서 말을 탄 누군가가 다가왔다.

말에 탄 건 흑발을 가지런히 모은 이목구비가 뚜렷한 생김새의 남자── 바르톨로메우스다.

바르톨로메우스는 말 위에서 실례한다고 양해를 구하고는 목소리를 높였다.

"형님……이 아니라, '침묵의 마녀' 님의 종자, 알렉산더 님으로부터 전언입니다! 『위험한 게 접근하고 있어. 무지 위험해.』이상입니다!"

그야말로 네로다운 엉성한 전언이었다.

위험이 다가오고 있으니까, 어떻게 할지는 모니카가 정하라는 걸까.

존재감이 흐릿한 레인부르그 공작이 얼굴에 맺힌 땀을 손수건으로 닦으며 말했다.

"알렉산더 님은 구체적으로 무엇이 다가오고 있는지는 말하지 않았나? 뭐, 십중팔구 용이겠지만."

그렇게 중얼거리는 레인부르그 공작에게 바르톨로메우스가 애매하게 대답했다.

"그게…… 그 나리의 말로는, 용에 한없이 가까운 형태를 한 무언가……라던데요."

네로답지 않은 애매한 표현을 듣자, 모니카의 가슴 술렁임이 더더욱 거세졌다.

* * *

모니카 일행이 휴게소로 돌아오자, 그곳에서는 대단한 소
란이 벌어지고 있었다.

고용인들은 공황 상태에 빠졌고, 엘리안느는 흐느끼고 있
었다.

그리고 지면에 누운 글렌은 전신이 검은 무언가에 침식되
어 창백한 얼굴로 축 늘어져서 움직이지 않았다.

그런 상황에서 평소처럼 나긋하게 있던 레인부르그 공작
부인이 부지런히 고용인들에게 지시를 내렸다.

"왕도에 시급히 사자를 보내세요. 남편의 이름을 빌려도
좋습니다. 무슨 일이 생기면 내가 모든 책임을 지겠습니다.
거기 너는 저택으로 먼저 돌아가서 의사를 부르도록."

레인부르그 공작 부인은 옆에서 울고 있는 엘리안느를 바
라보고는 날카로운 말투로 질타했다.

"엘리안느. 언제까지 울고 있을 거니. 네가 울어 봐야 상
황은 전혀 나아지지 않아. 할 수 있는 게 없다면 최소한 방
해라도 되지 않게 마차 안에 있으렴."

마침내 엘리안느는 소리 내서 울기 시작했다.

평소에는 존재감이 흐릿하고 심약한 레인부르그 공작이
아내에게 달려가 물었다.

"다, 당신. 이건 대체…… 무슨 일이 있었던 건가."

"주룡이에요, 여보. 더들리 님이 엘리안느를 감싸고 저주를 받았어요."

주룡. 그 말을 듣자마자 주위의 분위기가 얼어붙었다.

주룡은 반쯤 전설 같은 존재다. 그걸 실제로 목격한 자는 최소한 이 자리에는 없을 거다.

그러나 주룡 때문에 다수의 마을이 멸망했다는 이야기는 지금도 사람들에게 전해져 내려오고 있다.

주룡이란 저주받은 용을 가리키지만, 이 저주라는 것에 관해서는 현대에도 전모가 밝혀지지 않았다. 저주는 자연현상이지만, 그리 쉽게 일어나지 않기 때문이다.

마술을 응용하여 저주를 생성해서 다루는 기술을 주술이라고 부르며, 적게나마 주술사가 있기는 하다. 칠현인 중 한 명인 '심연의 주술사' 레이 올브라이트가 그렇다.

그리고 주술 관련 지식은 올브라이트 가문이 독점한다. ──즉, 칠현인인 모니카조차도 저주나 주술 관련 지식은 거의 없다.

"오, 돌아왔냐."

모니카가 말에서 내려오자, 글렌의 상태를 살피던 네로가 다가왔다.

모니카가 입을 열기보다 먼저, 말에서 내린 펠릭스가 네로에게 물었다.

"위험하다고 알려줘서 고마워. 더들리의 상태는 어때?"

"무지 위험해. 평범한 인간이었으면 벌써 죽었어. 그래도 마력량이 많으니까 가까스로 저주에 대항한다는 느낌이야. 절대로 만지지 말라고. 만지면 저주가 옮으니까."

"그럼 어떻게 더들리를 옮긴 거지?"

"이 몸이라면 만질 수 있어. 이 몸은 대단하니까."

모니카는 펠릭스와 네로의 대화를 들으면서 무영창으로 감지 마술을 발동해 글렌을 관찰했다.

글렌의 전신에는 검은 띠 모양의 그림자가 붙어있다. 이 그림자가 저주인 거다.

달라붙은 그림자는 피부를 기는 왕뱀처럼 시시각각 모양을 바꾸고 있었다.

(이건 저주가 글렌 씨를 삼키려는 걸 글렌 씨의 마력이 아슬아슬하게 막고 있는 상태……. 즉, 주술은 마력으로 어느 정도 막을 수 있는 성질을 가졌다는 것. 그래도 아마 평범한 방어 결계로는 절대로 못 막을 거야. 전용 술식을 짠다면, 주술은 암속성 마술에 가까운 성질을 가지니까…….)

그때, 모니카의 사고를 가로막듯이 누군가가 비명을 질렀다. 노종복 피터였다.

"요, 요요, 용이다아――! 우와아아아아아악!"

피터가 가리킨 곳에서는 온몸 곳곳이 반점처럼 검게 물든 녹룡이 활공하는 게 보였다.

녹룡은 날개를 펼치면 작은 산속 오두막 정도 크기는 된다. 그것이 마력을 띤 바람과 검은 띠 모양 그림자를 동반하며 날고 있는 거다. 공격을 정통으로 맞으면 잠시도 버티지 못한다.

모니카는 즉시 무영창으로 방어 결계를 쳤다. 그러나 이런 방어 결계로는 녹룡의 몸통박치기나 바람은 막더라도, 저주는 막을 수 없다.

모니카의 우려대로 녹룡의 몸을 뒤덮은 그림자가 천천히 떠올라 머리 위에서 덮쳐 왔다.

그 그림자는 모니카가 친 방어 결계를 손쉽게 통과했다.

주변 사람들이 절망에 찬 비명을 지르는 가운데, 모니카는 돗자리 위에 놓여 있던 지팡이를 들고 지금 막 생각한 마술식을 발동했다. 지팡이의 장식이 짤랑거렸다.

(부탁이야, 통해라……!)

그것은 대(對)저주용으로 모니카가 즉석에서 만들어 낸 방어 결계다.

이론은 구멍투성이. 검증조차 하지 않은 마술을 실전에서 쓰다니, 평소의 모니카라면 절대로 하지 않았을 짓이다. 그러나 지금은 이것저것 따질 수가 없었다.

이판사판으로 쓴 대저주용 방어 결계는 올바르게 발동해서 검은 그림자를 튕겨냈다. 통한다. 즉석 방어 결계가 효과를 발휘했다.

"아아, 살았다……."

주변 사람들이 안도하는 목소리를 냈지만, 모니카는 이 절망적인 상황에 얼굴이 새파래졌다.

(안 돼. 이대로 가면 공격할 수가 없어!)

모니카가 동시에 유지할 수 있는 마술은 두 개까지다.

그리고 지금, 모니카는 용의 공격을 막기 위한 일반 방어 결계와 대저주용 방어 결계 두 개를 발동하고 있다. 즉, 지금의 모니카는 공격이 불가능하다.

주변에는 엽총을 든 사람이 있지만, 일반 방어 결계가 방해해서 탄환이 결계를 통과하지 못한다.

이 상황에서는 결계 밖에서 공격 마술을 쓸 수 있는 마술사가 없으면 공격할 수가 없다.

그리고 이 자리에서 용에게 치명상을 입힐 만한 공격 마술을 쓸 수 있는 건, 아마 글렌뿐이리라. 정작 그 글렌은 의식을 잃었다.

(공격할 수단이 부족해⋯⋯!)

검은 그림자는 기세가 약해지기는커녕 슬금슬금 모니카의 결계를 침식하고 있다.

대저주용 결계는 즉석에서 만든 결계다. 당연히 빈틈이 많다. 이대로 가면 뚫리는 건 시간문제다. 무엇보다 모니카의 방어 결계는 그렇게 유지 시간이 길지 않다.

(루이스 씨라면 두 개의 결계를 하나로 합치거나, 결계를 더 튼튼하게 만들 수 있을 텐데⋯⋯!)

'결계의 마술사' 루이스 밀러는 하나의 방어 결계에 다수의 효과를 부여하는 천재다.

그라면 모니카가 사용한 방어 결계를 하나로 합치고 빈손으로 공격 마술을 썼을 거다.

모니카가 쓰는 무영창 마술의 강점은 즉시 발동할 수 있다는 점에 있다.

그렇기에 선수를 친다면 이보다 더할 수 없을 만큼 강력하지만, 후수로 몰려서 방어만 하게 되면 우위성이 사라진다. 지금이 바로 그런 상황이다.

(그래도 어떻게든 해야 해. 나는 칠현인이니까……. '침묵의 마녀'니까……!)

최소한 모두를 이곳으로부터 도망치게 하고 싶다.

그러나 모니카가 친 결계는 반구형이다. 즉, 이 자리에 있는 인간을 결계로 지키는 동시에 결계에 가둬서 도망치지 못하게 한다고도 할 수 있다.

(결계의 범위를 후방으로 넓혀서, 조금이라도 멀어지게 할까? 하지만 이 이상 범위를 넓히면 결계의 강도가 내려가……. 일반 방어 결계를 잠깐 해제해서 바로 공격 마술을 쓸까? 하지만 녹룡이 발사하는 바람 칼날을 방어하지 않으면 사상자가 나와……!)

체스에서 외통수에 몰렸을 때와 비슷한 절망감이 들었다.

생각난 방법을 하나씩 고찰해 봤지만, 아무리 생각해도 적을 궁지에 모는 데까지는 닿지 않는다.

(뭔가, 뭔가, 방법이……!)

그런 절망적인 상황 속에서 움직인 사람이 있었다.

지팡이를 들고 결계를 유지하는 모니카에게 펠릭스가 다

가왔다.

(전하, 위험하니까 물러나요⋯⋯!)

마음속으로 비명을 지른 모니카 옆에서, 펠릭스는 메고 있던 엽총을 들었다.

"레이디. 일반 방어 결계를 부분적으로 해제하는 게 가능합니까? 주먹 하나 정도 크기면 됩니다."

펠릭스가 뭘 하려는지 알아챈 모니카는 그 무모함에 놀라면서도 살짝 끄덕였다.

그는 이런 상황에서도 학생회실에서 보인 것과 변함없는 부드러운 미소를 짓고 있었다.

펠릭스는 익숙한 손짓으로 엽총을 들어 조준했다.

"미간을 노리겠습니다."

모니카는 즉시 엽총의 각도를 통해 탄환의 궤도를 계산해 탄환이 통과하도록 결계에 주먹 하나 크기의 구멍을 뚫었다.

펠릭스가 방아쇠에 손가락을 걸쳤다.

탕, 하는 총성이 바로 옆에서 들렸고, 모니카는 한순간 몸을 움츠렸다. 코를 찌르는 건 초연 냄새다.

크오오오오오아아아, 아아아아오오오──!

정확하게 미간이 꿰뚫린 녹룡이 단말마의 비명을 지르며 땅에 떨어졌다.

그 울음소리를 듣고 모니카는 얼어붙었다.

(방금, 그건⋯⋯.)

모니카는 지면에 쓰러진 녹룡을 바라봤다. 그러나 녹룡은 이미 말 못 하는 사체가 되어 있었다.

녹룡의 몸을 돌아다니던 검은 그림자도 움직임을 완전히 멈췄다.

"나를 믿어 줘서 고맙습니다. 레이디 에버렛."

펠릭스가 총구를 내리고 모니카를 향해 웃었다. 주변 사람들이 환성을 질렀다.

"펠릭스 전하와 '침묵의 마녀' 님께서 전설의 주룡을 무찔렀다!"

그러나 주변의 환성도 펠릭스의 달콤한 목소리도 모니카의 귀에는 닿지 않았다.

모니카의 머릿속은 용이 마지막에 남긴 말로 가득했다.

7장 꼭두각시가 죽음 앞에서 생각하는 것

레인부르그 공작 저택으로 옮겨진 글렌은 밤이 되어도 의식을 되찾지 못했다.

글렌이 잠든 방에 있는 건 모니카와 네로뿐이다.

글렌의 체내에 남은 저주가 움직여 인간을 덮칠 수도 있기에 고용인의 출입은 금지했다.

촛대의 불빛에 비친 글렌의 몸에는 여전히 검은 그림자가 달라붙어 있다.

저주의 근원인 녹룡을 해치워서 그림자의 움직임은 멈췄다. 그러나 녹룡의 사체에 그림자가 남아 있었듯이, 글렌의 몸에서도 그림자는 사라지지 않았다.

글렌은 때때로 괴로운 듯이 신음했지만, 그 목소리조차 가늘어서 목숨의 등불이 꺼져가고 있음은 누가 봐도 명백했다.

모니카는 글렌의 몸에 남은 저주를 관찰하면서 나지막하게 중얼거렸다.

"네로…… 그 녹룡의 마지막 말…… 들었, 지?"

"그래."

상위종 용은 지성이 높고 인간의 말을 알아듣는다. 그러나 발성 기관의 구조상 인간의 말을 하기 어렵기에, 정령과 같은 말을 쓴다.

모니카는 마술사 양성 기관 미네르바에 있을 무렵 정령 언어를 배워서 간단한 단어라면 알아들을 수 있다.

'용서할 수 없다——. 그 인간은 절대로 용서할 수 없다.'

그 녹룡은 명백하게 인간을 증오하고 있었다. 그것도 특정한 누군가를.

"그 녹룡 말이야. 이 몸이 감지한 시점에서 이미 상당히 쇠약해져 있었어."

원래 상위종 용은 정령과 동등하거나 그 이상으로 강한 마력을 가졌다.

그러나 그 녹룡은 무척 쇠약해져 있었다. 그래서 네로도 용이 나타난 걸 바로 알아챌 수 없었다.

"이 몸이 감지한 건 용에 달라붙은 저주의 마력이었어. 뱀처럼 꾸물꾸물한 게 용 정도 크기였으니까 어쩌면 용이 아닐까? 그렇게 생각했는데 정답이었던 거지."

녹룡이 쇠약해진 건 저주에 침식되었기 때문이리라.

(저주의 근원인 녹룡을 무찌르기만 해서는 해결되지 않는 건가? 이대로 가면, 글렌 씨가…….)

글렌에게 대량의 마력을 쏟아부으면 저주를 쫓아낼 수 있을지도 모른다. 그러나 그 효과는 일시적인 것에 불과하고, 자칫하면 글렌이 마력 중독에 빠질 수도 있다.

억지로 저주를 쫓아내려다가는 글렌의 몸이 그걸 버티지 못할지도 모른다.

지금 상황을 타파하기에는 저주에 관한 정보가 너무나도 부족하다. 지금은 전문가가 도착하기를 기다릴 수밖에 없었다.

(글렌 씨……. 지켜 주지 못해서 미안해요.)

친구가 괴로워한다. 하지만 마술사의 최고봉인 칠현인임에도 모니카는 아무것도 할 수 없다.

자신의 무력함에 입술을 깨무는데, 누가 조심스럽게 방문을 노크했다.

곧장 모니카가 후드와 베일을 걸친 걸 확인한 네로가 문을 살짝 열었다.

문틈으로 이쪽을 보고 있는 건 엘리안느였다.

너무 울어서 눈이 부어오른 그녀는 네로의 어깨 너머로 방 안을 들여다보려고 까치발을 들었다.

"저기, 글렌 님의…… 상태는……."

"이 방에는 다가오지 말라고 했잖아."

네로가 문을 닫으려고 하자, 엘리안느는 황급히 문에 달라붙었다.

"글렌 님은 살 수 있나요? 살 수…… 있겠죠? 그게, 칠현인님이 계시니까……."

"저주는 마술하고는 다르다고. 전문가가 아니면 어찌할 수 없어."

네로가 쌀쌀맞게 대답하했지만, 엘리안느는 열심히 물고 늘어졌다.

"그래도! '침묵의 마녀' 님은 저주를 결계로 튕겨 내셨잖아요? 그 요령으로 글렌 님의 저주도……."

"결계로 튕겨내는 것하고 해주는 다르다던데. 저주를 억지로 끄집어내려다가 쇼크사할 수도 있다더라고."

네로의 말을 듣자, 엘리안느는 충격받은 표정으로 헉, 하는 목소리를 냈다.

글렌은 엘리안느와 피터라는 고용인을 감싸고 그들 대신에 저주를 받았다고 한다. 그렇기에 엘리안느도 책임감이 드는 것이리라.

언제나 가련하게 웃던 아름다운 소녀의 얼굴도 지금은 시든 꽃 같았다.

"실례했습니다……. 곤란하게 해 드려서, 죄송해요."

엘리안느는 떨리는 목소리로 사과하고는 살며시 문을 닫았다.

문 너머로 흐느끼는 소리가 들렸다. 그것이 멀어지는 걸 확인하고 네로는 귀찮다는 듯이 한숨을 내쉬었다.

"이거야 원. 이놈이고 저놈이고 칠현인을 만병통치약이라고 생각하는 거 아냐?"

그러나 그것도 무리는 아니다. 일반인이 보기에 마술과 주술은 큰 차이가 없어 보인다. 그렇기에 마술사의 최고봉인 칠현인이라면 저주도 어떻게든 할 수 있다고 생각한다.

모니카는 책으로 읽은 미약한 지식과 글렌의 증세를 근거로 삼아 즉석에서 대저주용 방어 결계를 만들었지만, 그건 누구나 할 수 있는 일이 아니다.

그래도 모니카는 자신을 책망하지 않을 수 없었다. 좀 더 뭔가를 할 수 있지 않았을까?

"주룡 같은 건 이 몸조차도 본 적이 없는 전설의 재해라고. 과거에는 한 도시가 멸망했다면서? 다른 사상자가 나오지 않은 것만으로도 기적이잖냐."

"그래도 글렌 씨를 구할 수 없었어……. 나, 루이스 씨한테, 뭐라고 말해야……."

그때, 침대에 잠든 글렌이 괴로운 듯이 신음했다. 반사적으로 침대로 눈을 돌린 모니카는 깜짝 놀랐다.

글렌의 몸에 스며들었던 저주의 그림자가 미약하게 움직이기 시작한 것이었다.

"떨어져 있어, 모니카!"

네로가 모니카를 침대에서 떼어 놓고 글렌을 침식하는 저주를 노려봤다.

"큰 목소리의 마력이 줄어들고 있어……. 아니, 이건…… 흡수되고 있나?"

그러나 글렌의 마력을 흡수하는 것치고는 그림자의 움직임이 활발해진 것처럼 보이지는 않았다.

(글렌 씨에게서 흡수한 마력을, 어딘가로 보내고 있나? 혹시…….)

네로와 모니카는 동시에 해답을 알아내서 고개를 들었다.

"혹시, 녹룡 쪽에……?"

"불가능한 이야기는 아니지. 말단인 저주가 사냥감의 마력을 흡수해서 본체로 보낸다는 구조인가."

네로는 창문으로 다가가서 사냥터 쪽으로 눈을 돌렸다.

이미 해는 저물어서 바깥은 깜깜하지만, 창밖에는 약간의 빛이 보였다. 이 저택 정원에는 마력을 흡수해서 빛나는 꽃을 심어 놨으니까.

이런 마력을 흡수하는 꽃은 몇 가지 종류가 있지만, 정령이 꽃에 머물며 쉬는 것처럼 보여서 통틀어 '정령의 여관'이라고 부른다.

네로는 '정령의 여관'이 비추는 정원 건너편—— 밤의 어둠에 가라앉은 숲을 노려보면서 눈을 가늘게 떴다.

"아무래도 우리의 예상이 맞았던 모양이야. 그 저주가 조금씩 이리로 다가오고 있어."

"녹룡이 아직 살아 있어? 아니면 녹룡이 죽고, 저주만 살아 있는 걸까……?"

모니카가 자문자답하듯 중얼거리자, 네로가 물었다.

"이 몸이 힘을 빌려줄까?"

모니카는 잠시 고민하다가 고개를 가로젓고는 벽에 세워 둔 지팡이를 쥐었다.

"일단, 내가 어떻게든 해 볼게. 그래도…… 같이 와 줄래?"

"물론!"

네로는 날카로운 이빨을 드러내며 웃었다.

* * *

파르포리아에서 온 손님과의 만찬회를 마친 펠릭스는 자기 방으로 돌아와 옷깃의 타이를 풀며 숨을 내쉬었다.

오늘 만찬회 자리에 '침묵의 마녀'와 그 종자는 없었다. 두 사람 모두 저주를 받은 글렌 더들리를 간병하고 있기 때문이다.

간병이라고 하면 듣기에는 좋지만, 실제로는 감시라고 말하는 게 올바르다.

글렌을 침식하는 저주가 다른 사람을 덮칠까 봐 염려하는 사람이 적지 않았다. 차라리 글렌 더들리를 죽이는 게 낫지 않냐고 생각하는 사람도 있었다.

물론 그렇게 되지 않게 펠릭스가 글렌을 빠르게 격리해서 감시를 붙였지만.

(얄궂게도 이번 일에서 파르포리아 손님들의 반응이 나쁘지 않아.)

'침묵의 마녀'가 저주를 막고 희생을 최소한으로 줄인 것. 그리고 펠릭스의 저격으로 주룡을 끝장낸 것을 파르포리아 사람들—— 특히, 그 괴팍한 마레 백작조차도 높이 평가했다.

만찬 자리에서 마레 백작은 펠릭스의 사격 실력을 극찬했고, 기분도 나쁘지 않아 보였다. 용의 위협을 피부로 느끼자 용기사단 주둔지 일도 어느 정도 이해하게 된 모양이었다.

(무엇보다 전설급 재해와 직면해서 살아남았다는 이야기는 절호의 무용담이 되니까.)

분명 파르포리아 손님들은 자국으로 돌아가서 주룡이 얼마나 무서운 것이었는지 널리 퍼뜨릴 것이다.

용의 위협에서 살아남은 영웅 같은 표정을 하고 자신들이 아무것도 못하고 우왕좌왕한 건 적당히 덮어 둔 채.

레인부르그 공작 부부도 펠릭스를 영웅이라며 치켜세웠다. 곧 제2왕자 펠릭스 아크 리디르가 '침묵의 마녀'와 함께 주룡을 무찔렀다는 이야기가 온 나라에 퍼질 것이다.

(잘 만든 시나리오야.)

펠릭스는 빈정대듯 웃으면서 책상에 내던진 봉투로 시선을 보냈다.

이 저택에 도착한 동시에 받은 편지에는 보낸 사람의 이름은 없고, 그저 간결하게 이렇게 적혀 있었다.

『국왕 폐하께 병의 전조 있음. 만전을 기해 대처하라.』

이건 크록포드 공작의 지령이다.

사정을 모르는 사람이 본다면 '국왕 폐하의 몸 상태가 좋지 않으니, 국왕의 부담이 되지 않게 만사 막힘없이 대처하라.'라고 받아들일 글귀다.

하나 펠릭스에게는 크록포드 공작의 진의가 뻔히 보였다.

──국왕이 죽을 때가 머지않았다. 만전을 기해서 차기

국왕의 자리를 쟁취하라.

이번 주룡 소동은 그걸 위해 차려진 밥상이었다.

"가증스러워……."

낮은 목소리로 중얼거리고 봉투를 난롯불에 넣었다.

부지깽이로 편지의 재를 안쪽으로 밀어 넣자, 창문 틈새에서 하얀 도마뱀—— 월디아누가 들어왔다.

바깥 상황을 엿보던 월디아누는 초조한 목소리로 펠릭스에게 말했다.

"마스터, 큰일입니다. 낮에 나타난 주룡이 이 저택으로 접근하고 있습니다."

"흐응? 미간을 꿰뚫었다고 생각했는데 살아있었던 건가? 대단한 생명력이네."

안색 하나 바꾸지 않고 맞장구친 펠릭스는 방구석에 세워둔 엽총을 들었다.

월디아누는 파충류 특유의 무표정이었지만 어딘지 곤혹스럽다는 듯이 펠릭스를 올려다봤다.

"마스터……?"

"'만전을 기해 대처하라.' 이게 그 남자의 명령이야."

펠릭스가 무표정한 얼굴을 했다.

단정한 얼굴에서 부드러운 미소가 사라지고 어딘가 공허하면서도 보는 사람의 등골이 서늘해지는 듯한 차가운 분위기가 그를 지배했다.

"크록포드 공작의 꼭두각시답게 누구에게도 들키지 않게

뒤처리에 힘쓰기로 할까."

  움직이기 편한 간소한 옷으로 갈아입고 방을 나선 펠릭스
는 엽총을 메고 밤길을 달렸다.
  사실은 말을 데리고 가고 싶었지만 마구간에 마부가 있었
기에 포기했다.
  지금부터 하는 일은 누구에게도 알려져서는 안 되니까.
  "월. 주룡의 위치는?"
  하얀 도마뱀으로 변한 월디아누가 가슴 주머니에서 고개
를 내밀고 미안하다는 듯이 대답했다.
  "북북동. 거리는…… 죄송합니다. 아직 정확하게는……."
  "그런가. 알아내는 대로 알려 줘."
  월디아누의 감지 능력은 그리 높지 않아서 막연한 방향밖
에 알아낼 수 없다. 그래도 용의 거구라면 어느 정도 접근
하면 시인할 수 있을 것이다.
  펠릭스는 주룡 쪽에서 불어오는 바람을 자신이 맞는 방향
에 서는 걸 유념하면서 이동했다.
  사격한다면 적당히 높은 곳에 있는 게 좋다. 잠시 달리던 펠
릭스는 적당히 높은 언덕을 찾았다. 나무도 적절히 우거져 서
모습을 감추기에 딱 좋았다. 밤의 어둠도 그걸 돕고 있다.
  펠릭스는 품에서 작은 케이스를 꺼내, 그 안에서 엽총의
탄약을 빼냈다.

"월."

펠릭스의 목소리에 응한 윌디아누가 탄약에 마력을 주입했다. 물질에 마력을 부여하는, 부여 마술과 똑같은 몹시 강한 효과다.

마력을 부여한 탄이라면, 이번에야말로 확실하게 용의 숨통을 끊을 수 있을 것이다.

탄약을 장전한 펠릭스는 언덕 아래를 내려다봤다. 슬슬 때가 되었나.

이윽고 거대한 무언가가 질질 기는 소리가 들려왔다. 무엇인지는 말할 것도 없다.

일찍이 녹룡이었던 그것은, 전신에서 꿈틀대는 검은 그림자에 끌려가듯이 땅을 기고 있었다. 거기에는 상위종 용의 위엄 같은 건 없었다.

주룡은 안쓰러웠다. 종족이야 다르지만 존엄이 더럽혀진 모습에는 동정할 수밖에 없었다.

"지금 편하게 해 주겠어."

조준하는 건 그리 어렵지 않았다. 표적이 크고, 무엇보다 움직임이 둔하다. 작은 꿩을 쏘는 게 훨씬 어렵다.

펠릭스의 손가락이 방아쇠를 당겼다.

마력을 띤 탄환은 빨려 들어가듯이 정확하게 주룡의 미간을 꿰뚫었다.

이걸로 녹룡은 완전히 죽을 것이다. ……그랬어야 했다. 그런데도 주룡의 움직임이 멈추지 않았다.

그뿐만 아니라, 주룡은 진행 방향을 펠릭스 쪽으로 바꿨다. 주룡을 선도하는 왕뱀 같은 검은 그림자가 펠릭스를 표적으로 삼았다.

펠릭스는 깨달았다. 저 녹룡은 이미 죽었다. 그러나 그 사체를 저주가 억지로 움직이고 있는 거다.

(죽어서도 여전히 저주의 꼭두각시로 전락한, 비참한 생물인가.)

펠릭스가 자조하듯 살짝 웃자, 주머니에서 윌디아누가 속삭였다.

"이럴 수가……. 저주가 들러붙은 용이 죽으면 저주도 흩어질 텐데……."

윌디아누가 떨어지지 않게 주머니를 누른 펠릭스는 엽총을 메고 달렸다.

"그럼 평범한 저주가 아니겠지. 원래 주룡이란 자연 발생한 저주가 용에게 들러붙은 것이야. 하지만 저건 아마 주술이 걸린…… 이른바 사람 손으로 만들어진 주룡이겠지."

그 말을 듣자, 윌디아누가 곤혹스러운 듯한 목소리를 냈다.

"이해할 수 없군요. 어째서 그런 짓을……."

"이 주룡 소동 자체가 크룩포드 공작이 꾸민 일이기 때문이야. 제2왕자 펠릭스 아크 리디르를 영웅으로 만들기 위한 것이지."

주룡은 완전히 펠릭스를 표적으로 삼은 모양이었다.

펠릭스는 최대한 나무를 이용해 도망쳤지만, 저주의 검은 그림자는 어둠에 숨어 쫓아왔다. 이제 따라잡히는 건 시간 문제다.

(저렇게나 강력한 주술이라면 매개가 되는 주술구가 어딘 가에 있을 거야.)

펠릭스는 달리면서 뒤를 쫓아오는 용을 관찰했다. 눈에 보이는 범위 안에 주술구 같은 물건은 없다.

만약 자신이라면 주술구를 어떻게 용에게 넣을까? 해답은 바로 나왔다.

(먹이에 섞어서 먹게 했겠지.)

주술구가 한 번 용의 배 속으로 들어가 버리면, 외부에서 주술구에 손대는 건 불가능에 가깝다.

용의 몸은 두꺼운 비늘이 보호한다. 배 속까지 공격을 닿 게 하는 건 어렵다.

(주술구를 넣은 인간에게도 이건 예상 밖이었겠지…….
아마 주술이 너무 강했을 테지. 제어하지 못하고 있어.)

펠릭스는 다음 탄환을 장전해서 나무 뒤에서 뛰쳐나오며 쫙 벌어진 용의 입에 엽총을 쐈다. 탄환은 용의 입안을 후 볐지만, 아마 배 속까지 닿지는 않았을 거다.

용이 두꺼운 앞발을 들었다. 저 날카로운 발톱이 자신에 게 떨어지는 순간을 상상하고 펠릭스는 공허하게 웃었다.

(정말 얄궂은 죽음이야…….)

이 결말은 크록포드 공작도 예상하지 못했으리라.

펠릭스는 다가오는 죽음 앞에서 차가운 마음으로 생각했다.

지금 내가 여기서 죽는다면, 내 이름은 얼마나 많은 사람의 마음속에 남을까?

(목숨과 바꿔 주룡으로부터 백성을 지키려 한 왕자…… 아슬아슬하게 합격점인가.)

용의 발톱이 죽기 직전인 상황에서도 망집에 씌인 남자를 산산조각 내려고 했지만── 그 앞발이 딱딱한 소리를 내며 튕겨 나갔다.

눈을 크게 뜬 펠릭스 뒤에서, 어이없다는 목소리가 들렸다.

"정말로 밤놀이를 좋아하는 왕자님이구만."

주룡의 뒤편에서 이쪽으로 달려온 것은 고풍스러운 로브를 입은 흑발의 남자── 바솔로뮤 알렉산더. 그리고 그가 업고 있는 건 지팡이를 움켜쥔 '침묵의 마녀'였다.

간발의 차로 펠릭스를 구한 방어 결계는 그녀가 친 것이다.

알렉산더는 '침묵의 마녀'를 등에서 내리고는 이 자리의 분위기와는 맞지 않게 히죽거리며 웃었다.

"보라고 주인님. 이 왕자, 드디어 인간 여자랑 노는 것에 질려서 암컷 용의 엉덩이를 쫓기 시작했다고."

펠릭스는 죽다 살아난 사람으로는 보이지 않는 평온한 모습으로 그 농담에 답했다.

"아아, 이 용은 암컷이었나?"

"꼬리가 섹시하잖냐."

알렉산더 옆에서 '침묵의 마녀'가 지팡이를 들었다.

그 순간, 주룡의 머리 위에 얼음창이 10개 정도 생겨나 거대한 날개를 지면에 꽂듯 꿰뚫었다.

비늘에 덮인 몸통과 달리 날개는 비교적 얇은 부분이지만, 고위력의 마술이 아니면 꿰뚫는 건 힘들다.

'침묵의 마녀'는 그것을 손쉽게 무영창으로 해낸 것이다.

지면에 꽂혀서 움직이지 못하게 된 용의 몸에서 검은 그림자가 떠올라 펠릭스 일행을 덮쳤다.

'침묵의 마녀'가 지팡이를 휘둘렀다. 짤랑, 하는 맑은 소리가 나며 대저주용 결계가 검은 그림자를 튕겨냈다.

펠릭스가 목소리를 높였다.

"레이디! 저건 주술입니다. 아마 용의 몸속 어딘가에 주술구가 있을 겁니다!"

알렉산더가 펠릭스의 말을 듣고 놀라서 눈을 크게 떴다.

"주술이라고오?! 그건 인간이 쓰는 거잖냐! 인간의 주술에 용이 조종당하다니, 들어본 적도 없다고!"

물론 펠릭스도 주술로 용을 조종한다는 소리는 들어 본 적이 없다. 그러나 그는 반쯤 확신했다.

──이건 크록포드 공작의 부하 주술사가 꾸민 일이다.

아마 원래 용을 자유롭게 조종하기 위한 주술이었으리라.

파르포리아 손님들에게 용을 보내고, 펠릭스가 '침묵의 마녀'와 협력해서 용을 무찌르게끔 꾸몄다.

그리고 파르포리아 측에 용 재해의 위험성을 어필해서 용 기사단 주둔 기지 설립 건을 납득시킴과 동시에 펠릭스에게는 '전설의 주룡을 무찌른 왕자'라는 명성이 생긴다.

거기다 펠릭스가 칠현인과 신뢰 관계에 있다는 인상을 주변에 준다면 더할 나위 없다.

그러나 주술은 술사의 손을 떠나서 폭주하고 말았다.

알렉산더는 못 믿겠다는 기색이었지만, 영리한 '침묵의 마녀'는 곧바로 행동에 나섰다.

그녀가 긴 지팡이를 휘두르자, 주룡을 꿰던 얼음창이 사라지고 대신에 화염창이 되었다.

붉게 타오르는 화염창이 용의 입안을 통해 몸속으로 들어가 그 내부에서 주술구째 살을 불태웠다.

그러는 사이에도 검은 그림자는 필사적으로 저항하고자 날뛰었지만, 대저주용 결계에 허망하게 튕겨 나갔다.

만약 녹룡이 아직 능력을 쓸 수 있었다면 바람 칼날로 세 사람을 공격했으리라. 그러나 녹룡의 마력은 거의 안 남았다.

주술은 녹룡의 몸을 억지로 움직일 수는 있어도 바람을 일으킬 수는 없다.

저주의 그림자가 보인 저항이 무색하게도, 펑 하는 흐릿한 폭발음이 용의 배 속에서 울렸다. '침묵의 마녀'가 날린 불꽃이 용의 배 속에서 폭발한 것이다.

방금 일격으로 배 속의 주술구가 부서졌으리라. 저주의 그림자는 점차 흐릿해져서 밤의 어둠에 녹아내리듯 사라졌다.

그 뒤에 남은 건, 너덜너덜해진 녹룡의 사체뿐. 그 녹색 비늘에 저주의 그림자는 없다.

펠릭스는 탄식하며 '침묵의 마녀'를 바라봤다.

(또, 도움을 받았군.)

죽음을 각오한 순간에도 차갑던 심장이, 두근거리는 법을 떠올린 것처럼 크게 울렸다. 차가운 손끝에 피가, 열기가 돌아왔다.

펠릭스는 귓속에서 두근거리며 피가 맴도는 소리를 들으면서 '침묵의 마녀' 앞으로 나왔다.

"레이디 에버렛."

입에 담은 목소리는 스스로도 놀랄 만큼 감동으로 떨렸다.

남들 앞에서 당당히 말하는 건 익숙할 텐데도 감정을 억누를 수 없었다.

"당신이 일으키는 기적에 구원받기만 하는군요⋯⋯."

존경, 동경, 경애, 사모—— 가슴을 뒤흔드는 수많은 강한 감정이 펠릭스를 충동적으로 움직였다.

펠릭스는 '침묵의 마녀'의 손을 잡아서 그 손등에 감사의 입맞춤을 하려고 했다.

그러나 '침묵의 마녀'는 그 손을 힘껏 뿌리쳤다.

"레이디?"

"으⋯⋯! 아⋯⋯."

베일로 가려진 입가에서 눌러 죽인 듯한 비명이 새어 나왔고, '침묵의 마녀'는 풀썩 무릎을 꿇었다.

그 왼손에 머리카락 정도로 가는 검은 실이 휘감겨 있었다.

"아차!"

알렉산더가 외치면서 '침묵의 마녀'의 왼손에 휘감긴 검은 실을 난폭하게 걷어 냈다.

검은 실은 공중에서 뚝 끊어졌고, 그 일부를 '침묵의 마녀'의 왼손에 남긴 채 스르륵 녹룡의 사체로 돌아갔다.

그걸 보고 펠릭스도 겨우 깨달았다.

저주는—— 주술은 아직 남아있었다.

왼손에 저주를 받은 '침묵의 마녀'가 지팡이를 움켜쥔 채 지면에 웅크렸다.

밤의 어둠에 숨어서 다가온 머리카락 정도로 가는 그림자를 모니카가 깨달았을 때, 이미 그것은 왼손에 휘감겨 있었다.

이제는 아무리 무영창으로 결계를 친다고 해도 늦었다.

모니카가 할 수 있는 건, 자신에게 다가온 펠릭스의 손을 뿌리치고 거리를 벌리는 것. 그리고 저주가 전신에 퍼지지 않게 왼손에 마력을 집중하는 것뿐이었다.

네로가 즉시 떨쳐 낸 덕에 모니카의 몸에 붙은 저주는 극히 소량에 그쳤다.

(이 정도라면, 내 마력으로 억누를 수 있을지도······.)

그렇게 생각해 마력을 집중한 순간, 왼 팔꿈치 아래쪽에 격통이 느껴졌다. 혈관에 무수히 못이 박힌 듯한 통증이다.

왼손에 모은 마력이 폭주해서 붙잡고 있던 지팡이로 흘러들었다. 지팡이 장식이 거친 소리를 내며 땅에 떨어졌다.

모니카는 지팡이를 놓고 비명을 억누르기 위해 자신의 오른팔을 깨물었다.

네로가 희미하게 신음하는 모니카를 안아 들었다.

네로도 펠릭스도 초조한 기색으로 뭔가 외치고 있다.

그러나 그 목소리는 더이상 모니카의 귀에 닿지 않았다. 자신의 심장이 고동치는 소리만이 무척이나 시끄럽게 머릿속에서 쾅쾅거리며 울렸다.

"하악…… 후욱…… 으, 극…… 아."

모니카는 조금이라도 주술의 진행을 막고자 왼팔에 마력을 모아 저항했다.

머리가 어질어질하다. 눈앞에서 빨간색과 검은색이 깜빡이며 시야가 불확실해졌다.

흐릿해지는 시야 속에서, 모니카는 환상을 봤다.

쓰러진 용이 있었다──. 저 저주받은 녹룡이 아니다. 저녹룡의 절반 정도 크기에 녹색 비늘이 덮였다. 아마 새끼녹룡이리라.

그 몸은 80% 이상이 검은 그림자에 침식되어 이제 움직이지 못하게 되었다.

어린 녹룡의 사체 옆에 누군가가 서 있다. 인간이다. 그얼굴은 뿌예서 보이지 않았다. 그러나 몸의 실루엣을 보고가까스로 성인 남성임을 알았다.

『주술구를 먹게 하는 것까지는 잘됐는데…… 또 실패했나. 쳇.』

남자는 짜증 난다는 듯 중얼거리고는 어린 용의 사체를

방치한 채 그 자리를 떠나려 했다.

거기서 녹룡 한 마리가 내려섰다. 다부진 체구의 녹룡은 아마 어린 용의 어머니였으리라.

미쳐 날뛰는 녹룡은 인간 남자를 쫓았지만, 그 남자는 재빨리 도망쳐서 바위 뒤로 숨어 버렸다.

이대로 가면 저 증오스러운 남자를 놓친다.

──용서할까 보냐! 용서할까 보냐! 용서할까 보냐!

녹룡은 인간의 얼굴을 조금밖에 보지 못했다. 저 남자가 인간 무리에 섞이면 분명 찾아내지 못하게 될 거다.

──놓칠 것 같으냐! 놓칠 것 같으냐! 놓칠 것 같으냐!

녹룡은 어린 자식의 사체가 있는 곳으로 돌아가서, 주술구에 침식당한 그 몸을 내려다봤다.

그리고 녹룡은 크게 입을 벌려 자식의 사체를 물어뜯었다.

날카로운 이빨을 세우고, 아직 부드러운 비늘과 피부를 찢고 살을 먹었다. 사랑하는 자식을 죽인 주술구와 함께.

주술구에는 주술사의 마력이 가득 스며들어 있다. 이 마력을 따라가면…… 그 남자를 쫓을 수가 있다.

──반드시, 그 남자를 갈기갈기 찢어주겠다!!

그렇게 주룡으로 변한 녹룡은 날개를 펼치곤 날아올랐다.

자식을 주술로 죽인, 증오스러운 그 남자를 죽이기 위해.

(……아아.)

모니카가, 이 녹룡의 기억을 엿보게 된 것은 저주를 건드렸기 때문일까.

모니카는 흐릿해지는 의식 속에서 깨달았다.

(누군가가, 주술구로 새끼 용을 저주했구나……. 그래서, 이 녹룡은 화가 나서…….)

왼팔에 들러붙은 검은 그림자가 모니카의 마력을 빨아들여 녹룡의 사체로 보냈다.

녹룡의 몸이 다시 천천히 움직였다.

날개는 찢어져서 너덜너덜해졌고, 배는 내부에서 타서 짓물렀고…… 이미 생명 활동은 정지됐건만, 저주에 스며든 녹룡의 증오와 집념이 사체를 계속 움직이고 있다.

──모든 건 나의 아이를 죽인 인간에게 복수하기 위해.

모니카의 머릿속에서 녹룡의 원념 어린 목소리가 몇 번이고 되풀이해서 울려 퍼졌다.

펠릭스의 눈앞에서 녹룡이 다시 천천히 일어나 움직였다.

펠릭스는 최악의 상황 앞에서 이를 갈았다.

종자에게 안긴 '침묵의 마녀'는 축 늘어져 있다. 아마 의식을 잃었으리라.

펠릭스는 엽총을 쥔 손에 힘을 줬다.

엽총으로는 용의 육체는 죽여도 저주는 죽일 수 없다. 하지만 이대로 순순히 죽어 줄 생각은 없다.

경애하는 '침묵의 마녀'가 자신을 감싸고 쓰러졌다. 이대로 그녀를 죽게 할 수는 없다.

"내가 시간을 벌 테니, 레이디 에버렛을 데리고 도망쳐."

펠릭스는 엽총을 들고 굳은 표정으로 알렉산더에게 말했다.

그러나 알렉산더는 펠릭스를 돌아보지도 않은 채 '침묵의 마녀'의 몸을 지면에 눕혔다.

'침묵의 마녀'의 종자를 자칭하는 남자는 펠릭스의 옆을 빠져나와 부자연스러울 만큼 자연스러운 발걸음으로 저주를 흩뿌리는 용에게 접근했다.

검은 그림자가 띠처럼 뻗어서 알렉산더의 온몸을 휘감았다.

그것은 건드리기만 해도 격통을 불러오는 저주다. 머리카락 한 올 정도의 양으로도 '침묵의 마녀'가 의식을 잃었다. 그러나 알렉산더는 안색 하나 안 바꾸고 몸을 기어오르는 그림자를 뜯어내고…… 놀랍게도 질량이 있는 그림자를 이빨로 깨물었다.

아무리 펠릭스라도 그 광경에는 할 말을 잃었다.

"별로 맛있지도 않구만. 이거."

그림자를 씹어먹듯이 입을 움직인 그는 그림자를 대충 지면에 뱉었다. 버려진 그림자는 겁먹은 뱀처럼 스르륵 녹룡의 몸으로 돌아갔다.

알렉산더는 금색으로 빛나는 눈을 가늘게 뜨고는 그림자에 먹힌 녹룡을 바라봤다.

"이 몸의 주인을 망가뜨렸겠다?"

바람도 없는데, 그의 흑발이 사락사락 흔들렸다.

남자의 몸이 조금씩 어둠에 녹아내리듯이 검게 물들었다. 그런 가운데, 금색 눈만이 어둠 속에서 떠올라 번쩍거리며 빛났다.

"동포의 정이다. 이 이상 그 안쓰러운 모습을 드러내지 못하게, 단숨에 재로 만들어 주마."

바솔로뮤 알렉산더를 감싼 어둠이 명확한 질량을 가지고 부풀어 올랐다. 그 어둠은 녹룡을 침식한 저주와는 다른――밤하늘보다도 더욱 검고 순도 높은 어둠이다.

녹룡보다도 두 배는 크게 부풀어 오른 어둠으로부터 한 쌍의 날개가 펼쳐지며 달빛을 가로막았다.

압도적이면서도 폭력적인 위압감을 흩뿌리면서, 어둠을 두른 생물이 그 전모를 드러냈다.

소도 쉽게 뜯어먹을 이빨. 한 번 휘두르기만 해도 무수한 생명을 쓸어버릴 예리한 발톱.

그리고 흑요석 같은 비늘을 가진 거대한 용.

리디르 왕국에서 가장 위험시하는 1급 위험 생물, 흑룡.

펠릭스의 가슴 주머니 안에서 윌디아누가 떨었다. 펠릭스는 가까스로 떨림을 참았지만 경악을 감출 수 없었다. 손바닥에 식은땀이 배어 나왔다.

('침묵의 마녀' 의 종자가 흑룡? 설마…….)

흑룡은 주룡처럼 전설급 존재로, 사람 앞엔 거의 안 나온다. 하나 펠릭스는 기억한다. 잊을 수가 있을까. 반년 전, 케르벡 백작령에서 일어난 기적. '침묵의 마녀' 가 격퇴한 존재.

거처인 워건 산맥에서 스물이 넘는 익룡을 거느린 검은 용.

"워건의, 흑룡……."

흑룡은 크게 입을 벌려서 칠흑의 불꽃을 토했다. 저주의 그림자보다도 밤의 어둠보다도 더욱 짙고 검은 그 불꽃은 눈을 세 번 깜빡일 시간에 주룡을 흔적도 없이 태워 버렸다.

흑룡이 뿜는 불꽃은 방어 결계이건 저주이건 온갖 것을 태우는 명부의 불꽃이다. 그 불꽃을 한 번 토하면 이미 막을 방법은 없다. 모든 것을 똑같이 재로 만든다.

흑룡은 긴 목을 천천히 숙여 멍하니 선 펠릭스를 내려 봤다.

그 금색 눈은 파충류 특유의 무표정한 눈빛으로 펠릭스를 가만히 바라봤다. 마치 그의 진의를 알아보려는 듯이.

뒤늦게 깨달았다. 자신은 호흡하는 걸 잊었던 모양이다.

펠릭스는 식은땀이 밴 손을 움켜쥐고 신중하게 호흡을 가다듬었다. 어둠 속에서 하얀 숨결이 나왔다가 사라졌다. 추울 때와는 다른 떨림을 참고 펠릭스는 금색 눈을 올려다봤다.

흑룡은 코웃음 치듯이 코에서 숨을 내쉬었다.

갑자기 흑룡의 몸이 물에 녹은 것처럼 흩어지며 검은 안개가 됐고, 그 안개는 압축되어 성인 남성 형태를 만들었다.

검은 안개 속에서 나타난 것은 고풍스러운 로브를 입은 검은 머리에 금색 눈의 청년—— '침묵의 마녀'의 종자, 바솔로뮤 알렉산더다.

"흐응. 도망치지 않다니 그런대로 배짱이 있구만. 왕자."

"그래도 꽤 놀라긴 했어."

자기가 생각해도 참 허망한 허세라며 속으로 쓴웃음을 지은 펠릭스는 평소와 같은 목소리를 가장했다.

"너는 레이디 에버렛에게 퇴치되지 않았었나?"

"그렇다고 해 두는 편이, 너희 인간이 안심하잖냐."

펠릭스는 반론하려던 말을 삼켰다.

이 용의 말이 맞다. 전설의 흑룡이 칠현인의 사역마가 되었다는 게 알려지면 이 나라는 큰 혼란에 빠질 것이다.

용을 사역마로 삼다니 듣도 보도 못했다. 하물며 전설급인 흑룡을 거느리다니, 역사상 그런 마술사는 없었다.

만약 이 일이 알려진다면 전쟁 병기 혹은 다른 나라에 대한 억지력으로 '침묵의 마녀'와 흑룡을 내세우려는 사람이 나타날 거다. 크록포드 공작이라면 틀림없이 그렇게 하리라.

그건 '침묵의 마녀'도 원하지 않을 거다.

펠릭스가 침묵하자, 사람 모습을 한 흑룡은 날카로운 이빨을 드러내면서 씨익 웃었다.

"불안하냐? 무섭냐? 안심하라고. 이 몸은 '침묵의 마녀'

의 사역마니까. 이 녀석이 이 몸의 주인인 한, 인간을 습격
하지는 않아."

흑룡은 자기 주인의 작은 몸을 안아 들고는 천천히 목을
틀어서 펠릭스를 봤다.

"하지만…… 그래. 네가 이 몸의 정체를 다른 녀석에게
까발린다면, 그때는……."

흉악한 미소를 지은 입가에서 날카로운 이빨이 부딪치며
딱딱, 하는 소리를 냈다.

"머리부터 으적으적 먹어 주마."

8장 애정결핍증 환자, 도착

레인부르그 공작령에 주룡이 나타난 지 닷새째 점심, 한 남자가 레인부르그 공작 저택을 찾아왔다.

전체적으로 어색한 보라색 머리라는, 눈에 띄는 용모의 그 남자는 안내하러 온 메이드를 목격하고 핑크색 눈을 두리번거리면서 필사적으로 매달렸다.

"내, 내가 필요하다는 건, 사랑받고 있다는 거지? 이건 사랑받고 있다고 생각해도 되는 거지? 부탁이야, 사랑한다고 말해 줘. 나를 사랑해줘사랑해줘사랑해줘……."

도착하자마자 메이드들을 처절하게 곤란하게 만든, 애정결핍증이 심한 이 남자의 이름은 '심연의 주술사' 레이 올브라이트.

모니카와 같은 칠현인 중 한 명이자, 이 나라에서 가장 주술을 잘 아는 인물이었다.

* * *

바르톨로메우스는 모니카의 지팡이를 한 번 휘둘러 장식

의 이음매를 확인하고는 만족스럽게 고개를 끄덕였다.

"좋아. 다 고쳤다, 꼬마야."

칠현인의 로브 차림으로 객실 소파에 앉아 웅크리고 있던 모니카는 조심스럽게 오른손을 뻗어서 지팡이를 잡았다.

파손된 지팡이 장식은 겉보기에는 원래대로 돌아왔다. 살짝 휘두르자 짤랑, 하고 청량한 소리가 났다.

시험 삼아 지팡이에 마력을 주입하자, 막힘없이 마력이 흘러가는 게 느껴졌다. 장식이 부서진 부분에도 문제없이 마력이 흘러 들어갔다.

"굉장해……."

모니카는 저도 모르게 감탄했다.

칠현인의 지팡이는 매우 정교하고 복잡한 마술이 들어간 마도구의 일종이다. 그렇기에 수리하려면 마술식 지식과 장인의 기술, 양쪽이 모두 필요하다.

모니카는 미네르바에서 마도구의 간단한 가공 기술을 배웠지만, 칠현인의 지팡이 같은 고도의 기술이 들어간 물건을 고칠 정도는 아니었다.

지팡이 장식을 손끝으로 찔러 본 네로가 감탄한 듯이 바르톨로메우스를 바라봤다.

"재주 좋네. 너 꽤 편리하구만. 부하."

"옛~날에 마도구 공방에서 일했었거든요. 이야~ 그나저나 이런 고도의 마도구가 부서지다니, 저주라는 건 터무니없구만. 아, 꼬마야. 왼손은 아직 안 움직이냐?"

모니카는 소파에 지팡이를 세우고 오른손으로 왼손을 문지르며 살짝 끄덕였다.

닷새 전 밤에 일어난 일——. 펠릭스와 함께 주룡에 맞서서 최종적으로 네로의 흑염으로 주룡을 불태운 사건을 아는 건 당사자인 펠릭스와 네로뿐이다.

흑염에 불타서 소멸한 주룡의 사체는 '어느새 사라졌다. 아마 저주에 먹혀서 붕괴한 것이리라.'로, 모니카의 왼손 부상은 '낮에 있었던 주룡 퇴치 때 입은 상처로, 그 뒤에 악화되었다.'라는 식으로 펠릭스가 레인부르그 공작 쪽에 알렸다.

그게 펠릭스에게도 모니카에게도 가장 좋은 변명이기 때문이다. 펠릭스는 밤중에 저택을 빠져나간 걸 들키지 않아도 되고, 모니카도 네로의 존재를 숨길 수 있다.

주술구를 완전히 파괴해서 글렌과 모니카를 침식하던 저주는 사라졌지만, 글렌은 아직 눈을 뜨지 않았다.

글렌의 온몸과 모니카의 왼손에는 저주의 후유증인지 검붉은 멍이 남았다. 혈관처럼 갈라진 가느다란 줄기 모양의 멍이다.

지금 모니카의 왼손은 악력이 거의 없고 움직이지 않으면 아프진 않지만 손가락을 살짝만 구부려도 욱신거린다.

이렇듯 불편한 상황에서 여러 방면으로 모니카를 도와준 것이 자칭 협력자 바르토롤메우스 바르였다.

여전히 눈을 뜨지 못하는 글렌의 상태를 보고 오거나 망

가진 지팡이를 고쳐주거나 잘 아는 메이드에게 말을 걸어서 모니카가 갈아입을 옷을 준비하고 목욕을 돕는 등.

뭐니 뭐니 해도 다른 고용인에게 하듯이 필담을 나눌 필요가 없고 편하게 일을 부탁할 수 있어서 좋았다.

(문제는, 린 씨를 어떻게 소개하느냐인데…….)

모니카가 속으로 끙끙 앓는데, 바르톨로메우스가 뭔가를 눈치챈 듯한 표정으로 복도 쪽으로 시선을 돌렸다.

"뭐지? 현관 쪽이 소란스러운데……. 잠깐 낌새 좀 보고 오마."

바르톨로메우스가 빠르게 방을 나섰다. 모니카는 문이 닫히는 걸 확인하고 소파에 풀썩 드러누웠다.

소파 뒤에 서 있던 네로가 소파 등받이 너머에서 모니카의 얼굴을 들여다봤다.

"오, 수고 많구만. 주인님."

"응. 이제, 무엇부터 손대면 좋을지……."

바르톨로메우스에게 린을 어떻게 소개하느냐도 문제지만, 그보다 모니카를 고민하게 만드는 건 네로의 정체를 안 펠릭스다.

주룡을 무찌른 그날 밤 이후로 펠릭스와는 거의 얼굴을 마주하지 못했다.

펠릭스는 모니카의 방에 몇 번 병문안을 왔지만, 그럴 때는 고용인이나 호위가 곁에 있어서 네로 이야기를 꺼낼 수 없었다.

(네로는 입막음을 했다고 말했지만…… 으으으. 네로가 워건의 흑룡이라는 건 루이스 씨도 모르는데…….)

소파에 힘없이 엎어져서 끙끙 앓는데, 누가 방 문을 노크했다.

문 바깥에서 바르톨로메우스의 목소리가 들렸다.

"아~ '침묵의 마녀' 님에게 손님이 왔는데요."

(나한테, 누가 왔지?)

모니카는 로브의 후드를 뒤집어쓰고 입가를 베일로 가리며 네로에게 눈짓했다.

네로가 고개를 끄덕이고 문을 열었다.

문틈으로 보인 것은 어색한 보라색 머리와 반짝거리며 빛나는 핑크색 눈이었다.

"나, 나를…… 사랑해?"

네로는 말없이 문을 닫았다.

"네로. 저기, 안으로 들어오게 해……."

"저건 쫓아내도 되잖냐."

"안 된다니까."

네로는 콧잔등에 주름을 잡으며 문을 뒤로 당겼다.

당긴 문에 찰싹 달라붙어 있던 레이는 바닥에 쓰러졌고, 그 상태로 기어서 방 안으로 들어왔다. 되도록이면 그냥 걸어서 방에 들어왔으면 했다.

복도에 서 있던 바르톨로메우스가 곤혹스러운 얼굴로 네로를 바라봤다.

"아~ 형님……. 이 사람은……."

"안내하느라 수고했어. 한동안 이 방에 사람이 오게 하지 마. 이상."

그렇게만 말하고 네로는 문을 닫고 자물쇠를 잠갔다.

레이는 바닥을 질질 기어서 소파에 앉은 모니카의 발밑에 도착하더니, 바닥에 엎드린 채 모니카를 올려다봤다.

모니카는 어색하게 입을 열었다.

"오, 오랜만이네요. '심연의 주술사' 님……. 저기, 빨리 도착하셨네, 요."

"'결계의 마술사'의 계약 정령이 데려다줬어……."

"린 씨가요?"

'결계의 마술사' 루이스 밀러의 계약 정령 린즈벨피드는 바람의 상위 정령이라 고속으로 비행해서 장거리를 이동할 수 있다. 그렇다면 이렇게 빨리 온 것도 납득이 간다.

"린 씨도, 여기로 오셨나요?"

"나를 여기까지 데려다주고 바로 왕도로 돌아갔어……. 왕도 쪽도 신년 식전 준비로 바쁜 모양이야."

린에게 부탁해서 왕도까지 갈 수 없게 된 건 유감이지만, 모니카는 내심 안도했다.

이 저택의 고용인인 바르톨로메우스는 린에게 반했으니까. 린이 이 자리에 있다면 분명 바르톨로메우스가 소개해 달라고 소란을 피울 게 틀림없다.

(그렇게 되면, 이야기가 무조건 복잡해질 테니까…….)

모니카가 속으로 그렇게 생각하는데, 바닥에 엎어져 있던 레이가 모니카의 로브 자락을 당겼다.

　"이번 사건에서, 사망자는 없다고 들었어……. 주룡이 나왔는데, 사망자가 나오지 않을 리가 없어……. 저주는 평범한 방어 결계로는 버틸 수 없잖아…… 대체 뭐가 어떻게 된 거야……?"

　"그게, 저기…… 대저주용 방어 결계를, 만들었는, 데요……. 그게 무사히 통해서……."

　모니카를 올려다본 레이의 얼굴이 눈에 띄게 굳어졌다.

　"대저주용 방어 결계를…… 만들었다?"

　"그게, 저주받은 사람의 증상을 보고, 저주가 암속성 마술에 가깝다고 가정해서, 방어 결계의 제7절과 제19절에 복합 회로를 설치해서……."

　대저주용 방어 결계는 아직 연구도 검증도 불충분한 마술이다. 애초에 저주의 사례 자체가 적어서 간단히 연구할 수 있는 게 아니다.

　그래서 모니카에게는 당당하게 말할 수 있는 마술이 아니었지만, 레이는 바닥을 뒹굴어서 천장을 올려다봤다.

　"그건, 교과서 페이지수가 늘어날, 터무니없는 위업이잖아……."

　"아뇨, 저기이, 아직 미완성이라……."

　"이제 이거, 주술사인 내 존재 가치가 없어졌네……. 나는 필요 없네……."

"그ㄱㄱㄱㄱ그렇지, 않아, 엽!"

모로 누운 레이가 뒤척이면서 모니카의 부츠에 달라붙었다. 슬슬 의자에 앉았으면 좋겠다.

"내가…… 필요해?"

모니카는 이마에 비지땀을 흘리면서 고개를 끄덕거렸다.

"네! 무무무물론……!"

"내가 필요하다는 건, 사랑받고 있다는 거지? 그럼 사랑한다고 말해 줘…… 사랑받고싶어사랑받고싶어사랑받고싶어……."

모니카의 부츠에 매달린 레이의 목덜미를 네로가 꽉 잡아서 들어 올렸다.

네로는 마치 물건이라도 다루는 것처럼 대충 레이를 모니카 맞은편에 있는 소파에 내던졌다.

"사랑한다고 말해 주길 바란다면 이 몸이 직성이 풀릴 때까지 말해 주마. 사랑한다, 사랑한다. 자, 말해 줬으니까 당장 검진이나 해."

"남자한테 들어도 기쁘지 않아……. 여자아이가 말해 주는 게 좋아."

레이가 고개를 홱 돌리자, 네로는 진심으로 어이없다는 표정으로 모니카를 바라봤다.

"이봐, 모니카. 이 녀석, 쫓아내도 되냐? 되겠지?"

"기, 기다려기다려기다려……."

레이는 이 나라에서 제일가는 주술사다. 이번 주룡 소동에 관해서 레이에게 묻고 싶은 게 산더미처럼 많았기에, 여기서 그가 토라지기라도 하면 곤란하다.

그러나 모니카는 이럴 때 멋진 억지웃음을 지어가며 사랑한다고 말할 수 없었다.

"저기, 그게…… 사랑한다고나 할까, 선배 칠현인으로서, 겨, 경애하고, 존경하고 이써엇!"

마지막에는 발음이 대놓고 헛나왔지만, 레이는 모니카의 말에 뭔가 느낀 바가 있는 듯했다.

경애, 존경, 경애, 존경…… 그렇게 중얼거리고는 입꼬리를 슬며시 들며 꺼림칙하게 웃었다. 그 웃음은 어딘가 황홀해 보였다.

"아, 좋아……. 경애한다는 거, 뭔가 특별해. 특별…… 크흐흣. 존경…… 후후, 후후후."

"이봐, 이제 됐잖아. 빨리 본론으로 들어가자고."

네로가 질색하자, 레이는 곧바로 알았다며 끄덕였다.

"우선 저주받은 곳을 보여 줘."

모니카는 로브 소매를 걷어서 왼팔을 보였다. 얇고 창백한 팔에는 팔꿈치에서 손가락에 걸쳐 검붉은 멍이 드러나 있었다.

레이는 핑크색 눈을 가늘게 뜨고 단언했다.

"이건, 자연적으로 발생한 저주가 아니네. 주술이야."

모니카는 자연 발생한 저주와 인위적인 주술을 분간할 수 없지만, 전문가는 한눈에 알아볼 수 있는 모양이었다.

네로가 흥미진진한 기색으로 끼어들었다.

"그렇게 간단히 알 수 있는 거냐?"

"알 수 있어. 주술은 자취가 남기 쉬워. 주술의 매개로 쓴 주술구가 한 조각이라도 남았다면 그 조각에 배어 있는 저주가 계속 남기도 해."

실제로 모니카가 용의 체내를 공격한 뒤에도 저주는 끈질기게 남아 있었다.

아마 모니카의 불꽃 마술만으로는 주술구를 완전히 태우지 못한 것이리라.

"이번에는, 주술구를 무척이나 잘 파괴했나 보네……. 저주가 깔끔하게 없어졌어."

감탄한 듯이 중얼거리는 레이 옆에서 네로가 자랑스러운 표정을 지었다. 뭐니 뭐니 해도 주술구를 파괴한 건 네로가 쏜 흑염이니까.

"저기, 이 멍은, 한동안 남아 있나요?"

"멍은 2주 정도면 사라지겠지만, 팔의 통증과 저릿함은 한 달 정도 가겠지. 뭐, 안정을 취하면 조만간 나을 거야."

레이의 말을 듣고 모니카는 안심했다. 멍이 2주 뒤에 사라진다면 세렌디아 학원의 새 학기가 시작되는 타이밍에 늦지 않는다. 그러나 안심하고 있을 수만은 없었다. 아직 글렌이 눈을 뜨지 않았으니까.

"저, 저기…… 글렌 씨는요? 글렌 씨는, 저보다 증상이 심각했는데요."

레이는 우울하게 표정을 찡그리고 무척이나 불길한 예언을 하듯이 무겁게 말했다.

"'결계의 마술사'의 제자, 글렌 더들리……. 소문으로는 들었지만, 그 녀석은…… 그 녀석은……."

글렌의 몸에 무슨 일이 있는 걸까?

얼굴이 새파래져서 몸을 내민 모니카 앞에서, 레이는 보라색 머리를 벅벅 긁었다.

"키가 크고 천진난만하고 모두에게 사랑받는다는 얼굴을 한 게 마음에 안 들어……. 저런 녀석은 분명 인기가 많을 거라고. 다들 저런 걸 좋아하는 거야……. 아아아아, 질투나질투나…… 저주받아라."

"저기, 글렌 씨는 이미 저주받았는데……. 그래서, 상태는 좀 어떤가요……?"

"아까 일어났어. 내가 도착하자마자."

"네헤?"

모니카는 저도 모르게 목소리를 냈다.

어안이 벙벙한 모니카 앞에서, 레이는 진심으로 아무래도 좋다는 듯이 투덜댔다.

"글렌 더들리는 태생적으로 마력량이 격이 다르게 많은 인간이야. 저주에 저항하는 힘도 강하니까, 걱정할 것 없어……. 아아, 태어나면서부터 선택받은 인간이라는 느낌이 마음에 안 들어…… 질투 나……."

"글렌 씨의 마력량이…… 격이 다르다……?"

"이건 비공식 기록인데, 마력량을 측정했을 때 250을 넘겼다고 해."

"2, 250을 넘겨요?!"

일반적인 마술사의 마력량은 100 전후, 칠현인이 되기 위해 필요한 마력량은 150, 그리고 모니카의 마력량은 200을 조금 넘는 정도다.

공식 기록에서 마력량이 250을 넘는 사람은 이 나라에 네 명밖에 없다. 그중 두 명이 칠현인인 '포탄의 마술사' 와 5대 '가시나무의 마녀' 다.

(그러고 보니, 선택 수업 견학회에서, 글렌 씨가 마력량 측정기를 부순 적이 있었는데……)

그때, 글렌이 망가뜨린 측정기의 한계치는 250이었다.

즉, 글렌의 마력은 측정기의 용량을 월등히 뛰어넘는다는 뜻이다.

"글렌 더들리는, 마력량이 너무 많은 탓에 과거에 마력 폭주 사건을 일으켰어. 그래서 모두가 감당하지 못하는 걸 '결계의 마술사' 가 데려갔다고 들었어."

일반적으로 마력량은 마술을 쓸수록 늘어난다.

그러나 마술 실력이 미숙할 때 막대한 마력을 보유하면, 언제 처참한 사고가 일어나도 이상하지 않다.

(글렌 씨에게, 그런 과거가……)

과거에 마력 폭주 사건을 일으켰다면 마술에 두려움을 품더라도 이상하지 않다.

그런 글렌은 어떤 심정으로 오르테리아 차임을 울렸을까.

『마술 수행, 힘내자~!』

그 맹세를 입에 담기까지 얼마나 갈등했을까.

모니카가 입술을 깨물고 고개를 숙이자, 레이가 투덜거리며 말했다.

"글렌 더들리를 걱정해 봤자 헛수고야. 그 녀석은 틀림없이 신경이 두꺼울 거야⋯⋯. 뭐니 뭐니 해도, 그 '결계의 마술사'의 제자니까⋯⋯."

* * *

"끄에에에엑, 아~픔~다~. 스승님이 산에 틀어박히는 수행에 데려가서 온몸의 근육이 아팠을 때보다 아파아아아."

침대 위에서 버둥거리는 글렌을 본 펠릭스가 나긋하게 물었다.

"산에 틀어박혀? 마술사인데?"

"그때는 대련에서 마구 두들겨 팬 뒤에 절벽에서 떨어뜨리고는 자기 힘으로 돌아오라고 했지 말임다. 어라? 그때와 비교하면 그래도 나은 느낌이 드네⋯⋯."

그게 정말로 마술 수행일까?

펠릭스는 '결계의 마술사'의 과격한 교육 방침에 의문을 품으면서 글렌의 안색을 살폈다.

온몸에 검붉은 멍이 생겼지만, '심연의 주술사'의 말에 따르면 이 멍은 언젠가 사라진다고 한다. 한동안 아프겠지만, 그래도 한 달 정도면 자연히 낫는다는 모양이다. 펠릭스는 그 사실에 진심으로 안도했다.

펠릭스는 글렌에게 적잖은 죄책감을 가지고 있었다.

이번 주룡 소동은 자연재해도 용 재해도 아닌, 주술사의 저주가 원인인 인재(人災)다.

그리고 그 주술사는 아마 크록포드 공작과 이어졌으리라.

펠릭스의 지위를 확립하려고 획책한 주룡 소동은 모두가 진실을 모른 채 주룡을 무찌른 제2왕자를 칭송하며 막을 내릴 것이다.

글렌은 이 시시한 촌극에 말려들어서 생사의 경계를 헤맨 것이다.

펠릭스가 글렌에게 위로하려고 하자, 그는 침대 위에 누운 채 침울해진 표정으로 펠릭스를 올려다봤다.

"회장님. 저기…… 죄송함다."

"왜 네가 사과하는 거야?"

"저는, 호위인데, 전혀 호위다운 일을 하지 못해서……."

천진난만하다는 표현을 사람으로 만든 듯한 이 청년도 침울해질 때가 있는 모양이다.

펠릭스는 터져 나오려는 쓴웃음을 감추고 복도로 이어지는 문으로 눈을 돌렸다.

"침울해할 것 없어. 너는 잘해 줬으니까. 그리고 그렇게 생각하는 건 나만이 아니라고 생각하는데."

펠릭스는 어리둥절한 글렌에게 윙크를 한 번 날리고 발소리를 죽인 채 문으로 다가갔다.

그리고 말없이 문을 열었다.

"꺄앗?!"

귀여운 비명을 지르며 앞으로 고꾸라지듯 방으로 들어온 건 엘리안느였다.

엘리안느는 허둥지둥하며 무의미하게 손을 움직이더니 펠릭스를 올려다보며 변명했다.

"저기, 저는, 조금도 엿듣거나 그런, 상스러운 짓을 하려고는, 하지 않았어요. 자, 잠시 문에 기대서 쉬고 있었어요."

평소보다 말이 빠른 엘리안느를 보고 펠릭스는 입가를 손으로 가린 채 키득거리며 웃었다.

"굳이 더들리의 병실 앞에서?"

"저는, 그저, 저기, 펠릭스 님을 발견해서, 인사라도 드리려고…… 네. 그러려던 것뿐이에요."

어색하게 우물거리던 엘리안느는 의미 없이 치맛자락을 만지작거리며 글렌을 힐끔거렸다.

"펴, 평안하신가요. 글렌 님……. 저기…… 몸은 좀, 어떠신가요?"

조금 전까지 침대 위에서 버둥거리던 글렌이 힘차게 상반신을 일으켰다.

그 얼굴은 고통스럽게 일그러지지 않았다. 글렌은 평소처럼 밝은 모습으로 하얀 이를 드러내며 쾌활하게 웃었다.

"이제 완전 괜찮습다! 아~ 배고파라. 고기가 먹고 싶네~!"

글렌의 말을 듣자, 엘리안느는 눈썹을 내리며 안도의 한숨을 내쉬었다.

그러더니 바로 어이없다는 표정을 짓고 턱을 들었다.

"환자가 고기를 먹다니, 당연히 안 될 일이잖아요."

"고기를 안 먹으면 기운이 안 나지 말임다!"

"어머, 참 어쩔 수 없는 분이네요!"

엘리안느는 그렇게 말하며 빠르게 침대에서 등을 돌렸다.

엘리안느가 방을 나가고 문이 닫히기 직전, 복도에서 그녀의 목소리가 새어 나왔다.

"레스턴! 레스턴! 고기 좀 준비해 줘! 제일 좋은 고기를, 먹기 편하게 부드럽게 삶아서!"

펠릭스는 어라라, 하고 웃으면서 침대를 봤다.

"끼에에엑."

침대 위에서는 글렌이 신음하면서 꿈틀대고 있었다. 이런 상태라면 엘리안느의 목소리는 들리지 않았으리라.

"너는 신사네. 더들리."

글렌은 침대에 풀썩 쓰러져서 입술을 삐죽였다.

"그야, 조그만 애에게 걱정을 끼치면 안 좋지 말임다……."

아무래도 글렌에게 엘리안느는 조그만 애—— 즉, 이웃집 어린애와 큰 차이가 없는 모양이다.

펠릭스는 폭소하기 직전에 입을 막고 참으면서 머리 한구석으로 생각했다.

(그럼 슬슬 레이디 에버렛과 '심연의 주술사'는 이야기를 끝냈으려나?)

* * *

"하아, 좋겠다……. 모두에게 사랑받는 녀석은…… 주술사 같은 건, 언제나 모두에게 기분 나쁘다는 말이나 듣고, 뒤에서 손가락질당한다고…….."

레이의 이야기는 점점 탈선하기 시작해서 지금은 거의 불평으로 가득 찼다.

소파에 앉아 허둥대는 모니카에게 네로가 '쫓아낼까?'라는 제스처로 물었다. 모니카는 고개를 가로저었다.

"나는 매년, 신년 식전이 가까워지면 죽고 싶어져……. 어차피 다들, 왜 새해를 축하하는 자리에 주술사가 있느냐고 생각할 거잖아. 나도 그렇게 생각하지만. 마술사는 멋있고 머리도 좋고 떠받드는데 주술사는 꺼림칙하고 기분 나쁘다는 말을 항상 듣는다고……. 나도 존경받고 싶어, 추앙받고 싶어, 사랑받고 싶어…….."

양손으로 얼굴을 가린 채 투덜대는 레이에게 네로가 신랄하게 내뱉었다.

"안심해. 이 몸이 단언하마. 너는 주술사가 아니었어도 어둡고 꺼림칙하고 기분 나빠."

모니카는 황급히 네로의 로브를 잡아당기고는 몇 안 되는 아는 어휘를 긁어모았다.

"저기! 그게, 주술사는 어엿한 직업이라고 생각해요! 기분 나쁘지, 않아요."

레이는 손가락 틈새로 모니카를 힐끔 바라봤다.

"머리 색이나 눈 색도, 기분 나쁘다고 그러고……. 나도, 더 평범한 색이고 싶었어……. 운 좋게 금발벽안의 미남에다가 키 큰 왕자님 같은 용모로 태어나고 싶었다고……."

운이 좋다는 예시가 상당히 탐욕스러웠다.

자연스럽게 나올 수 없는 레이의 화려한 머리와 눈 색은 그의 취향 같은 게 아니라, 그 몸에 새겨진 200개가 넘는 주술이 영향을 끼친 결과다.

그건 대량의 마력을 체내에 넣으면 일어나는 마력 중독과 흡사하다. 마력이나 저주 같은 것은 아무래도 인간의 몸에는 독인지라, 대량으로 넣으면 몸에 이변이 일어난다.

"저, 저기, 보라색 머리카락, 예쁘다고, 생각해요. 보라색은 고귀한 색, 이니까요……."

모니카가 열심히 말을 잇자, 레이는 천천히 고개를 들었다.

보석처럼 선명한 핑크색 눈이 꺼림칙하게 빛나며 모니카를 바라봤다.

"게, 게다가, 주술사만이 가능한 일도, 있다고 생각해요."

모니카는 자세를 고치고 칠현인으로서 레이와 마주 봤다.

이번 주룡 소동과 관련해서 레이에게 묻고 싶은 것이 있었다.

"'심연의 주술사' 님, 알려주세요. 인간이 주술로 용을 저주해서, 주룡을 만들어 내는 게, 가능한가요……?"

모니카의 질문을 듣자, 레이는 단호히 무리라고 즉답했다.

"용은 마력 내성이 무시무시하게 높아. 어린 용이라면 몰라도 성체 용을 인간의 주술 따위가 어떻게 할 수 있을 리 없어."

모니카는 저주에 침식되었을 때, 격통 속에서 본 기억을 떠올렸다.

자기 자식이 저주 때문에 죽자, 녹룡은 인간에게 복수하기 위해 저주와 함께 자기 자식을 먹었다.

"그럼……. 만약에, 용이 스스로 저주를 받아들였, 다면 요……?"

모니카의 말을 듣자, 레이는 잠시 침묵하고는 고민에 잠겼다.

보라색 속눈썹이 아래로 내려가고, 선명한 색깔의 눈에 그림자가 드리워졌다.

"그건 전례가 없어서 뭐라고 말할 수가 없네. 상위종 용의 생태에는 아직 풀리지 않은 의문이 많으니까……. 이번 사건의 주룡이, 그랬다는 거야?"

"제 팔에 남은 저주의 흔적이, 자연적으로 발생한 저주가 아니라, 사람의 손에 의한 주술이라면…… 그렇다는 게, 돼요."

레이의 얼굴이 굳었다.

주술사인 레이는 이 사태에 짐작 가는 부분이 있는 모양이었다.

"설마…… 올브라이트 가문을 배신한, 그 남자……."

"저도, 같은 생각이에요."

세렌디아 학원제에 주술구가 반입된 소동이 있었을 때 레이가 말했었다.

지금으로부터 10년 전, 올브라이트 가문을 배신하고 주술구를 들고 도망친 주술사가 있다고.

레이는 양손으로 보라색 머리를 마구 쥐어뜯었다.

"최악이야……."

이번 주룡 소동이 주술사의 짓이라면, 주술로 용을 폭주시킬 수 있다는 게 증명됐다는 뜻이다.

하물며 그것이 올브라이트 가문을 배신한 주술사의 소행이라면, 현 당주인 레이에게도 사활이 걸린 문제다.

"올브라이트 가문을 배신한 주술사는, 어떤 사람, 인가요?"

모니카가 묻자, 레이는 머리를 감싸 쥔 채 낮게 신음했다.

"당시에는 배리 오츠라는 이름을 댔었지. 검은 머리에 키는 크지 않지만 풍채는 좋았어……. 나이는 지금쯤 쉰 살 정도도 됐으려나. 솔직히 이름은 얼마든지 가명을 댈 수 있고, 10년이나 지났으니 용모도 많이 달라졌을 거야."

배신자 주술사 배리 오츠는 원래 외부 사람으로, 올브라이트 가문에서 분가한 여성의 데릴사위로 들어왔다고 한다.

또한, 배리의 아내였던 여성은 결혼하고 몇 년 뒤에 사망했고 아이는 없었다고 한다.

"나는 그다지 이야기해 본 적이 없지만…… 아, 그렇지. 다정하고 친절해 보였어."

레이는 창백한 얼굴을 양손으로 가리고는 혈색이 좋지 않은 입술을 들어 올리며 자조했다.

"주술사가, 다정하고 친절할 리가 없는데……."

모니카의 등골이 오싹하게 떨렸다.

젊은 나이에 주술사 가문의 당주가 된 레이가 짊어진 것을 모니카는 모른다.

그러나 당주라는 직함은 결코 가볍지 않을 것이다.

모니카는 자유롭게 움직이는 오른손을 무릎 위로 움켜쥐고 딱딱한 목소리로 레이에게 제안했다.

"'심연의 주술사' 님. 이번 일은, 다른 사람에게는 비밀로 하고, 조사해 보지, 않을래요?"

"괜찮은 거냐……?"

"네! 저도, 협력할 테니, 까요……!"

모니카에게도 이번 주룡 사건은 공적으로 드러내고 싶지 않은 이유가 있었다.

(아마, 전하는 그 주룡에 관해, 뭔가 알고 있을 거야.)

모니카가 달려왔을 때, 펠릭스는 주룡을 침식한 저주가 주술이라고 단언했었다.

펠릭스는 모니카가 모르는 정보를 가지고 있을 것이다.

애초에 펠릭스가 밤중에 저택을 빠져나가 몰래 주룡에게

맞선 것도 이상하다. 원래는 저택 사람이나 호위인 모니카에게 말을 걸었어야 했다.

분명히 펠릭스는 무언가를 숨기고 있다. 일단 펠릭스와 이야기를 나눌 필요가 있다.

모니카가 속으로 그렇게 생각하는데, 누군가가 모니카의 손을 잡았다. 그 누군가란—— 더 말할 것도 없이 레이다.

어느새 소파에서 일어난 레이가 창백한 얼굴을 장밋빛으로 물들이고 있었다.

"저, 저기, '심연의 주술사' 님······?"

"그렇게까지 나를 생각해 주다니······."

레이에게 있어서 모니카의 제안은, 주술사인 레이의 처지가 나빠지지 않게 배려한 걸로 비쳤으리라.

감격한 그의 눈은 아주 약간 촉촉했다.

"그렇다는 건 우린 이미 서로 좋아하는 사이라는 거지? 사랑하는 사이라는 거지? 분명 그럴 거야. 굉장해. 내가 사랑받고 있어······."

"저, 저기이······?"

이대로 가면 얘기가 무서운 방향으로 탈선할 것 같다.

모니카는 필사적으로 이야기의 방향을 수정하려고 했다.

"아, 아무튼, 그렇게 되었으니까, 주룡 사건은, 저희가 비밀리에 수사하는 걸로······."

"둘만의 비밀······. 비밀스러운 관계라니 좋네····· 비밀을 공유하면 사랑도 깊어지지····· 크흐흐."

"이봐. 이 몸도 그 비밀을 알고 있는데. 이런 경우에는 이 몸과의 사랑도 깊어지는 거냐?"

긴 이야기가 지겨워서 침대에서 뒹굴던 네로가 어이없다는 듯 끼어들었다.

그때, 누군가가 조심스럽게 문을 노크했다. 바르톨로메우스일까?

침대에서 일어난 네로가 귀찮다는 듯이 문을 열었다.

"이봐, 부하. 사람을 물리라고 했잖냐."

"형님, 죄송합니다. 펠릭스 전하가 '침묵의 마녀' 님과 꼭 이야기를 나누고 싶다고 하셔서……."

모니카는 긴장한 표정으로 몸을 굳혔다.

마침내 이때가 온 것이다.

(우선 네로에 관해, 다시금 입막음하고……. 그러고 나서, 전하가 뭘 숨기는지, 알고 싶어.)

그러려면 여기에 레이가 있어서는 좋지 않다.

모니카는 입가의 베일이 틀어지지 않았나 확인하면서 레이에게 말했다.

" '심연의 주술사' 님……. 잠시, 전하와 이야기를 나눠도, 괜찮을, 까요?"

레이는 훗, 하고 쓸쓸하게 웃고는 시선을 아래로 내렸다.

"역시 여자아이는 다들 왕자님을 좋아하는구나……. 금발벽안의 왕자님이니까. 왕족 3형제 중에서 제일가는 미남이니까. 사랑받는 게 당연하겠지……."

"아뇨. 저기, 중요한 이야기가 있어서……."

"왕족은 치사하다니까. 어디에 있기만 해도 사랑받으니까…… 나도 무조건적으로 사랑받고 싶어, 사랑받고 싶어, 사랑받고 싶어……."

네로가 말없이 레이의 목덜미를 잡고는 난폭하게 문을 열었다.

문 너머에는 바르톨로메우스와 펠릭스가 보였다.

네로는 비키라며 두 사람을 난잡하게 밀쳐 내고 레이를 복도에 내던졌다. 펠릭스에게도 레이에게도 경의가 느껴지지 않는 행동이었다.

"좋아, 청소 완료. 들어와도 돼. 왕자."

"실례할게……."

펠릭스는 복도로 내던져진 레이를 곁눈질하며 실내로 발을 들었다.

펠릭스가 실내로 들어가자, 네로는 재빨리 문을 닫고 자물쇠를 잠갔다.

모니카는 필기도구를 자기 쪽으로 가져와 깃펜으로 종이에 글자를 썼다.

『어서 오세요.』

펠릭스에게 적은 글자를 보이고 인사했다.

그리고 모니카는 글을 덧붙였다.

『이야기를 나눠 보죠.』

"기꺼이, 레이디."

펠릭스는 황홀하게 웃으며 모니카의 맞은편에 앉았다.

그 아름답고도 속내가 보이지 않는 웃음을 본 모니카의 손끝이 차가워졌다.

모니카는 지금부터 펠릭스에게 맞서야만 한다.

하필이면 모니카가 제일 거북한 교섭 테이블에서…….

9장 모니카와 네로의 만남

"몸은 좀 어떠신가요? 레이디 에버렛? 힘드시면 아무쪼록 무리하지 말고 누워 계시죠."

그렇게 말하는 펠릭스의 목소리는 다정했다.

그러나 그 말에 다정함만 담긴 게 아님을 모니카는 알고 있다.

이 사람은 교섭에 무시무시하게 강하다. 펠릭스의 다정함에 휩쓸리다가는 어느새 이 사람의 손바닥 위에서 놀아나고 만다.

『본론으로 들어가죠.』

"네. 그럴까요."

펠릭스는 고개를 끄덕이고 모니카의 소파 뒤에 선 네로를 봤다.

네로는 팔짱을 끼고 펠릭스를 노려보고 있었다.

"우선 그 사람에 관해 물어봐도 될까요?"

역시. 우선 이것부터 이야기해야 하리라.

모니카가 말을 고르는데, 네로가 거만하게 몸을 젖히며 의기양양하게 콧소리를 냈다.

"이 몸에 관해 알고 싶은 거냐? 좋아. 가르쳐 주마. 좋아하는 건 새와 치즈. 좋아하는 소설가는 더스틴 귄터다."

"너의 취향이 아니라, 레이디 에버렛의 사역마가 된 경위를 묻고 싶은 건데……. 아니, 그 전에 이렇게 물어봐야 하나."

펠릭스가 살짝 눈을 가늘게 떴다. 그저 그것만으로도 차가운 분위기가 주변을 지배했다.

펠릭스는 차가운 위압감을 발하며 물었다.

"네가 익룡 무리를 이끌고 케르벡 백작령을 습격한 이유를 가르쳐 주겠어? 워건의 흑룡님."

펠릭스의 위압감은 자리에 있는 사람을 무조건적으로 엎드리게 만드는, 왕족의 위압감이다.

그러나 인간의 신분 계급에는 무관심한 워건의 흑룡은 아랫입술을 삐죽이며 뭐라는 거냐고 바보 취급하는 목소리를 냈다.

"이 몸이 언제 인간을 습격했냐? 어엉? 이럴 때 뭐라고 말하더라? 아…… 그래. 누명. 누명이야! 애초에 이 몸은 딱히 익룡의 동료도 아니고."

"아니었나……?"

펠릭스가 곤혹스러워하자, 네로는 딱히 대단한 일도 아니라는 투로 말했다.

"이 몸은 원래 제국의 산에 살았어. 근데 개발이니 뭐니 시끄러워져서 새로운 거처를 찾으러 적당히 어슬렁거리고 있었는데, 워건 산맥이었던가? 그 주변의 젊은 익룡들이

멋대로 이 몸을 보스처럼 떠받들었을 뿐이야."

익룡은 하위종 중에서도 특히 지성이 낮은 용이다. 기본적으로 말을 알아듣지 못하기에 상위종과 정확하게 의사소통하기란 어렵다.

"의기양양해진 젊은 익룡들이 기고만장해서 마을을 덮친 모양이지만, 이 몸은 딱히 명령 같은 건 안 내렸다고."

"그렇다면 레이디 에버렛과는 어떤 경위로 주종 관계가 되었지?"

펠릭스가 묻자, 모니카는 깃펜을 쥔 손을 이리저리 돌렸다.

솔직히, 머리를 감싸 쥐고 싶다.

(이, 이걸…… 말해도 되는 걸까아아아아?)

모니카가 갈등하는 것과는 반대로, 네로가 태연하게 대답했다.

"별생각 없이 들새를 먹었다가 새 뼈가 목에 걸렸거든."

"응."

"아파서 곤란했는데, 이 녀석이 뽑아 줬어."

"그게 끝이야……?"

"그래."

정말로 이유는 그것뿐이었다.

* * *

지금으로부터 대략 반년 전, 워건의 흑룡을 토벌하고자

혼자서 워건 산맥으로 들어온 모니카가 발견한 것은, 숲속에서 웅크린 채 불쾌한지 그릉거리며 울던 흑룡이었다.

그 거구는 모니카가 사는 산속 오두막보다 컸다. 날카로운 이빨이 돋아난 입은 모니카 따위는 통째로 꿀꺽 삼킬 수도 있을 것 같았다.

모니카의 임무는 이 흑룡을 토벌하는 것. 그럼 흑룡에게 들키기 전에 고위력의 공격 마술을 미간에 꽂아 넣으면 임무는 완료된다.

그러나 그 흑룡의 신음을 듣고 모니카는 발을 멈췄다.

모니카는 미네르바에서 정령 언어 과목을 이수했기에 간단한 단어라면 알아들을 수 있다.

칠흑의 비늘을 가진 흉악한 전설의 용은, 이렇게 신음했다.

"아파, 아파, 아파——."

그래서 모니카는 나무 뒤에서 고개를 내밀고 조심스럽게 물었다.

"저기, 뭔가, 곤란하신, 가요……?"

극도로 낯가림이 심한 모니카에게 용은 인간보다는 이야기하기 쉬운 존재였다.

설령 그것이 1급 위험종인 흑룡이라 할지라도.

"목 꽂혔다, 안 빠져, 아파——."

"목……? 저기…… 입을, 아~앙, 하고 벌리실 수 있나……요?"

지면에 웅크리고 있던 흑룡은 모니카의 말에 응하듯이 천천히 고개를 꺾고는 그 입을 크게 벌렸다.

날카로운 이빨은 하나하나가 창처럼 예리하고, 붉은 혀는 모니카 정도는 간단히 휘감을 만큼 길었다.

그래도 흑룡의 혀에 독성이 없다는 걸 아는 모니카는 엉금엉금 흑룡의 턱으로 기어올라가 입안으로 들어갔다.

스스로 흑룡의 입으로 들어가다니, 제정신으로 할 일이 아니다. ——아마 모두가 그렇게 생각하리라.

그러나 모니카에게는 인파 속으로 들어가는 것보다는 용의 입으로 들어가는 게 훨씬 덜 무서웠다.

영차, 영차, 하고 기어서 흑룡의 혀 위로 올라간 모니카는 혀 안쪽에 하얀 무언가가 꽂혀있는 걸 발견했다. 아마 새나 작은 동물의 뼈이리라.

"저기, 이거, 뽑을 테니까……. 잠깐만 참으, 세요……."

양손으로 뼈를 잡은 모니카는 "에잇!" 하고 모든 체중을 실어 뼈를 뽑았다. 흑룡의 그릉거리며 울었고, 그 진동에 균형을 잃은 모니카가 흑룡의 혀 위에서 엉덩방아를 찧었다.

흑룡의 혀는 부드러워서 엉덩방아를 찧어도 그리 아프지는 않았다.

"빠졌다……."

모니카가 숨을 내쉬자, 흑룡이 긴 혀를 스륵 밖으로 뺐다.

그러자 모니카의 몸은 언덕길에서 굴러떨어지듯이 흑룡의 혀를 데굴데굴 굴렀다.

"흐우아아아아아아아아앗?!"

모니카는 침 범벅이 되어서 흑룡의 입 밖으로 철퍼덕 떨어졌다.

모니카가 지면에 엎어진 채 시선을 돌리자, 흑룡은 하늘을 올려다보며 기분 좋게 울었고—— 그 순간, 그 몸이 검은 안개에 휩싸였다.

거대한 안개는 압축되어 사람의 형태를 만들었고, 손끝, 발끝, 머리끝부터 점점 인간이 되었다.

흑룡이 웅크리고 있던 지면에 선 것은 짧은 흑발의 금색 눈을 가진, 고풍스러운 로브를 입은 남자였다. 키가 꽤 크다.

그 남자는 신비로운 금색 눈을 움직여 모니카를 보고 말했다.

"아~ 겨우 개운해졌네! 이야~ 별생각 없이 먹었던 새의 뼈가 목에 박혀서 말이야. 흑염을 뿜어서 재로 만들면 되겠다 싶었는데 애매하게 안 닿는 데에 있어서 곤란했다니까."

유창하게 사람 말을 하는 그 남자에게는 어떤 위엄도 신비함도 없었다.

무척이나 고풍스러운 로브를 입었다는 걸 제외하면 어디에나 있을 싹싹한 젊은이다.

모니카는 용의 모습일 때가 그나마 이야기하기 쉬웠다고 생각했다. 모니카는 덩치 큰 남성에게는 아무래도 공포심을 품게 된다.

모니카가 지면에 엎드린 채 경직되자, 사람으로 변한 용은 모니카 앞에 쪼그려 앉아 시선을 맞췄다.

"뭐야뭐야. 이 몸이 너무 멋있어서 쫄았냐?"

"힉…… 아……."

모니카는 몸을 일으켜서 지면에 엉덩방아를 찧은 채 물러나 덜덜 떨었다. 사람으로 변한 용은 토라진 듯 입술을 삐죽였다.

"왜 용일 때보다 인간일 때 더 쪼는 건데? 멋있잖아?"

"으, 으에엥……!"

드디어 울기 시작한 모니카를 보자, 사람으로 변한 용은 곤란한 듯 머리를 긁적였다.

"아…… 인간 암컷은 대체 뭘 좋아하지? 으~음……. 좋아, 이거라면 어떠냐!"

흑발의 성인 남성이 안개에 휩싸여 더욱 작게 압축되었다.

이윽고 안개가 걷혔다. 그곳에 있는 건 검은 고양이 한 마리였다.

"인간은 고양이를 좋아하지? 고양이는 최강이고 귀여운 생물이니까! 자, 발바닥 젤리를 꾹꾹 눌러도 된다고. 야옹야옹."

검은 고양이가 모니카의 얼굴을 꾹꾹 눌렀다. 그 부드러운 감촉을 느낀 모니카는 조금 긴장이 풀렸다.

눈앞에 있는 건 어디를 봐도 귀여운 검은 고양이다.

그러나 용일 때는 인간의 목소리를 낼 수 없었는데, 이번에는 고양이인데도 인간 목소리를 내는 걸 보면 완전히 고양이와 똑같은 몸도 아닌 모양이다. 최소한 성대 구조는 다

워건의 흑룡
네로

를 테니까.

하늘하늘 흔들리는 꼬리를 보고 그런 생각을 하는데, 검은 고양이가 "좋아, 진정됐군."이라며 안심한 듯 고개를 끄덕였다.

"그래서 왜 인간이 이런 곳에 있어? 길을 잃었냐?"

"그게, 저기, 그……."

지면에 엎드려 있던 모니카는 느릿느릿 상반신을 일으켜서 지면에 앉은 채 손가락을 꼬았다.

"이, 이 산에서, 나가 주실 수 있을, 까요…… 기슭에 있는 사람들이, 무척, 무서워해서……."

"어엉? 그러고 보니 기슭에 왠지 인간이 잔뜩 있었지? 혹시 이 몸의 목숨을 노리는 거냐?"

"이, 일단…… 저도, 퇴치하러 왔다고, 할까요……."

모니카가 정직하게 자기 목적을 밝히자, 검은 고양이는 어이없다는 시선을 보냈다.

"너, 바보 아니냐. 지금 여기서 이 몸이 원래 모습으로 돌아가면 너 같은 건 흑염에 불타서 뼈도 못 추린다고?"

"괘, 괜찮, 아요. 그렇게 되기 전에, 제가, 당신을 해치울, 테니까……."

모니카는 근처 나무를 가리키며 무영창 마술을 발동했다. 그런대로 커다란 나무 중심에 쐐기가 박히듯 얼음창이 꽂혔다.

검은 고양이가 금색 눈을 크게 뜨자, 모니카는 손가락을 꼬물꼬물 꼬면서 말했다.

 "흑염은, 발동하려면 힘을 모아야 하니까……. 당신이 불을 뿜기 전에, 미간을 쏴서, 해치울 수 있을, 거예요."

 이건 위협이 아니라, 모니카에게는 그저 팩트일 뿐이다.

 검은 고양이는 의아한 듯 살짝 고개를 갸웃했다.

 "그럼, 왜 이 몸을 도와준 거냐?"

 "네? 저기…… 아파 보였, 으니까……?"

 "너, 이상한 녀석이라는 말 안 듣냐?"

 "아우."

 모니카는 자신이 사회 부적응자라는 걸 자각하고 있다. 그러나 하필이면 용이 그걸 지적하다니.

 복잡한 심경으로 침묵하자, 검은 고양이는 금색 눈으로 모니카를 빤히 올려다보고는 흠, 하고 중얼거렸다.

 "흑룡에게는 겁먹지 않고 입안으로 들어온 주제에, 인간을 무서워하는 인간이라…… 별난 녀석이구만. 이 몸은 재미있는 녀석을 좋아하지. 너는 재미있어."

 "네, 네에……."

 "좋아, 정했다. 네가 이 몸을 길러라."

 모니카는 잠시 침묵하고는 검은 고양이의 발언을 곱씹은 끝에 "네……?"라고 얼빠진 소리를 냈다.

 검은 고양이는 사뭇 당연하다는 말투로 말했다.

 "그야 너는 이 몸이 이 산에서 나갔으면 좋겠다며?"

 "네, 네에."

"근데 이 몸, 달리 갈 곳이 없거든. 인간의 사정으로 거처에서 쫓겨나다니, 이 몸은 어쩜 이리도 불쌍한지!"

"지, 지당한, 말이네요."

"그러니까 이 몸을 여기서 쫓아낸 네가 책임지고 나를 길러라."

왠지 교묘하게 구워삶는 듯한 느낌이 든다.

그러나 심약한 모니카는 이럴 때 강하게 반론할 수가 없었다.

"저기, 그게에……."라고 의미 없는 말을 되풀이하는 사이, 검은 고양이는 모니카의 어깨 위로 올라가서 발바닥 젤리로 뺨을 꾹꾹 눌렀다.

"용은 자기보다 강한 녀석에게는 절대복종하거든. 너는 이 몸보다 강하니까, 이 몸의 주인으로 삼으마. 영광인 줄 알아."

인간과 용은 서로 절대복종이라는 말의 뜻이 다른 게 아닐까? 모니카는 뺨을 꾹꾹 눌리면서 그런 생각을 했다.

＊ ＊ ＊

네로의 설명을 들은 펠릭스는 부드럽게 웃었다. 웃고 있지만, 곤혹스러워한다는 게 선명하게 전해졌다.

"워건의 흑룡은, 밤이면 밤마다 꺼림칙한 울음소리를 내질렀다고 들었는데……."

"그래. 목이 아팠으니까."

"그 울음소리는 부하 익룡에게 내리는 공격 명령……이 아니었다?"

"'우오오오. 무지 아파아아아!' 라는 느낌이었지. 그날부터 이 몸은 새를 먹을 때 확실히 뼈를 뱉게 됐다고."

모니카는 매우 거북한 기분이었다.

'침묵의 마녀'는 워건의 흑룡을 퇴치하지 않았다. 그저 목에 박힌 뼈를 뽑았을 뿐이다.

'침묵의 마녀'를 영웅시하는 펠릭스는 무척 실망했으리라.

모니카는 깃펜으로 글을 적었다.

『저를 고발하실 건가요?』

"아니요."

펠릭스의 말에는 주저함도 갈등도 없었다.

"흑룡을 돕고 사역마로 삼는 건 아무나 할 수 있는 일이 아니죠. 당신을 존경하는 마음에 변함은 없어요. 단지 조금…… 용에 관한 인상이 달라졌다고 할까……."

펠릭스가 말을 흐리자, 네로가 의기양양하게 말했다.

"오. 용에 관한 인상이 쭉쭉 좋아지고 있지?"

모니카는 어째서 네로가 이런 상황에 그렇게 생각하나 싶었다. 아마 펠릭스도 같은 마음이었으리라.

분명 펠릭스의 마음속에서는 '용은 의외로 얼빠졌다'라는 방향으로 평가가 내려갔을 게 분명하다.

펠릭스는 쓴웃음이 섞인 듯한 말투로 네로에게 물었다.

"네게 인간에 해를 끼칠 마음은 없다고 받아들여도 될까?"

"그래. 이 몸, 딱히 인간에게 흥미가 없거든."

일찍이 살던 산에서 쫓겨났는데도 네로는 태연했다. 기본적으로 별로 원한을 가지지 않는 성격인 것이다.

뭐, 인간에게 흥미가 없다고 해도 최근에는 인간의 문화나 창작물에는 흥미진진한 듯 보였지만. 주로 모험 소설이나 탐정 소설 등등.

"너는 인간의 모습으로도 흑염을 쓸 수 있나?"

펠릭스가 말하는 흑염이란 흑룡이 내뿜는 검은 불꽃을 말한다.

흑염은 주술이나 방어 결계조차도 불태우는 최강의 불꽃이다.

역사를 거슬러 올라가면 수백 년 전에 흑염을 다루는 마술사가 극소수 있었다고 하지만, 현대에는 사용자가 없고, 흑염을 쓰는 건 금기시되었다.

흑염은 죽은 자 소생, 기후 조작에 비견되는 마술사 최대의 금기다.

그걸 사람의 모습으로 쓴다면, 아무리 펠릭스라도 간과할 수 없다.

그러나 네로는 태연하게 고개를 가로저으며 부정했다.

"아니, 흑염은 원래 모습이 아니면 못 써. 그보다 인간으로 변해서도 쓸 수 있었다면 진작 썼을걸."

"그렇겠지……."

네로가 한 말에 거짓은 없다. 인간으로 변했을 때의 네로는 신체 능력이야 좋지만 공중을 날 수는 없고, 흑염도 쓸 수 없다.

펠릭스도 납득했는지, 불안한 듯한 모니카에게 웃었다.

"안심하시길. 레이디. 그에 관한 건 누구에게도 말할 생각이 없습니다. 저와 당신만의 비밀이에요."

『감사합니다.』

네로의 정체에 관해서 입을 다물게 한다── 첫 번째 목적은 달성했다. 모니카는 가슴을 쓸어내렸다.

그러나 여기서 이야기를 끝낼 수는 없다. 모니카에게는 또 하나의 목적이 있으니까.

(전하가 뭘 숨기고 있는지, 알고 싶어.)

이번에는 자신이 물어볼 차례라며 재빨리 깃펜을 움직인 모니카가 글을 적었다.

『제 쪽에서도 전하께 여쭙고 싶은 게 있습니다.』

"주룡과 대치한 밤에 관해서인가요?"

모니카는 살짝 끄덕이고는 그날 밤 어째서 펠릭스가 혼자 저택을 빠져나갔는지 물어보려 했다.

그러나 모니카가 그 의문을 종이에 적는 것보다 먼저 펠릭스가 말을 시작했다.

"그날 밤에는 왠지 무척 가슴이 술렁였죠. 엽총으로 미간을 쏴서 맞춘 것만으로 정말로 전설의 주룡을 해치웠나 싶어 불안해서……. 그래서 겁이 많은 나는 몰래 주룡의 사체를 확인하러 갔던 겁니다. 그랬더니 그 주룡이 움직이기 시작해서 맞서게 되었죠. 나의 독단적인 행동으로 당신에게 폐를 끼친 것을 진심으로 사과하고 싶습니다."

펠릭스는 무척 미안해하는 표정이었다. 실제로 펠릭스는 모니카가 저주를 받은 걸 미안하게 생각하겠지.

하지만…… 뭔가를 숨기고 있다.

『어째서 호위를 붙이지 않았죠?』

"주룡이 정말로 죽었는지 불안하니까 함께 확인했으면 좋겠다……라고 했다가 당신들이 날 겁쟁이라고 여기는 걸 바라지 않았으니까요. 모든 건 내 허세가 불러온 일, 반성하고 있습니다."

거짓말이다. 모니카는 직감적으로 깨달았다. 그러나 그걸 거짓말이라고 규탄하려면 단서가 부족하다.

모니카는 그날 밤 일을 돌이켜 보며, 펠릭스의 언동을 떠올렸다.

그때, 펠릭스는 모니카에게 말했다.

──레이디! 저건 주술입니다. 용의 몸속 어딘가에 주술구가 있을 겁니다!

이거다. 모니카는 깃펜을 움직였다.

『전하는 어째서 주룡을 침식한 저주가 주술이라고 단언하셨죠?』

칠현인인 모니카도 자연 발생한 저주와 사람이 만든 주술을 분간하지 못한다. 그런데 어떻게 펠릭스는 주술이라고 단언했는가?

펠릭스는 모니카의 질문에도 딱히 동요하지 않고 자신 없는 표정으로 대답했다.

"사실은 주술이라고 확신했던 건 아닙니다. 하지만 저는 주술사가 죄인에게 주술을 거는 현장을 견학한 적이 있어서……. 그래서 혹시나 했을 뿐이죠."

아마 펠릭스는 모니카가 지적하려는 걸 미리 짐작하고 그 답을 준비한 것이리라. 모니카가 뭔가 추궁하더라도 능구렁이처럼 빠져나간다.

(뭔가, 달리 추궁할 방법은…….)

모니카는 교섭에 서툴지만, 그래도 어떻게든 물고 늘어지고자 머리를 굴렸다.

그러나 모니카가 다음 한 수를 던지기보다 먼저, 펠릭스가 태연한 투로 말했다.

"그러고 보니 레이디 에버렛."

곧장 고개를 들자, 펠릭스와 눈이 마주쳤다. 물색에 녹색이 한 방울 섞인 듯한 아름다운 눈이 초승달 모양으로 가늘어졌다.

"당신은 세렌디아 학원의 관계자입니까?"

"……!"

모니카는 동요한 나머지, 어깨를 움츠리고 말았다.

그걸 본 펠릭스의 미소가 확신을 얻었다는 듯이 진해졌다.

(아뿔싸……!)

초조해진 모니카의 기억 속에서, '결계의 마술사' 루이스 밀러가 "동기님."이라고 부르며 키득거렸다. 이건 카드 게임에 말려들었을 때였던가.

——동요했을 때 어깨를 움츠리는 버릇은 고치는 편이 좋아요.

정말이지 그랬다.

그때 루이스는 이렇게도 말했다. 승부는 테이블에 앉기 전부터 시작된다고.

적당히 되는대로 교섭에 나섰던 모니카와는 달리, 펠릭스는 사전에 준비하고 있었다.

모니카가 추궁할 때 어떻게 피해 갈지, 어떻게 자신이 원하는 정보를 끄집어낼지를.

"레이디 에버렛. 당신은 예전에 시릴이—— 학원 학생이 마력 중독으로 폭주를 일으켰을 때, 그걸 막았죠?"

그렇다. 그때 네로가 펠릭스와 마주쳤었다.

모니카는 베일 속에서 침을 삼키고는, 떨리려는 손을 움직여서 글을 적었다.

『우연히 지나갔을 뿐이에요.』

"그런가요."

틀림없이 추궁할 줄 알았는데, 펠릭스는 바로 물러났다.

약간 맥이 빠진 모니카에게, 펠릭스가 정중하게 고개를 숙였다.

"아무쪼록 감사하다는 말을 드리고 싶군요. 당신 덕분에 우리 학생회 서기가 살았으니까요."

(응……?)

모니카는 목소리는 내지 않았지만 깜짝 놀라고 말았다.

펠릭스는 그런 모니카의 당혹을 놓치지 않았다.

(앗……!)

동요하며 얼굴이 새파래진 모니카에게, 펠릭스가 변함없이 미소를 지으며 말을 이었다.

"아아, 실례. 실수했군요. 시릴은 서기가 아니라 부회장이었죠."

시릴 애슐리가 학생회 부회장이라는 건 세렌디아 학원 학생이라면 누구나 안다.

그러나 외부 사람은—— 하물며 사교계와는 연이 없는 '침묵의 마녀'가 그 사실을 아는 건 너무나도 부자연스럽다.

그런데도 모니카는 펠릭스의 착각에 반응하고 말았다.

(들켰어……. '침묵의 마녀'가, 세렌디아 학원에 있다는 걸……!)

모니카를 바라보는 푸른 눈에는 숨길 수 없는 기쁨이 배어 나왔다.

"환자의 방에서 오래 이야기하는 것도 좋지 않겠죠. 슬슬 실례하겠습니다. 부디 왼손, 관리 잘하시길. 레이디……."

배려하듯이 웃은 펠릭스는 일어났다.

그 웃음이 아무리 다정해도 아름다워도, 모니카는 몸을 부들부들 떨 수밖에 없었다.

이쪽이 알고 싶었던 펠릭스의 비밀은 알아내지 못했고, 정작 펠릭스는 원하는 정보를 손에 넣었다.

모니카는 이 교섭에서 펠릭스에게 진 것이다.

＊ ＊ ＊

펠릭스가 방에서 나간 뒤, 모니카는 소파에서 주르륵 미끄러졌다.

"와아아앙, 저질러 버렸어어어……. 나는 바보바보바보오오오……."

소파 뒤에서 팔짱을 끼고 있던 네로가 상황을 잘 이해하지 못했다는 듯한 표정으로 물었다.

"다시 말해 어떻게 된 거야?"

"'침묵의 마녀'가! 세렌디아 학원 사람이라는 걸! 전하한테 들켰어!"

"뭐, 뭣이이?!"

이렇게 될 줄 알았으면 섣불리 비밀을 알아보려고 하지 말 걸 그랬다. 네로의 정체를 입막음한 걸로 대화를 끊었어야 했다. 모니카는 진심으로 후회했다.

애초에 교섭이 능숙한 펠릭스를 상대로 말주변이 없는 모니카가 당해 낼 수 있을 리 없었다.

"으, 으으……. 전하의 비밀을 알아내기는커녕, 반대로, 이쪽 비밀이 들통나 버렸어어어."

겨울방학이 끝나면 펠릭스는 학원 어딘가에 있을 '침묵의 마녀'를 찾기 시작할 거다.

아직 호위 임무는 반년 가까이 남아 있는데, 앞으로 어떻게 해야 좋을까.

"전하가 어째서 주술이 걸렸다는 걸 알아챘는지, 어째서 혼자 밤에 빠져나갔는지, 물어보려고 했는데…… 으으으."

모니카가 침울해지자, 네로가 별것 아니라는 듯이 말했다.

"뭐, 그 왕자는 계약 정령을 데리고 있을 정도니까 이것저것 알고 있을 것 같긴 하네. 게다가, 그래. 정령이 아군으로 붙어있으니까 호위가 없어도 무섭지 않잖냐."

"엥……?"

모니카는 네로가 무슨 말을 하는지 알아듣지 못했다.

침대에서 느릿느릿 일어난 모니카는 네로를 올려다봤다.

"전하의 계약 정령, 이라니?"

"전에 말했잖냐. 왕자 옆을 어슬렁거리는 하얀 도마뱀. 그거, 아마 물의 상위 정령일 거야."

"잠깐잠깐잠깐……."

펠릭스에게 계약 정령이 있다니, 처음 듣는다. 그러나 도마뱀 운운하는 이야기는 네로에게 어렴풋이 들었던 기억이 있다.

(확실히 전하가 도마뱀을 써서 네로의 정보를 알아보려 했다든가 어쨌다든가……. 이야기가 도중에 끊겼던가.)

그러나 펠릭스가 물의 상위 정령과 계약했다는 건 무리가 있다. 모니카는 그렇게 생각했다.

상위 정령과 계약하려면 정령의 동의, 계약석이 될 보석, 그리고 상급 마술사 수준의 지식과 마력량이 필요하다. 그렇기에 상위 정령과 계약한 마술사는 리디르 왕국에 열 명도 없다.

그리고 무엇보다 그런 조건을 충족시키더라도 펠릭스에게는 물의 상위 정령과 계약할 수 없는 이유가 있다.

"있잖아, 네로. 인간은 태생적으로 특기 속성이 정해져 있어서…… 그 속성과 다른 정령과는, 계약할 수 없어. 정령왕 소환 같은 것도 그렇지만."

예를 들어 모니카의 특기 속성은 바람이다. 그래서 모니카는 바람의 정령왕 소환은 가능하지만, 그 이외의 정령왕은 소환할 수 없다.

"그럼 그 왕자는 특기 속성이 물인 거잖아?"

"전하의 특기 속성은, 아마…… 땅이라고, 생각해."

모니카의 애매한 말을 듣자, 네로는 의아한 듯 눈썹을 오므렸다.

"그 왕자가 마술 쓰는 걸 본 적도 없으면서 어떻게 아는 거야?"

"전하의 이름 때문에. 미들 네임이, 아크잖아?"

리디르 왕국에서는 정령왕의 가호를 받았으면 좋겠다는 소망을 담아 특기 속성인 정령왕의 이름을 미들 네임에 넣는 풍습이 있다.

가까이에서 찾을 수 있는 사례가 학생회 서무인 닐의 이름이다. 닐의 풀 네임은 닐 크레이 메이우드. 미들 네임인 크레이는 땅 속성을 관장하는 정령왕 아크레이드에서 유래한 것이다.

"전하의 미들 네임인 아크는 땅 속성 정령왕이 유래니까, 특기 속성도 땅일 거야. 그러니까 물의 상위 정령과 계약하는 건 불가능할 텐데……."

"이 몸, 그쪽은 잘 모르지만 성장 과정에서 특기 속성이 달라지는 일은 없는 거냐?"

"특기 속성은 기본적으로 부모 중 누군가에게 이어받는데, 성장하면서 달라지지 않는다는 게 연구로 밝혀졌어."

마력에 유전적인 요소가 관련된다는 건 모니카의 아버지가 하던 연구에도 뒷받침되어 있다. 포터 고서점에서 모니카가 샀던 아버지의 책도 그걸 언급하고 있었다.

"뭔가 좀 와닿지 않는데. 그~런 건가?"

"화룡이 어느 날 갑자기 수룡이 되거나 하지는 않잖아."

"과연, 그건 그렇지."

네로는 고개를 끄덕이고는 턱에 손을 대고 고민하는 자세를 했다.

"그럼 우연히 특기 속성과 관련이 없는 미들 네임이 붙은 건가."

"왕족인데 굳이 특기 속성과 관련 없는 미들 네임을 붙일까……?"

"뭐, 그~런 일도 있지 않을까?"

이름에 별로 집착하지 않는 네로는 태연하게 말했지만, 모니카는 위화감이 들 수밖에 없었다.

(혹시, 전하가 남들 앞에서 마술을 쓰지 못하는 이유도 이쪽과 관련이 있는 게…….)

이번 주룡 소동으로 펠릭스에 관한 의혹과 위화감이 모니카의 마음속에서 조금씩 불거지기 시작했다.

주룡에게 보이는 부자연스러운 태도.

상위 정령이라는 패를 숨기는 이유.

왕위에 집착하는 까닭.

그러나 모니카가 호기심 때문에 그걸 폭로한다고 해서 뭐가 달라진단 말인가. 그저 호위에 불과한 모니카와는 상관없는 일이다. 호기심 때문에 건드릴 일이 아니다.

이때 모니카는 그렇게 생각했다.

＊ ＊ ＊

(아아, 내 예상이 맞았어!)

펠릭스는 춤추고 싶은 심정으로 '침묵의 마녀'의 방을 나왔다.

그의 가슴은 고동치며 기쁨에 떨리고 있었다.

학원제 전에 암살용 마도구 '나염'이 설치되었다는 걸 알았을 때부터 혹시나 했었다.

그리고 조금 전 '침묵의 마녀'가 동요한 걸 보고, 펠릭스는 확신했다.

펠릭스가 경애해 마지않는 '침묵의 마녀'는 세렌디아 학원에 있는 거다.

(만나고 싶어. 가능하다면 맨얼굴을 보고 싶어. 목소리를 듣고 싶어.)

입가가 풀어지는 걸 참으면서 자기 방으로 향하려던 그는, 복도 구석에서 무릎을 안고 웅크린 남자를 발견하고 발을 멈췄다.

황금 지팡이와 금실 자수가 들어간 호화로운 로브. 후드 끄트머리에서 보이는 건 이 세상을 통틀어도 무척 희귀할 보라색 머리카락.

바로 칠현인 중 한 명인, 3대 '심연의 마술사' 레이 올브라이트였다.

복도 구석에서 뭘 하는 걸까. 몸이라도 안 좋은가?

"아, 사랑받고 싶어, 사랑받고 싶어, 사랑받고 싶어……."

펠릭스는 '심연의 주술사'가 성의 시녀에게 사랑을 갈구하는 모습을 몇 번 목격했었다.

아아, 언제나 이렇구나. 그렇게 납득한 펠릭스는 레이의 뒷모습에 말을 걸었다.

"실례. '심연의 주술사' 올브라이트 경이신 것 같은데요. 몸이 안 좋으신지요?"

웅크리고 있던 레이는 천천히 고개를 들었다.

그리고 펠릭스를 바라보고는 양손으로 눈을 가렸다.

"왕족 오라에 눈이 뭉개지겠어……."

이 사람의 말은 90%는 흘려버려도 되겠군. 펠릭스는 그렇게 판단했다.

왕족에게 불경이라느니 뭐니 시끄럽게 떠들 생각은 없다. 국왕은 성격 면에서 문제가 있다는 걸 알면서도 이 남자를 칠현인으로 임명했으니까.

"올브라이트 경. 이번에는 당신이 와 주셔서 살았습니다. 역시 저주 전문가가 있으면 든든하군요. 실은 저주 전문가인 당신에게 여쭤보고 싶은 게 있는데요."

치켜세워진 레이는 눈을 덮은 손을 살짝 열어서 손가락 틈새로 펠릭스를 올려다봤다.

펠릭스가 물었다.

"주술을 써서 생물을 뜻대로 조종하는 게 가능합니까?"

"그건, 주술의 본질이 아니야……."

레이는 천천히 일어났다. 어색한 앞머리 안쪽에서 보석 같은 핑크색 눈이 경멸하듯 펠릭스를 바라봤다.

"주술은 타인을 조종하기 위한 게 아니야. 괴롭히기 위해 있는 거야. 조종하고 싶다면 정신 간섭 마술을 써야지."

"지당하시네요."

"만약 주술로 생물을 조종하려는 녀석이 있다면, 그건 주술사를 자칭할 자격도 뭣도 없는 그냥 쓰레기야."

일반인 입장에서는 타인을 조종하는 것과 괴롭히는 것은

모두 지독한 행위로 보이지만, 주술사에게는 주술사만의 신념이 있는 모양이다.

(그런 힘을 써서 떠받들리는 왕자인가.)

크룩포드 공작이 펠릭스 아크 리디르를 위해 마련한 길은 수많은 희생으로 물든 피투성이 길이다. 그러나 그는 돌이킬 수 없었다.

"공부가 되었습니다. 감사합니다, 올브라이트 경."

짧게 대답한 펠릭스는 레이에게 등을 돌렸다.

앞을 바라보는 그 눈에 깃든 것은 활활 불타는 망집의 불꽃이다.

무엇을 희생하더라도 무엇을 포기하더라도 무엇을 빼앗기더라도 이루고 싶은 소망이 있다.

(기다려 줘. 이제 얼마 안 남았어…….)

문득 창밖으로 눈을 돌렸다. 오후의 겨울 하늘에는 아직 별이 보이지 않았다.

그래도 펠릭스는 떠올릴 수 있다. 절친이 사랑했던 영웅의 별이 반짝이는 밤하늘을.

(반드시 너의 이름을 역사에 남겨 보이겠어. 아크…….)

10장 베네딕트 레인을 아는 자

주룡과의 싸움으로 모니카와 글렌이 다치고, 방에서 요양하는 동안에도 파르포리아 왕국과의 협의는 순조롭게 진행되었다.

당초에는 이야기가 난항을 겪었지만, 용기사단 주둔지 계획에 난색을 표하던 마레 백작이 용 재해에 실제로 말려든 뒤로 의견을 굽힌 모양이었다.

오늘로 협의는 일단락되었고, 내일에는 펠릭스가 레인부르그 공작령을 떠난다.

그래서 오늘 밤에는 작은 연회를 연다고 한다. 모니카는 거기에 '침묵의 마녀' 님도 참가했으면 좋겠다는 요청을 받았다.

주룡에게서 모두를 지킨 '침묵의 마녀'와 주룡을 토벌한 펠릭스는 이번 사건 해결의 공로자다.

파르포리아 왕국의 사자들도 생명의 은인인 '침묵의 마녀'에게 감사를 전하고 싶다고 한다.

"그렇다는데, 어쩔 거냐? 모니카."

네로의 말을 듣자, 침대에 엎어져 있던 모니카는 머리부터 모포를 뒤집어썼다.

"싫어……. 이제 누구와도 만나고 싶지 않아……. 수식과 마술식만 생각하고 싶어…… 아니면 고양이가 되고 싶어……."

"고양이에게는 수식도 마술식도 필요하지 않다고."

낮의 교섭 때 펠릭스에게 완전 패배한 모니카는 마음이 많이 꺾여 있었다.

지금은 누구와도 만나고 싶지 않다. 특히 펠릭스와는 만나고 싶지 않다. 만났다가 또 속내를 들켜서 마침내 정체가 알려질지도 모른다.

겨울방학이 끝나고 세렌디아 학원에 돌아간다는 생각만 해도 우울하다.

"교섭이라든가 사람하고 이야기하는 거, 노력하겠다고 맹세했는데……. 오르테리아 차임에 맹세했는데……. 미안해요, 시릴 님. 전하는 무서워요. 절대로 못 이겨요. 저에게는 아직 무리였어요……. 전하가 무서워…… 으에에에엥, 히이잉……."

모포를 말고 베개에 얼굴을 묻으며 훌쩍이는 모니카를 본 네로는 "이건 틀렸군."이라며 한숨을 내쉬었다.

"참고로 이 몸은 간다. 맛있는 밥을 마음껏 먹을 수 있으니까."

"네네. 잘 갔다 와……."

네로는 모니카가 대충 던진 말에도 딱히 신경 쓰는 기색

없이 "밥~ 밥~ 이 몸의 밥~." 하고 노래를 부르며 방을 나갔다. 참으로 매정한 사역마다.

네로는 자신의 정체가 펠릭스에게 들켜도 딱히 태도를 바꾸지는 않으리라. 저 배짱이 부럽다.

(오늘은 이제, 방에서 나가고 싶지 않아…….)

모니카는 베개를 품에 안고 뒤척였다.

(배신자 주술사는, 어디에 있을까……. 전하는, 주술구를 만든 주술사에 관해, 뭔가 아는 걸까. 알고 있겠지. 어쩌면, 전하와 주술사가 연결되어서, 숨기고 있는 건가? 전하는 뭘 어디까지 알고 있지?)

평소의 모니카라면 바로 수식이나 마술식의 세계에 몰두했을 텐데, 지금은 주룡 소동과 펠릭스가 신경 쓰여서 견딜 수가 없었다.

뒹굴거리며 계속 뒤척이던 모니카는 문득 창밖으로 눈을 돌렸다.

겨울은 해가 저무는 시간이 빠르다. 이미 일몰로부터 한두 시간은 지났다.

깜깜해진 저택 뜰에는 아련하게 발광하며 작은 빛의 알갱이를 흩뿌리는 꽃이 많이 보였다. '정령의 여관'이라 불리는, 주변의 마력을 흡수해서 방출하는 꽃이다.

그런 '정령의 여관'의 아련한 빛 사이에서 주먹 크기의 불이 떠올랐다가 확 사라졌다.

다시 몇 초가 지나자, 이번에는 같은 크기의 불이 두 개 떠올랐다가 몇 초 만에 사라졌다.

(저건⋯⋯.)

모니카는 느릿느릿 일어나 창문으로 다가갔다.

고작 몇 초 떠오른 작은 불이 사람의 모습을 비췄다. 저건 글렌이다.

글렌은 양 손바닥을 위로 들고 오른손과 왼손으로 두 개의 불을 유지하려 하고 있었다.

모니카가 가르쳐 준, 마술 동시 유지 훈련을 하는 거다.

(글렌 씨는 오늘 막, 일어났을 텐데⋯⋯.)

오렌지색 불에 비친 글렌의 얼굴은 괴로워 보였지만 동시에 진지했다.

모니카는 창틀에 손을 댄 채 그 자리에서 미끄러지듯 쪼그려 앉았다.

(글렌 씨가, 노력하고 있어. 오르테리아 차임에 한 맹세를, 지키려 하고 있어.)

모니카는 뺨을 벽에 댄 자세로 한동안 가만히 있었다.

그리고 천천히 심호흡하면서 일어나 의자에 걸어 둔 로브를 입고 베일로 입가를 가렸다.

(잠깐 얼굴만 비칠 거야⋯⋯ 잠깐만⋯⋯. 레인부르그 공작하고 파르포리아 왕국 사람들에게 인사하고 전하를 만나기 전에 물러나는 정도라면⋯⋯.)

모니카는 벽에 세워 둔 지팡이를 들었다.

지팡이 장식이 짤랑 울리는 소리는, 겨울 밤하늘에 울리는 오르테리아 차임의 소리와 조금 닮았다.

모니카는 몇 번 지팡이를 휘둘러 장식에서 짤랑거리는 소리를 울리고는 콧김을 내뿜으며 방을 나섰다.

* * *

모니카 일행에게 주어진 객실은 저택 2층, 연회가 열리는 방은 1층에 있다.

2층 복도를 걷던 모니카는 계단 앞에서 발을 멈췄다.

아래층에서는 떠들썩한 소리가 들렸다. 이미 연회가 시작된 거다.

저 계단을 내려가면 바로 넓은 방이 나온다.

자, 가자…… 그렇게 한 발을 내디디려던 그때, 모니카는 봤다.

계단 앞쪽, 복도 모퉁이 쪽에 어렴풋이 떠오른 창백한 얼굴과 반짝반짝 빛나는 핑크색 눈을.

"으헉~~~~~?!"

베일 위에서 바로 입을 막았기에 비명을 지르지 않을 수 있었지만, 모니카는 기겁하며 쓰러졌다. 깜빡 놓아버린 지팡이가 소리를 내며 복도 바닥에 쓰러졌다.

"'침묵의 마녀'……."

기겁해서 쓰러진 모니카를 내려다본 건 복도 모퉁이에서 얼굴만 내민 '심연의 주술사' 레이 올브라이트였다.

솔직히 목만 떠 있는 것 같아서 꺼림칙했다.

"아, 아, '심연의 주술사' 님…… 거기서…… 뭘……."

"선대 당주가 이런 연회에는 가급적 나가라고 했거든……. 하지만 난, 주룡을 토벌한 것도 아니고…… 늦게 찾아왔을 뿐인 내가 왜 연회에 어슬렁어슬렁 기어 나온 거냐고 손가락질받을 게 뻔해……. 아아아아아, 상상했더니 죽고 싶어졌어……. 가고 싶지 않아……."

레이는 보라색 머리를 쥐어뜯으며 온몸을 부들부들 떨었다.

연회에 가는 게 무서운 레이의 마음를 잘 알기에, 모니카는 멈춰서 작은 목소리로 레이에게 제안했다.

"저기, '심연의 주술사' 님……. 가, 같이, 가실래, 요?"

머리를 쥐어뜯던 레이의 손이 멈췄다. 모니카는 말을 이었다.

"이렇게, 칠현인이 두 명 있으면…… 주목이 분산되어서, 조금은 마음이 편할 거예요."

"과연……. 그건 확실히, 일리가 있어……."

두 사람은 얼굴을 마주하고 고개를 끄덕이고는 지팡이를 움켜쥐고 앞을 바라봤다.

이 나라 마술사의 정점에 선 칠현인인 두 사람은 용의 둥지로 향하는 듯한 긴장감을 품고 신중한 발걸음으로 느릿느릿 계단을 내려갔다.

1층은 예상 이상으로 활기차고 떠들썩했다. 아직 방에 들어가지도 않았는데 즐거워하는 목소리가 들렸고, 고용인들은 바쁘게 음식이나 술을 나르고 있다.

"연회 특유의 들뜬 분위기가 풍겨……. 이 분위기만으로도 나는 숨이 막힐 것 같아…… 아아아."

레이는 계단을 내려가자마자 몸을 웅크리면서 떨었다.

그 옆에서 모니카도 우두커니 섰다. ──그러나, 사람이 많은 것에 기가 눌린 건 아니다.

(지금, 그건…….)

눈앞을 지나간 고용인이, 무척 모니카의 마음에 걸렸다.

어딘가에서 저 고용인을 본 적이 있다. 그것도 비교적 최근에 이 저택이 아닌 곳에서.

키, 어깨 넓이, 팔이나 다리 길이, 머리와 몸통의 비율──그런 인간을 구성하는 숫자가 모니카의 머리를 맴돌았다.

(어디? 어디서 봤지? 저택 바깥…… 사냥터에도 있었지만…… 아니야, 그게 아니야. 다른 곳…….)

모니카는 어두운 숲 안쪽에서 이 남자를 목격했다. 아니, 본 건 모니카가 아니다.

귓속에서 되살아나는 건, 자기 자식을 빼앗긴 녹룡의 증오에 찬 목소리.

(맞, 아. 그 사람을 본 건, 내가 아니라…….)

모니카의 왼손은 되살아나는 기억에 반응하듯이 경련하고 있었다.

"'심연의 주술사' 님, 찾았어요……."

모니카가 덜덜 떨리는 왼손을 오른손으로 누르고 레이에

게 작게 말했다.

"용을 저주한, 주술사를⋯⋯."

* * *

(아아, 드디어 오고 말았어. 올브라이트 가문의 추격자
가⋯⋯.)

연회장에서 주방으로 돌아온 그 남자는 손에 배어 나오는
땀을 몰래 옷으로 닦았다.

주변에 있는 고용인은 각자 일하느라 바빠서 그 남자의
모습이 이상하다는 걸 아무도 깨닫지 못했다. 그래도 그 남
자는 주변의 시선이 신경 쓰여서 견딜 수 없었다. 옛날부터
이어진 습성 때문이었다.

그게 호의이든 적의이든 남자는 자신에게 날아오는 온갖
시선을 신경 쓰지 않을 수가 없었다.

(괜찮아. 레이 올브라이트는 나를 눈치채지 못했어. 벌써
10년이나 지났고, 내 용모도 많이 변했으니까.)

평범하게 보낸다면 분명 지나칠 수 있을 것이다. 그렇게
되면 다시 연구를 계속해야 한다.

남자는 주머니 속에 넣어둔 주술구를 몰래 움켜쥐었다.

『주룡을 조종해서 제2왕자가 토벌하게 해라.』

그것이 그분의 명령이었다.

주룡을 만들어 그것을 뜻대로 조종한다. ──쉬운 일이 아

니다. 그걸 위해 남자가 실험체로 삼은 게 새끼 녹룡이다.

어린 용은 성체만큼 마력 내성이 높지 않다. 그래서 주술구를 먹이에 섞어 몸속에 넣어 버리면 주술이 통하기 쉬울 거라고 생각했다.

그 결과, 확실히 주술은 통했다. 너무 잘 통했다.

원래는 용을 뜻대로 조종하는 주술이었는데, 주술은 어린 용을 침식해 죽여 버리고 말았다.

더욱 최악이었던 점은 어미 용이 새끼 용의 사체를 주술구째 먹어 치워 직접 저주받아 폭주했다는 것이다.

제2왕자가 주룡을 토벌한 것은 우연히 '침묵의 마녀'가 그 자리에 있었기 때문이다.

(아니, 긍정적으로 생각하자……. 나는 운이 좋은 거다. 주룡을 조종하는 데에는 실패했지만, '제2왕자가 주룡을 토벌하게 하라'라는 각하의 명령을 어기지는 않았어. 앞으로 꼭두각시 저주만 완성시킨다면…….)

용도 사람도 뜻대로 조종하는 주술, 꼭두각시 저주의 완성. 그것이 이 남자의 오랜 소원이다.

이것이 완성된다면 모든 것이 자신의 뜻대로 된다. 부도 명성도 원하는 만큼 얻으리라. 칠현인도 무섭지 않다.

(각하도 분명 나를 인정하고 슬하에 불러 주시겠지.)

이 남자가 섬기는 각하는 충실한 꼭두각시를 원한다. 꼭두각시 저주가 완성된다면 분명 이 남자를 중용할 것이다.

현재, 리디르 왕국에서는 올브라이트 가문이 주술 지식을 독점하고 있다.

그렇기에 각하는 올브라이트 가문에서 빠져나온 주술사인 이 남자를 부하로 들였다.

언젠가 올브라이트 가문에 맞설 때를 위한 히든카드로 삼으려고.

(나는 각하에게 선택받은 거다. 실수를 저지른 빅터 손리와는 달라.)

짜증이 날 때, 장래가 불안해질 때면 재능이 있었는데도 파멸하게 된 자를 머릿속에 떠올린다.

아아, 그렇게나 재능이 넘쳤던 이 녀석도, 저 녀석도 실수를 저질러 죽었어. 정말 꼴좋다!

그 녀석들은 진정한 의미의 천재가 아니었다. 그러나 자신은 다르다. 반드시 살아남아 대성할 것이다.

남자가 입술에 어두운 미소를 지으면서 와인잔을 정리하는데, 동료인 남자가 말을 걸었다. 신입인 바르톨로메우스였다.

"앗, 죄송합니다. 잠깐 괜찮을까요. 실은 제가 손가락이 삐어서⋯⋯. 응급처치를 하고 싶으니까 저 대신 장작을 가져와 주실 수 있을까요? 그 대신 내일 준비는 제가 하겠습니다."

남자는 마지못한 표정으로 그 부탁을 받아들였지만, 내심 안도했다. 이제 이 자리에서 벗어날 수 있다.

추격자에게 들킬 리가 없다. 그렇게 자신을 타일렀지만

사실 불안해서 연회장에서 조금이라도 멀어지고 싶어 견딜
수가 없었다.

남자는 랜턴을 들고 저택 뒤에 있는 장작을 패는 오두막
으로 향했다.

자신은 나이를 먹어서 장작을 한 번에 많이 옮길 수 없다.
그렇게 변명하면서 조금씩 옮기며 시간을 때우자.

남자는 그렇게 생각하면서 오두막의 문고리를 잡았다.

"응……? 뭐지, 이건……."

문고리를 쥔 손이 마치 빨려든 것처럼 딱 달라붙어서 떨
어지지 않았다.

깜짝 놀라 랜턴으로 문고리를 비추자, 문고리와 손 사이
에 검은 무언가가 달라붙어 있었다. 그는 그 검고 끈적끈적
한 것의 정체를 알고 있었다.

이건, 주술이 실체화된 것이다.

"『손이 달라붙어서 떨어지지 않는 저주』. 나도 귀여운 여
자아이와 손이 달라붙어서 떨어지지 못하게 되면 좋을 텐
데……."

장작 쪼개는 오두막 뒤에서 슬그머니 나타난 것은, 칠현
인의 로브를 입고 지팡이를 쥔 청년, 3대 '심연의 주술사'
레이 올브라이트.

그리고 그 옆에 서 있는 건 같은 로브를 입고, 입가를 베
일로 가린 조그만 인물, '침묵의 마녀'.

남자는 고민했다.

그는 해주술을 쓸 수 있다. '손이 달라붙어서 떨어지지 않는 저주'도 해주할 수 있다. 그러나 해주술을 쓴다면 자신이 주술사라는 걸 증명하는 꼴이 된다. 그래서 남자는 일부러 당황한 척을 했다.

"이게 어떻게 된 겁니까? 칠현인님?"

당혹감을 내비치면서 묻자, 저택에서 줄곧 침묵을 고수하던 '침묵의 마녀'가 조용히 물었다.

"당신이 10년 전에 올브라이트 가문을 배신한 주술사, 배리 오츠죠? 종복 피터 샘즈 씨……."

* * *

저택에 오고 난 뒤로 줄곧 침묵을 유지하던 모니카가 말을 한 것이 놀라웠으리라. 피터는 깜짝 놀란 표정으로 이쪽을 바라봤다.

종복 피터 샘즈. 잿빛 머리를 가지런히 모은, 마른 체구의 남자다. 입가에는 수염이 나 있고, 나이는 예순을 넘어 보인다.

배리 오츠는 현재 50세 전후, 원래는 풍채가 좋은 검은 머리의 남자였다고 한다. 모습이 변한 것은 올브라이트 가문의 추격자에게서 도망치기 위해서 일부러 그런 것일까, 아니면 도피 생활을 하느라 야윈 것일까.

모니카는 피터에게 차가운 시선을 보내며 덤덤히 말을 이었다.

"사냥에 나섰을 때, 처음으로 주룡과 만난 건 당신과 엘리안느 님 두 사람이었어요."

"아아, 네. 주룡과 마주쳤는데 더들리 님께서 구해 주셔서……."

"다음에 만난 곳은 사냥터 휴게소였어요. 거기에도 당신이 있었죠."

모니카는 지팡이를 품에 안고 자유롭게 움직이는 오른손으로 세 손가락을 세웠다.

"그리고 세 번째. 당신이 아는지는 모르겠지만, 주룡은 계속 움직이고 있었어요. 저주에 이끌려서 이 저택으로 오고 있었죠."

주룡이 향하는 곳에는 반드시 피터 샘즈가 있었다.

그것이 무엇을 뜻하는지 모니카는 알고 있다. 왼손에 저주를 받았을 때, 모니카는 녹룡의 증오를 봤으니까.

"그 녹룡은 자기 자식을 저주해서 죽인 당신에게 복수하려고 했어요."

펠릭스가 쏜 탄환에 미간을 꿰뚫리고, 모니카의 마술에 날개를 꿰뚫려 몸이 너덜너덜하게 썩어 버렸지만, 그럼에도 그 용은 땅을 기어서 계속 움직였다.

그 용이 향한 곳에 있던 건 용의 자식을 죽인 주술사다.

"동물 중에는 용의 마력에 민감한 종이 있어요. 당신이 동물에게 사랑받지 못하는 건, 아마 새끼 용과 접촉했기 때문이겠죠?"

"갑자기 무슨 말씀이십니까, '침묵의 마녀' 님…… 저는 주술 같은 건……."

피터는 입가를 흠칫거리고 떨면서도 고용인이라는 입장을 관철하려 하고 있었다.

모니카는 무영창 마술로 피터 주변에 작은 불을 몇 개 켰다. 그 빛에 비친 남자의 모습을——— 그 몸을 구성하는 숫자를 읽었다.

모니카에게 숫자란 사랑스럽고 아름다운 세상이자 동시에 도피처이기도 했다.

(지금은, 아니야…….)

모니카의 뇌리를 스치는 건, 저주에 괴로워하는 글렌의 모습. 그리고 자식을 잃은 녹룡의 한탄.

세상을 구성하는 숫자를 읽고 진실을 잡아내겠다.

그런 각오를 품고 모니카는 아버지가 한 말을 입에 담았다.

"사람도 물건도 마술도…… 세상은 숫자로 이루어졌어요."

모니카의 말을 듣자, 피터는 채찍에 맞은 것처럼 몸을 떨고 무서운 걸 보는 듯한 눈으로 모니카를 바라봤다.

"저는 주룡의 기억을 봤어요. 그 기억 속에서 어린 용에게 저주를 걸어서 죽인 남자가 있었죠."

용의 기억 속에 있는 남자의 얼굴은 뿌예서 잘 보이지 않았다. 그러나 모니카는 그 몸을 봤다.

신발 사이즈, 다리 길이, 몸통 길이, 팔 길이, 손가락 길이

── 그 모든 걸 기억한다.

"저는 눈으로 본 것의 사이즈를 정확하게 알아맞힐 수 있어요. 주룡이 목격한 주술사와 당신의 몸 사이즈는 완벽하게 일치해요."

모니카는 후드를 눌러쓴 얼굴을 천천히 들어 피터의 몸 사이즈를 봤다.

피터를 제대로 보려고 고개를 들어 올리자, 모니카의 눈매가 드러났다.

빛이 비출 때마다 녹색 기운이 감도는 눈── 그걸 목격한 순간, 피터의 태도가 완전히 바뀌었다.

"헉, 아아…… 우와아아아아아아아아악!"

피터가 주머니에 손을 넣어 무언가를 꺼내 던졌다.

나선형으로 금세공이 들어간 표면 안쪽에 칠흑의 보석이 박힌 장식품이다.

모니카가 주변을 비추려고 켠 불빛을 받고 칠흑의 보석이 젖은 것처럼 빛났다.

그때, 모니카는 검은 보석에서 검은 액체가 걸쭉하게 나와 나선형 금세공을 따라 피터의 발밑에 떨어지는 것을 봤다.

(저건 마도구인가? 아니야…… 주술구야!)

마도구와 주술구는 아주 비슷하다. 둘 다 마력을 조금만 담아도 거기에 들어간 술법을 영창 없이 발동할 수 있다.

뚝, 뚝 지면에 떨어진 칠흑의 액체는 지면 위를 기듯이 이동해 모니카와 레이에게 달려들었다.

저건 주룡에게 달라붙었던 그림자와 똑같은 것이다.

모니카는 대저주용 방어 결계를 펼치려 했다. 그러나 레이가 모니카가 든 지팡이를 한 손으로 눌렀다.

"필요 없어……."

레이는 영창을 중얼거리면서 한 발짝 앞으로 나와 왼손을 앞으로 내밀었다.

레이의 손끝에 새겨진 저주 인장이 보랏빛으로 반짝이며 피부에 떠올랐다. 가느다란 가지를 방불케 하는 보라색 저주 인장은 지면을 기는 칠흑의 저주를 휘감았다.

레이의 저주 인장이 부글거리며 부풀어 오르자, 피터가 날린 저주의 색이 흐릿해졌다. 레이의 저주 인장이 피터의 저주를 먹고 있는 것이다.

눈을 부릅뜬 피터에게 레이가 우울한 목소리로 말했다.

"저주로 나를 죽일 수 있을 것 같냐……? 나는, '심연의 주술사'라고."

피터가 다루는 주술은 어린 용을 죽일 정도로 위험하다. 마력량이 비교적 많은 모니카조차도 머리카락 한 올 정도의 그림자가 팔에 닿는 것만으로 격통을 느껴 졸도했다.

그 정도로 강력한 주술마저 손쉽게 삼켜 버리는, 리디르 왕국에서 가장 뛰어난 주술사.

그것이 올브라이트 가문의 당주, 3대 '심연의 주술사' 레이 올브라이트다.

피터의 저주를 먹어 치운 레이가 낮은 목소리로 내뱉었다.

"무척이나…… 수준에 안 맞는 주술에 손댔군. 그 늙고 야윈 몸은…… 주술의 반동 때문에 그렇겠지?"

주술은 사용자의 몸을 침식하며 때때로 변이시키는 위험한 술법이다.

레이는 어린 시절부터 조금씩 몸에 주술이 익숙해지게 했기에 머리털과 눈 색이 변하는 정도로 그쳤지만, 피터 샘즈의 경우, 그게 노화라는 형태로 나타난 것이리라.

피터 샘즈—— 본명, 배리 오츠는 현재 50세 전후, 예전에는 검은 머리에 풍채가 좋은 남성이었다고 한다.

그러나 눈앞에 있는 건 마르고 야윈 노인이다. 실제 연령보다 열 살 이상 늙어 보인다.

"널 위해 충고하지. 몸이 심연에 삼켜지기 전에 투항해라."

"젠장…… 올브라이트의 괴물 놈!"

욕설을 내뱉은 피터의 오른손이 문고리에서 떨어졌다. 그는 주술구를 기동하는 사이에 해주술을 사용한 것이다.

피터는 야윈 몸을 뒤로 돌려서 내달렸다.

이대로 놓칠 수는 없다.

모니카가 쫓아가야 한다며 달리려던 그때, 레이가 지팡이에 매달리면서 쪼그려 앉았다.

레이는 한 손으로 입을 가리고는 가뜩이나 안 좋은 안색이 더욱 나빠진 채 신음했다.

"저주가 소화 불량을 일으켰어……. 생각보다 강한 주술이었어…… 우웩."

피터가 다루는 주술은 어린 용을 죽일 만큼 흉악하다. 그걸 먹고 우웩이라는 말로 끝나다니 충분히 대단하다.

"저, 저, 쫓아갈, 게엽!"

"부탁해…… 우웁!"

모니카는 엉기적거리며 열심히 달려서 피터를 쫓았다.

피터에게 공격 마술을 쓰고 싶었지만, 뜰을 속속들이 알고 있는 피터는 재주 좋게 정원수 틈새로 숨으면서 이동했다. 어두워서 시야가 안 좋아 아무래도 공격하기 힘들다.

조명용 불을 늘리고 싶지만, 이 주변에는 정원수가 많아서 불이 옮겨붙기라도 하면 대참사가 벌어진다.

(그렇다면…….)

모니카는 무영창으로 마술을 발동해 지팡이로 지면을 탁 두드렸다. 모니카가 발동한 것은 주변의 흙에 마력을 부여하는 간단한 마술이다.

곧바로 정원에 있는 꽃 일부가 아련하게 빛나며 개화해서 하얀 빛의 알갱이를 방출했다.

이 정원에는 '정령의 여관'이라 불리는, 마력을 흡수해서 방출하는 성질을 가진 꽃이 있다.

모니카는 땅에 마력을 부여해서 '정령의 여관'을 개화시켜 그 빛을 조명 대신으로 삼은 것이다.

이러면 불이 옮겨붙어 화재가 일어날 걱정도 없고, 한 번 꽃에 마력을 부여하면 술법을 유지하지 않아도 계속 빛이 난다.

꽃의 빛이 닿는 범위에 피터는 보이지 않았다. 아마 빛이 안 닿는 나무 뒤에 숨어서 이쪽의 빈틈을 엿보는 것이리라.

피터는 다수의 주술구를 소유했을 것이다. 섣불리 공격했다가는 반격당할 우려가 있다.

——그렇다면 그늘에 숨어 이쪽을 노리는 피터를 끄집어낼 뿐.

모니카는 지팡이를 쥔 손에 힘을 담아 의식을 집중했다. 머릿속에서 막대한 숫자가 맴돌았다. 모니카는 그 숫자를 마술식으로 완벽하게 재현했다.

"그 눈에 새기세요……."

움켜쥔 지팡이가 아련하게 빛났고, 그 빛에 반사된 모니카의 동그란 눈이 녹색으로 반짝였다.

'침묵의 마녀'는 침묵을 깨고 무자비하게 선고했다.

"당신의 저주가 불러온 것을."

피터 샘즈는 어둠 속에 숨어서 때를 엿보고 있었다. 피터의 수중에는 아직 주술구가 있다.

살아있는 인간을 꼭두각시로 만드는 꼭두각시 저주……의 실패작이다. 원래는 생물을 꼭두각시로 만들려던 것이지만, 힘이 너무 강한 나머지 저주한 상대를 죽여 버린다.

그러나 이 상황을 돌파하는 데 쓰기에는 충분하다. 이런 상황에서 상대의 생사를 신경 쓸 겨를은 없다. 상대는 칠현인이니까.

(뭐가 칠현인이고 뭐가 천재란 말이냐. 이런 괴물 집단 같으니라고!)

피터는 우수하다. 그래서 알 수 있다.

피터의 저주를 역으로 먹어 치운 '심연의 주술사'도, 무영창으로 고도의 마술을 사용하는 '침묵의 마녀'도 천재라는 틀에서 벗어난 괴물이다.

(조금이라도 빈틈을 보이면 저주해서 죽여 주마!)

피터가 주머니 속의 주술구를 움켜쥔 그때, '침묵의 마녀'의 모습이 검고 거대한 그림자에 뒤덮였다.

(뭐지? 저건?)

땅을 기는 거구―― 녹색 비늘로 뒤덮인 몸을 검은 그림자가 침식하고 있었다.

아름다운 날개는 구멍투성이가 되어 걸레짝 같았고, 입안은 타서 짓물렀고 축 늘어진 혀는 타서 변색되었다.

커다란 금색 눈은 하얗게 혼탁해져서 생기가 느껴지지 않는다. ――그런데 갑자기 그 눈이 데구르르 움직여 피터를 바라봤다.

그 눈에 깃든 증오를 느낀 피터는 곧바로 비명을 질렀다.

"아, 아아, 허억, 아아아!"

저건 저주를 먹은 녹룡이 아닌가. 어째서 이런 곳에 있는 것인가. 어째서 아직 살아 있는가.

거구가 질질 땅을 기어 피터에게 육박했다.

"우와아아아아아아아악!"

피터는 참지 못하고 나무 그늘에서 뛰쳐나왔다.

나무 그늘에서 뛰쳐나와 곧바로 도망치는 피터를 확인한 모니카는 환술을 풀었다.

환술은 마술 중에서도 특수한 위치에 있는, 매우 고도의 술법이다. 솔직히 말하면 모니카도 무영창으로 쓸 수는 있지만 완벽하게 구사하지는 못한다.

모니카는 환술을 쓰는 동안에는 움직일 수 없고, 다른 마술도 쓸 수 없다.

또한, 재현한 환상은 그리 정교하지 않고 실물과 거리가 멀며 환술을 움직이면 무척 부자연스러워진다.

그래서 모니카는 어지간하면 환술을 쓰지 않는다. 생물을 완벽하게 환술로 재현할 수 있다면 벌써 자신의 환술을 만들어 각종 행사에 보냈을 거다.

(지금이 밤이라서 다행이었어……)

밤에는 시야가 좋지 않아서 환술의 부자연스러움을 잘 얼버무릴 수 있었다.

환술의 움직임이 어색하더라도 죽어 가는 녹룡임을 감안하면 그렇게까지 부자연스럽지는 않았다.

피터는 도망치면서 헉, 하고 외치고는 저택 모퉁이를 돌았다. 거기까지는 모니카가 예상한 대로다.

바로 안쪽에서 피터의 비명과 개 짖는 소리가 들렸다.

모니카는 파닥거리며 달려서 피터를 쫓아 저택 모퉁이를 돌았다.

"여어, 꼬마. 들은 대로 대기하고 있었다고."

모니카가 저택 모퉁이를 돌자, 그곳에는 개에게 다리가 물려 엉덩방아를 찧은 피터와 사냥개를 이끄는 검은 머리의 고용인—— 바르톨로메우스 바르가 있었다.

바르톨로메우스는 모니카를 보고 살짝 한 손을 들었다.

"하하! 어때? 난 유능한 남자지?"

"고맙, 습니다. 개를, 물려 주실래요?"

바르톨로메우스가 사냥개에게 물러나라고 명령하자, 사냥개는 재빨리 피터에게서 멀어졌다. 그걸 확인한 모니카는 즉시 피터의 주변에 방어 결계를 쳤다.

피터가 가증스럽다는 듯 얼굴을 일그러뜨리며 움켜쥔 주술구를 들었다.

검은 보석에서 흘러나온 검은 그림자가 가느다란 뱀처럼 형태를 바꿔 결계를 깨려 했다. 그러나 검은 뱀은 보이지 않는 벽에 막혀서 땅에 떨어졌다.

모니카는 무표정한 얼굴로 피터를 바라봤다.

"소용없어요. 대저주용 술식을 넣어 놨으, 니까요."

"젠장. 젠장젠장젠장젠장젠장!"

입가에 거품을 물고 울부짖는 피터를 본 바르톨로메우스가 안쓰러워하는 듯도 하고 슬픈 듯도 한 시선을 보냈다.

"설마 댁이 정말로 주술사였을 줄이야. 피터 할아범……."

피터는 이미 바르톨로메우스를 보고 있지 않았다.

확 부릅뜬 눈으로 모니카를 바라보며 몸을 떨고 있다.

어째서 피터는 이렇게나 무서운 걸 보는 듯한 눈으로 모니카를 바라볼까? 저 당황한 모습은 마치 죽은 사람을 만난 것 같지 않은가?

피터는 떨리는 목소리로 허덕였다.

"역시 넌 나를 용서하지 않는구나……. 베네딕트 레인."

모니카의 사고가 한순간 멈췄다.

"어……?"

바르톨로메우스는 그게 누구냐며 의아한 표정을 지었지만, 모니카는 그 이름을 알고 있다. 잊을 리가 없다.

베네딕트 레인——. 그것은 7년 전에 처형당한 모니카의 아버지 이름이다.

(어째서, 아버지의 이름을…….)

모니카는 혼란에 빠졌지만, 피터가 일으킨 착란은 그 이상으로 심각했다.

피터는 비지땀을 흘려 온몸이 축축하게 젖은 채 자기 얼굴을 쥐어뜯었다.

"아아, 아아아, 죽어서도 여전히 나를 몰아세우려는 거냐, 베네딕트! 너를 각하께 팔아넘긴 내게 복수하는 거냐……!"

핏발 선 눈은 이미 모니카를 보고 있지 않았다. 모니카를 통해, 여기에 없는 죽은 자를 보고 있다.

피터는 경련하는 입술을 일그러뜨리며 웃었다.

"아아, 아아, 하, 하하, 하하하, 아서의 전철을 밟을 것 같으냐! 나는, 나는, 그분에게…… 각하께 인정받아서…… 히힛, 히하, 하하하하하하하!"

피터는 주술구를 움켜쥔 손을 앞으로 내밀었다. 그 손에 든 주술구는 조금 전과 비슷했지만 두 배 정도 더 컸다.

손에 든 주술구에서 검은 그림자가 떨어지더니 조금 전보다도 강하고 크게 부풀어 올랐다.

(아까보다, 위력이 강해!)

대저주용 결계로 막을 수 있을까? 초조해진 모니카는 이를 악물었지만, 그림자는 예상 밖의 움직임을 보였다.

부풀어 오른 검은 그림자가 모니카의 결계가 아니라 피터의 팔에 달라붙은 것이다.

"어……?"

놀란 목소리를 낸 것은 모니카만이 아니었다. 피터조차도 경악한 눈으로 자신의 팔을 바라봤다.

"잠깐, 아니야. 이쪽이 아니라고. 너의 사냥감은…… 흐억, 아악!"

피터는 크게 입을 벌렸지만, 그 입에서 비명이 새어 나오는 것보다 빠르게 그림자가 입안에 들어갔다. 주술이 폭주한 것이다.

"이봐, 피터 할아범!"

바르톨로메우스가 거칠게 외쳤지만 이미 늦었다.

모니카의 마술로는 주술의 침식을 막을 수 없다. 무엇보다 저주의 침식이 무시무시하게 빨랐다. 눈 두 번 깜빡일 시간에 피터의 온몸이 검게 물들었고 땅에 쓰러져서 움직이지 않게 되었다.

온몸이 저주에 침식되어 영락한 주술사가 입술을 떨며, 마지막 말을 꺼냈다.

"베네딕트…… 이건, 너의 복수인 것이냐……."

사람 형태를 한 검은 그림자는 스르륵 무너졌고 재가 되어 바람에 흩날리듯 사라졌다.

남은 건 칠흑의 보석에 금세공이 된 주술구뿐이었다.

(어, 째서……?)

모니카는 눈앞의 충격적인 광경을 당최 이해할 수 없었다.

뭣보다 피터가 남긴 말이 모니카의 혼란을 가중시켰다.

(어째서, 아버지의, 이름이?)

모니카의 아버지 베네딕트 레인의 죽음에 피터가 관련되어 있었다. 피터는 모니카의 아버지를 누군가에게 팔아넘긴 것이다. 아마…… 피터가 각하라고 부른 인물에게.

그 각하라는 사람이 이번 주룡 소동의 흑막인 걸까?

모니카는 고개를 숙이고 떨리는 손으로 얼굴을 가렸다.

(어째서, 용을 저주한 주술사가, 아버지를 알던 거야?)

"이봐, 꼬마. 괜찮냐? 이봐."

바르톨로메우스의 걱정하는 목소리는 모니카의 귀에 닿지 않았다.

손가락 틈새로 엿보이는, 녹색 기운이 감도는 갈색 눈이 흐릿해졌다.

가슴이 괴롭다. 호흡할 때마다 죽은 주술사의 잔재를 빨아들이는 것 같아서 구역질이 난다.

어째서? 왜? 그런 의문이 수없이 떠올랐다. 그러나 그 의문에 대답할 사람은 없다. 진실을 아는 남자는 눈앞에서 저주에 먹혀 버렸다.

모니카가 안 것은 단 하나.

(아버지는, 누군가의 음모로 죽은 거야…….)

눈꺼풀 안쪽으로 스쳐 지나간 건 불타는 아버지의 모습.

귓속에서 되살아난 건 아버지를 단죄한 집행인의 목소리.

──이자, 베네딕트 레인은 비밀리에 1급 금술 연구를 진행하며 국가 전복을 꾀했다. 따라서 여기서 화형에 처한다. 우리의 위대한 정령신의 불에 타올라, 그 몸에 깃든 죄를 정화하도록!

(아냐. 아냐. 아냐! 아버지는, 죄인 같은 게 아니야!)

모니카는 거친 숨을 몰아쉬면서 피터가 남긴 주술구를 노려봤다.

이것은 분명 진실을 손에 넣을 열쇠다.

(아버지, 기다려요…….)

모니카는 주술구를 집어 들어 작은 손으로 움켜쥐고 맹세했다.

(내가, 아버지가 죄인이 아니라는 걸, 증명할 테니까.)

나무에 묶인 아버지에게 돌을 던지는 사람들이나, 아버지의 책을 불태우는 집행관 앞에서 어린 모니카는 아무것도 할 수 없었다.

지금의 모니카는 이제 무력한 아이가 아니다. 칠현인 '침묵의 마녀' 다.

모니카는 쪼그려 앉아 주술구를 줍더니 천천히 일어나서 걱정스럽게 이쪽을 바라보는 바르톨로메우스를 올려다봤다.

"바르톨로메우스 씨에게, 부탁이, 있어요."

"응? 어?"

주술을 알고 있던 펠릭스.

자신이 만든 저주에 먹힌 주술사 피터.

피터가 입에 담은 각하와 아서라는 두 인물.

이것들 모두가 이번 주룡 소동뿐만 아니라 모니카 아버지의 죽음과 연결되어 있을지도 모른다.

모니카는 진실을 알고 싶었다. 그리고 아버지의 명예를 되찾고 싶었다.

그걸 위해서는 세렌디아 학원 바깥에서 움직여 줄 협력자가 필요하다.

"제가, 당신을, 고용하고, 싶어요."

11장 각자의 귀성

시릴의 고향인 아셴다르테는 리디르 왕국 남서부에 위치한 도시다.

특산품은 직물로, 이 도시의 여자들은 다들 철이 들 무렵부터 길쌈하는 법을 배운다.

시릴의 어머니도 집에서는 언제나 직조기 앞에 앉아서 형형색색의 실을 짜서 아름다운 문양의 천을 만들었다.

최근에는 수력을 이용하는 자동 직조기가 나타나서 수직물(手織物)은 쇠퇴해 가고 있지만, 아셴다르테의 수직물과 아셴드 옷감은 그 정교한 문양과 선명한 색 때문에 국내외를 불문하고 예로부터 인기가 있다.

오랜만에 찾아온 고향은 시릴의 기억 속 거리와 비교하면 달라진 부분이 많았다. 그래도 이곳저곳에서 타닥거리는 직조기 소리가 들려오는 건 어린 시절 그대로였다.

승합 마차에서 내린 시릴은 여행 가방을 들고 그리운 거리를 홀로 걸었다.

양아버지 하이온 후작은 귀성할 때 자신이 가진 마차를 써도 좋다고 말했지만, 시릴은 그걸 정중하게 거절했다. 한 눈에 봐도 귀족용이라는 걸 알 수 있는 마차는 그의 본가 옆에 세워 두면 눈에 띄기 때문이다.

어머니는 눈에 띄는 걸 싫어한다. 그래서 시릴은 하이온 후작에게 받은 질 좋은 옷이 아니라 수수한 여행 복장에 모자를 썼다.

윤기 나는 은발에 진한 파란색 눈과 화사한 얼굴—— 척 봐도 귀족 같은 용모를 가진 시릴은 언제나 주변 아이들 사이에서 붕 떠 있었다.

그 점을 시릴보다도 어머니가 훨씬 신경 썼던 걸 지금도 기억한다.

어머니는 언제나 시릴에게서 아버지의 그림자를 보며 두려워했다. 언젠가 시릴도 아버지처럼 되지 않을까 하고.

시릴은 모자를 깊게 눌러쓰고 시선을 발밑으로 내린 채 걸었다.

주변 사람이 두려움이 섞인 기이한 시선으로 바라보는 건 익숙하다. 그러나 어머니에게서 그런 시선이 날아오는 것만큼은 참을 수가 없었다.

시릴이 자란 집은 몇 년이 지난 지금도 변함없이 같은 곳에 있었다.

하이온 후작은 시릴의 어머니에게 일하지 않아도 살아갈 수 있게 금전적인 지원을 하고 있지만, 그래도 어머니는 옛날과 변함없는 생활을 이어가고 있다.

시릴은 침을 꿀꺽 삼키고 문 앞에 우두커니 섰다. 문을 노크하려고 들어 올린 오른손이 부자연스럽게 멈췄다.

만약 이 문을 열고 "다녀왔습니다."라고 했다가…… 어머니께 "여기는 네 집이 아니잖니."라는 말을 들으면 어쩌지. 그런 생각이 머리를 스쳤다.

"큭……."

자기 집인데도 '다녀왔습니다.' 라는 한마디조차 못하는 시릴은 갈등 끝에 하나의 결론에 도달했다.

(그래. 우선은 '오랜만입니다.' 라고 말하자. 그러면 자연스럽게 대화를 이어 갈 수 있어. 그렇게 우선은 어머님의 낌새를 엿보고…….)

"어라, 어서 오렴."

뒤에서 목소리가 들려오자 시릴은 자칫 짐을 떨어뜨릴 뻔했다.

어색하게 돌아보자, 뒤에는 빗자루를 든 어머니가 서 있었다. 아무래도 집 주변을 청소하던 모양이다.

시릴은 이것저것 고민하던 것도 잊은 채 황급히 입을 열었다.

"다, 다녀왔, 습니다!"

이래서야 앞으로 모니카 노튼을 보고 마냥 웃을 수 없다. 그만큼 처참하게 갈라진 목소리였다.

어머니는 어딘가 멍한 얼굴로 시릴을 보다가 빗자루를 벽에 세우고 집의 문을 열었다.

"춥지? 지금 난로에 불을 넣을게."

"제, 제가, 하겠습니다!"

"그러니? 그럼 부탁할게."

당연한 듯이 자신을 의지한 것만으로도, 다녀왔다는 말을 받아준 것만으로도 시릴은 눈물이 나올 만큼 안심했다.

오랜만에 온 본가는 겉모습과 마찬가지로 시릴의 기억과 다른 부분이 거의 없었다.

방구석에는 업무에 쓸 직조기가 놓여 있었는데 형형색색의 실이 아름답고 치밀한 문양을 그렸다.

군청색 천에 광택이 있는 실로 자아낸 하얀 장미. 장미는 잘 보니 미묘하게 광택이나 색감이 다른 실을 몇 종류씩 써서 입체감 있게 완성됐다.

난로에 불을 넣자, 어머니는 물을 끓여서 차를 탔다.

"받으렴."

감사합니다.

차를 받은 시릴은 긴장해서 선물을 꺼내지 않았다는 걸 떠올리고는 황급히 가방 안에서 종이로 포장된 물건을 꺼냈다.

"저기, 이건…… 선물입니다. 부디 써 주세요."

어머니는 내용물을 확인하려는 듯 살짝 포장을 열고 눈을 조금 깜빡였다.

"비누?"

"저기, 후배들과 함께, 골랐습니다. 다양한 향이 나는 제품이 있었지만…… 가장 차분한 향기가, 이것이어서……."

"좋은 향기네."

어머니가 살짝 웃는 걸 본 시릴은 입가의 힘을 풀었다.

(이 비누로 골라서 다행이야……. 노튼 회계에게 감사해야겠어.)

시릴은 남몰래 안도의 한숨을 내쉬고 컵을 들었다. 어린 시절부터 사용하던 시릴의 컵이다.

이 컵이 남아있어서 다행이다. 손님용이 아니라 이 컵에 차를 받아서 다행이다.

그런 생각을 하면서 컵에 입을 댔다.

고양이 혀인 시릴이 마시기 편하게 적당한 온도로 탄 차는 이미 달았다. 어린 시절부터 시릴이 좋아했던 맛이다.

한 모금 홀짝이자, 그리움에 가슴 안쪽이 조여들었다.

오랜만에 얼굴을 마주한 모자는 한동안 대화도 나누지 않은 채 말없이 차를 마셨다.

그렇게 컵의 내용물이 절반 정도 줄어들자, 어머니가 딱딱한 말투로 말했다.

"학원 생활은 어떠니?"

시릴은 긴장되어 등을 쭉 폈다.

본가로 향하는 마차 안에서 줄곧 무슨 이야기를 할지 고민했었는데, 막상 어머니와 마주하자 머릿속이 새하얘져서 말이 잘 안 나왔다.

애초에 학원 생활에 관한 건 언제나 편지에 쓰고 있어 새로운 화제가 떠오르지 않았다.

시릴은 테이블에 컵을 놓고 고민했다.

(그래. 이럴 때는 전하의 이야기를 하자.)

시릴은 펠릭스 이야기라면 해가 저물 때까지 말할 자신이 있었다.

엘리엇은 시릴이 펠릭스 이야기를 하면 유감스러운 시선으로 바라본다. 반대로 시릴은 엘리엇이 늘 전하에게 경의가 부족하다고 생각한다.

"학생회의 일은 순조롭습니다. 올해는 회계가 교체되기도 해서 조금 허둥댔지만, 전하의 훌륭한 수완으로 모든 행사를 막힘없이 끝내서, 다시금 전하의 뛰어난 지휘 능력에 감탄했습니다. 특히 학원제에서 전하의 인사가……."

"펠릭스 전하가 아니라, 너의 이야기를 듣고 싶어."

시릴은 나직하게 나온 말을 듣고 굳었다.

시릴은 잠시 시선을 방황하고는 어색하게 입을 열었다.

"저기, 제 이야기 같은 건…… 거의 다 편지에 적어서요."

"편지에 적힌 것과 똑같은 얘기라도 상관없어. 너의 입으로 듣고 싶어……."

시릴은 얼굴을 굳히고 침묵했다.

어린 시절, 저잣거리의 학교에 다닐 때에는 시험 점수가 좋았던 것이나 교사에게 칭찬받은 것을 어머니께 자랑스럽게 이야기했는데 지금은 자기 이야기를 입에 담기가 무서웠다.

──어머님. 오늘은 시험에서 만점을 받았습니다. 제가 최고였어요!

그렇게 의기양양하게 보고할 때마다. 어머니는 한숨을 섞으며 그러냐고 중얼거리고는 눈을 돌렸다.

편지를 쓴다면 지금까지 있었던 일을 차분하게 회상하며 보고하겠지만, 직접 이야기하게 되자 어머니가 보일 반응이 두려워서 혀가 얼어붙었다.

하지만 줄곧 입을 다물고 있을 수는 없다.

게다가 어머니에게는 보고해야만 하는 소식이 있었다.

"신년 인사 때…… 저도 성에, 함께 가게, 되었습니다."

신년 인사란 새해 첫날에 성에서 진행되는 식전이 끝나고, 일주일에 걸쳐 온 나라의 귀족들이 순서대로 성을 찾아 국왕에게 인사하는 행사다.

이 신년 인사는 기본적으로 작위를 가진 이들만 참가하고, 그 가족은 대기하는 것이 관례다.

단, 언젠가 작위를 계승할 예정인 적남만큼은 동행이 허락된다.

그리고 하이온 후작은 올해 신년 인사 때 시릴을 데리고 가겠다고 선언했다.

그건 즉, 양자인 시릴이 하이온 후작에게 계승자로 인정

받았다는 걸 뜻한다.

후작의 양자가 된 지 몇 년이 지났지만, 시릴은 언제나 불안했다. 자신이 두뇌 면에서 클로디아에게 뒤떨어진다는 건 누가 봐도 명백하다.

자신만의 특기라도 가져 보겠다고 마술을 익혔지만, 마력 과잉 흡수증을 일으켰다.

자신은 헛돌고 있다.

기대에 부응하지 못하고 있다.

이대로 가면 후작에게 버림받지 않을까──.

시릴은 언제나 그런 불안감에 시달렸다.

그래도 요 몇 달 동안에는 돌봐 줘야 하는 후배들 때문에 그런 불안을 느낄 새도 없을 정도로 바빴지만…….

겨울방학에 본가로 돌아간 시릴은 하이온 후작에게 신년 인사 얘기를 듣고 울면서 쓰러질 뻔했다. 그 정도로 기뻤다.

그러나 동시에 불안감도 치솟았다.

──어머님이 이 이야기를 들으면 어떤 표정을 지으실까?

몇 번을 상상해도 기억 속의 어머니는 한숨을 내쉬면서 이렇게 말했다.

『아아, 너는 역시 귀족 집 아이구나.』

만약 또 똑같은 말을 듣는다면……. 그런 두려움에 시릴의 손끝이 떨렸다.

어머니의 얼굴을 보는 게 무섭다. 어머니가 포기한 듯한 표정으로 한숨을 내쉰다면 어떻게 해야 좋을까.

고개를 수그린 시릴에게, 어머니가 나직하게 말했다.

"애썼구나……."

시릴의 가느다란 어깨가 흔들렸고 아래를 보고 있던 얼굴이 천천히 올라갔다.

맞은편에 앉은 어머니는 부드러운 표정을 짓고 있었다.

"학원제에서 나를 안내했던 아이가 말했단다. 너는 언제나 세심하게 일을 가르쳐 주고…… 다정하다고."

"네……?"

"그런 너를 하이온 후작님도 제대로 지켜보셨던 거겠지."

뿌예진 시야 한구석에 비친 것은 어머니의 직조기.

어머니가 길쌈하는 모습을 보는 걸 좋아했다. 어린 시릴은 타당거리는 소리에 맞춰서 조금씩 아름다운 문양이 생겨나는 모습을 늘 이 자리에서 보고 있었다.

『하나하나 착실히 조금씩 세심하게 짜는 게 중요하거든.』

그래서 시릴은 착실하게 하나하나 세심하게 노력했다.

마음속으로 어머니가 말한 "애썼구나."라는 한마디를 되풀이한 시릴은 울면서 웃는 듯한 얼굴로, 그럼에도 자랑스럽게 대답했다.

"저는 당신의 아들이니까요."

＊ ＊ ＊

리디르 왕국 제2왕자 펠릭스 아크 리디르가 파르포리아

왕국과의 외교를 마치고 레인부르그 공작 저택을 떠난 것은 체류한 지 8일째 되는 날이었다.

주룡과 마주쳤다는 큰 사건이 있었지만—— 아니, 이 소동이 있었기에 무역 협상은 놀라울 정도로 순조롭게 끝났다. 주룡을 격퇴하자, 무역 확대에 반대했던 파르포리아 왕국의 마레 백작이 알기 쉽게 의견을 굽혔기 때문이다.

함께 위험을 넘어서자, 파르포리아 왕국의 손님들은 펠릭스 일행에게 연대감 같은 걸 가진 모양이었다.

앞으로는 용 재해 대책을 위해 리디르 왕국과 파르포리아 왕국의 정보를 공유하거나 합동 연습도 하기를 희망한다고 펠릭스가 제안하자, 파르포리아 측 사자들은 안색을 바꾸며 달려들었다.

현재 용 재해 대책은 나라마다 달라서 국가끼리 협력하는 일은 별로 없다.

그러나 여기서 리디르 왕국과 파르포리아 왕국이 협력 체제에 들어간다면 용 재해 대책에서 다른 나라보다 앞설 수 있고, 무엇보다 양국의 관계가 더욱 돈독해진다.

펠릭스는 이번 외교에서 파르포리아 왕국에서 수입하는 밀의 양을 늘리는 것만이 아니라 관계를 강화할 계기도 얻은 것이다. 이 성과는 크다.

커다란 재앙이었던 주룡을 물리치고 이웃 나라와의 외교에서도 성과를 냈으니까 제2왕자파 귀족은 무척 기뻐할 것이다.

(뭐, 그 주룡은 크록포드 공작이 꾸민 인재였지만.)

펠릭스는 성으로 돌아오는 마차 안에서 멍하니 창밖의 경치를 바라보면서 레인부르그 공작령에서 있었던 일을 회상했다.

어젯밤, 레인부르그 공작 저택에서 한 명의 고용인이 자취를 감췄다. 피터 샘즈라는 노종복으로, 펠릭스가 이 저택에 왔을 때부터 눈여겨봤던 인물이다.

아마 그 남자가 이번 주룡 소동을 꾸민 것이리라. 펠릭스를 영웅으로 끌어올리기 위해.

(사실은 내가 주룡을 무찌르는 시나리오였지만, 주술이 폭주하고 말았지. 하마터면 나를 죽일 뻔했던 피터는 크록포드 공작에게 책망받는 게 두려워서 도망친 걸까?)

엘리안느를 비롯한 레인부르그 공작 일행은 실종된 피터를 걱정했다.

주룡에게 습격받았을 때부터 피터는 매우 두려워했다고 한다. 분명 그 일로 마음이 병들어 레인부르그를 떠난 게 아니냐는 소문이 자자했다.

(크록포드 공작도 슬슬 수단을 가리지 않게 되었네.)

펠릭스는 레인부르그 공작 저택을 떠나기 직전에 한 통의 편지를 받았다.

거기에 적힌 내용을 요약하면 제3왕자파가 제2왕자파 밑으로 들어오게 되었다는 것이다.

아무래도 제3왕자의 어머니인 필리스 비와 크록포드 공작 사이에서 모종의 거래가 있었던 모양이다.

원래부터 제3왕자파는 소수 세력이라 차기 국왕 자리에서 가장 먼 위치에 있었다. 그래서 필리스 비는 자기 자식의 앞날을 염려해서 재빠르게 크록포드 공작 측에 붙은 것이리라.

그러면 제3왕자가 국왕이 되지 못하더라도 어느 정도의 지위는 보장된다.

(국왕은 병으로 쓰러졌어. 제2왕자는 주룡을 무찌른 영웅으로 높이 평가받았지. 그리고 제3왕자파는 이쪽에 붙었고……. 왕위 교체의 때가 가까워졌어.)

펠릭스가 차기 국왕이 되기 위한 토대는 거의 완성됐다고 봐도 좋다.

크록포드 공작의 입맛에 맞는 인형으로 행동하던 펠릭스도 슬슬 움직여야 한다.

용을 꼭두각시로 쓰려던 주술사 피터 샘즈. 정신 간섭 마술 연구를 하던 세렌디아 학원의 전직 교사 빅터 손리. ──크록포드 공작이 모은 이들의 연구 내용을 보면 그 목적이 보인다.

(나를 진짜 꼭두각시로 만들고 싶겠지? 크록포드 공작?)

정신 간섭 마술은 타인의 기억이나 정신에 간섭할 수 있지만, 사람을 완전히 뜻대로 부리는 술법은 아직 없다.

크록포드 공작은 우수한 마술사나 주술사를 모아서 완전한 꼭두각시를 만드는 술법을 개발하여 나라를 장악하려하고 있다.

물론 가장 경비가 엄중한 곳에 있는 국왕 폐하를 직접 꼭두각시로 만들기는 어렵다.

그러나 자기 손자인 펠릭스라면 술법을 걸 기회는 얼마든지 있다.

(크록포드 공작에 대항하려면 패가 필요해. 다행히 이번 일로 개인적인 수확이 컸지.)

첫 번째 수확은 글렌 더들리와의 교류.

글렌의 스승인 '결계의 마술사'는 제1왕자파지만, 글렌은 딱히 정치 투쟁에 흥미가 없는 모양이다.

(글렌이 가진 막대한 마력은 매력적이야. 분명 이번 사건을 거쳐 성장하겠지.)

글렌은 미래의 칠현인 후보다. 지금부터 고삐를 잘 쥘 수 있다면, 분명 장래에 도움이 될 것이다.

가능하면 글렌과는 앞으로도 우호적인 관계를 쌓고 싶었다. 펠릭스는 글렌의 재능을 높이 평가하고, 그 꾸밈 없는 인품도 꽤 마음에 들었다.

(그리고 또 하나의 수확은⋯⋯.)

펠릭스는 짐 속에서 종이 다발을 꺼내 입가에 살짝 미소를 지었다.

그것은 '침묵의 마녀'가 첨삭한 리포트다.

공무나 학원 생활을 하면서 짬짬이 적었던 논문을 동경하는 마술사가 봐주는 날이 올 줄이야. 마치 꿈만 같다.

(그 사람에게 한 발짝 다가섰어.)

워건의 흑룡조차 거느린 위대한 마술사──. '침묵의 마녀'는 세렌디아 학원에 있다.

학생일까 교사일까 아니면 그 밖의 고용인일까. 아무튼 찾아내는 건 그리 어렵지 않으리라.

'심연의 주술사'의 말에 따르면 '침묵의 마녀'와 글렌 더들리가 받은 저주는 멍은 사라지더라도 통증은 한 달 정도 남는다고 한다.

그렇다면 세렌디아 학원 관계자 중에 여성이고 왼손을 다친 인물을 찾으면 된다.

(맨얼굴의 그녀를…… 이제 곧 만날 수 있어.)

펠릭스는 참을 수 없는 기쁨을 느끼며 작게 큭큭거렸다.

"어서 오시지요, 형님."

성으로 돌아온 펠릭스를 맞이한 건 제3왕자 앨버트였다.

앨버트는 올해 14세로, 똑똑해 보이며 인상에 곱슬거리지 않는 금발과 헤이즐넛색 눈의 소년이다.

펠릭스를 대하는 태도는 정중했지만, 나이에 비해 예리한 눈은 방심하지 않고 펠릭스를 바라보았다.

"마중 와 줘서 고마워, 앨버트. 폐하의 상태는 어떻지?"

"그다지 좋지는 않다고 하네요. 의사 말로는 면회도 어렵다고 해요. 그래도 신년 식전에는 나오신다고 하지만요."

"그렇구나."

앨버트는 슬픈 표정을 짓는 펠릭스를 탐색하듯 가만히 올려다봤다.

크록포드 공작의 편지에는 제3왕자파가 왕위를 포기하고 이쪽에 붙는다고 했지만…… 아무래도 앨버트는 그게 납득이 되지 않는 모양이다.

앨버트의 어머니인 필리스 비는 아들을 차기 국왕으로 세우는 걸 포기한 모양이지만, 정작 앨버트는 그 사실을 받아들이지 못한 거다.

펠릭스는 푸른 눈을 가늘게 뜨고 어디까지나 다정한 형의 얼굴로 말했다.

"엘버트. 미네르바를 자퇴하고 세렌디아 학원에 편입한다던데."

"네……."

앨버트의 얼굴이 벌레 씹은 것처럼 일그러졌다.

미네르바는 마술사 양성 기관의 최고봉이라는 점에만 주목하기 쉽지만, 또 하나의 특징이 있다. 그것은 정치적으로 중립을 지킨다는 점이다.

미네르바에 다니던 앨버트가 크록포드 공작 산하에 있는 세렌디아 학원에 편입한다는 건 제2왕자파의 아래로 들어간다는 뜻이다.

아마 앨버트가 바란 게 아니라 필리스 비가 그렇게 시킨 것이리라.

"귀여운 동생과 같은 학원에 다니다니 기쁘네. 세렌디아 학원은 설비도 교사도 수업 내용도 일류야. 필리스 비의 기대에 부응하도록 공부에 힘쓰도록 해."

필리스 비의 기대―― 그건 즉, 왕위 계승 분쟁에서 손을 떼고 그런대로 괜찮은 지위에 올라 어머니의 체면을 세우라는 뜻이다.

그걸 앨버트도 아는 것이리라.

아직 자신의 감정을 제어하지 못한 앨버트는 뺨을 실룩거리며 굴욕에 몸을 떨었지만, 최대한의 성의를 담아 답했다.

"네……. 형님처럼 훌륭한 사람이 되도록 노력하겠습니다."

앨버트 뒤에는 펠릭스에게 말을 걸려고 하는 대신들이 대기하고 있었다. 이 이상 앨버트와 이야기를 나눌 필요는 없으리라.

펠릭스는 앨버트에게 기대하겠다고 짧게 답하고는 그 옆을 빠져나갔다.

앨버트는 대신들에게 인사를 나누고 향후 계획을 이야기하는 펠릭스를 어두운 눈으로 노려봤다. 그러나 이제 펠릭스는 앨버트를 돌아보지 않았다.

앨버트는 난폭하게 걷고 싶은 마음을 억누르면서 그 자리를 떠나 복도 모퉁이를 두 번 돌더니 거기서 참지 못하고 달리기 시작했다.

"패트릭! 패트릭!"

복도 막다른 곳에서 발을 멈춘 앨버트가 종자의 이름을 외치자, 앨버트와 비슷한 또래의 소년이 느긋하게 걸어서 앨버트에게 찾아왔다.

"네, 앨버트 님. 부르셨나요~."

종자 패트릭은 연갈색의 폭신폭신한 머리를 가진 부드러운 소년이다. 머리색만이 아니라 웃음도 말투도 왠지 폭신폭신하다.

그 긴장감 없는 모습이 마음에 들지 않은 앨버트는 발을 동동 굴렀다.

"패트릭! 너는 어째서 그렇게 느긋한 거냐! 주인이 달리면 종자도 달려야 하잖아!"

"그야, 복도를 달리는 건 좋지 않으니까요~."

맞는 말이다. 그러나 앨버트는 퉁명스러운 어린아이의 얼굴로 입술을 비죽였다.

"패트릭. 형님의 그 태도를 봤지?"

"평소대로였죠~."

"나 같은 건 아무래도 좋다고 얼굴에 쓰여 있었어!"

"즉, 평소대로였죠~."

"이쪽은 형님 때문에 미네르바를 그만둬야 했는데! 형님과 달리 내게는 마술의 재능이 있다고! 미네르바에 있었으면 좀 더 우수한 성적을 낼 수 있었어! 그런데……!"

앨버트는 짜증을 내며 머리를 쥐어뜯었다. 그 엉망으로 흐트러진 금발을 패트릭이 슬쩍 고쳐 줬다.

앨버트는 패트릭이 머리를 고치는 걸 지켜보면서 명했다.

"패트릭, 펠릭스 형님의 학원 생활을 철저하게 조사해. 잘하는 과목, 서툰 과목, 취미, 특기, 친한 친구, 약혼자 후보, 남들에게는 말 못 할 이것저것, 그 밖의 전부! 뭐든 좋아! 아무튼 철저하게 조사해! 어쩌면 형님의 약점을 찾을지도 몰라!"

앨버트의 명령을 들은 패트릭은 평소와 변함없는 느긋한 말투로 "에엑~." 하고 신음했다.

"그 완벽한 펠릭스 님에게 약점 같은 게 있을까요~."

"그걸 찾아내는 게 네 일이라고, 패트릭!"

"네~. 뭐, 힘내 볼게요~."

느긋하고 나긋한 종자를 향해 거만하게 몸을 젖히고 앨버트는 생각했다.

아아, 정말이지 재미없다. 자기네 사정으로 앨버트를 휘두르는 어른도, 자신 따위는 적수가 아니라고 얕잡아보는 형도.

앨버트는 또래 아이들에 비해 공부가 특기다.

운동 신경이 약간 나빠서 검을 휘둘러도 표적에 맞지 않았고, 말을 타는 걸 무서워하고, 달리기가 느리지만, 그만큼 이론 공부는 남들보다 두 배는 열심히 했다.

그런데 아무도 앨버트를 주목하지 않는다. 어차피 제3왕자니까 있으나 마나라면서.

(실제로 제3왕자인 나 같은 건 있으나 마나야. 다들 아무래도 좋다고 생각하고 있어. 아버님도 어머님도 펠릭스 형님도…… 라이오넬 형님은 다르지만.)

사실 앨버트는 제1왕자 라이오넬을 딱히 싫어하지 않았다. 오히려 꽤 좋아하는 편이다.

같이 있으면 조금 숨막히는 사람이기는 하지만, 앨버트를 귀여워하고 말을 못 타는 앨버트를 바보 취급하지 않고 함께 말에 오른다.

주변은 다들 라이오넬을 투박한 왕자라고 말하지만, 앨버트는 언뜻 다정해 보이는 펠릭스보다도 라이오넬이 훨씬 다정하다고 생각한다.

(어른들은 펠릭스 형님이야말로 차기 국왕에 어울린다고 말하지만, 저렇게 무슨 생각을 하는지도 모르는 사람의 어디가 좋은 거야? 게다가 아버님이 병에 걸리셔도 안색 하나 안 바꾸는데…….)

폐하의 몸 상태가 좋지 않다고 말했을 때 펠릭스는 슬픈 표정을 지었지만, 그 눈은 조금도 슬퍼하지 않았다.

(그야 확실히 왕족이 감정적으로 나서는 건 좋지 않을지도 모르지만, 그걸 감안해도 너무 차갑잖아. 라이오넬 형님은 동요해서 밥을 제대로 넘기지도 못했다고.)

둘째 형은 왠지 꺼림칙하다. 아름다운 얼굴 속에 뭔가를 숨긴 듯한 느낌이었다.

(그렇다면 내가 펠릭스 형님의 본성을 까발리겠어…….
연휴가 끝나면 이제 같은 학원에 다니니까. 이건 펠릭스 형
님의 약점을 쥘 기회야!)

* * *

동지 연휴가 시작된 지 일주일. 힐다 에버렛은 앞으로 어
떻게 해야 할지 갈피를 잡지 못했다.

힐다는 올해 40세로 독신이지만, 왕립 마법 연구소의 연
구원이라 그럭저럭 수입이 있어서 왕도의 작고 깔끔한 집
에서 살고 있다.

힐다는 집안일이 미친듯이 서툴다. 그래서 집안일을 베테
랑 하우스 메이드인 마틸다에게 맡기는데, 마틸다는 동지
와 신년 연휴를 합쳐 2주 정도 휴가를 떠난다.

눈치 빠른 마틸다는 집안일을 전혀 못하는 힐다를 위해
오래 두고 먹을 수 있는 요리를 대량으로 만들어서 테이블
에 올려놓고 갔다. 만약 힐다의 양녀가 귀성한다면 같이 먹
을 수 있도록.

그러던 어느 날, 힐다는 문득 수프를 만들고 싶어서 도전
했다가 이미 완성된 요리를 모두 엉망으로 만들어 버렸다.

"이상하네. 수프를 만들려고 했을 뿐인데 어째서 이렇게
됐을까?"

적당히 식재료를 넣고 불을 최대 화력으로 올린 채 한 번

도 휘젓지 않고 끓인 수프가 흘러넘쳐 바닥에 눌어붙는 대참사가 일어났다.

황급히 냄비를 정리하려던 힐다는 냄비 손잡이가 뜨겁다는 걸 모르고 호쾌하게 뒤엎었다.

힐다는 유능한 연구원이고 온갖 실험 기구를 다룰 수 있는 재녀지만, 슬프게도 자기 집의 냄비 사양조차 파악하지 못했다.

이미 이것만으로도 하우스 메이드가 맥없이 털썩 주저앉을 상황이지만, 비극은 여기서 끝이 아니었다.

힐다는 바닥에 엎어진 수프를 치우려고 물 마술로 더러운 부분을 씻어내려 했다. 그러나 바닥에 달라붙은 때가 좀처럼 지워지지 않았다.

울컥한 힐다는 영창을 계속해서 물줄기를 키웠고…….

"아…….”

그 결과, 공격 마술급으로 기세가 늘어난 물줄기가 테이블의 네 다리 중 하나를 부쉈다.

당연히 테이블은 기울었고 테이블 위에 만들어 놓은 요리는 물에 젖은 바닥을 향해 눈사태처럼 떨어졌다.

이렇게 대참사가 벌어진 바닥을 두고, 힐다 에버렛은 앞으로 어떻게 해야 할지 갈피를 잡지 못했다.

본인은 수프를 만들려다가 이렇게 됐다고 하지만 이 사태의 원인은 그것뿐이 아님은 누가 봐도 명백했다.

힐다가 반쯤 현실 도피를 위해 마술식 개선안을 생각하는

데, 누가 부엌문을 조심스럽게 노크했다.

혹시나 하는 기대감에 가슴을 부풀린 힐다가 물이 들어간 부츠를 신은 채 찰박거리는 소리를 내며 부엌문을 열었다.

"다, 다녀왔⋯⋯어요."

아무리 시간이 지나도 어색하게 다녀왔다고 말하는 건, 연갈색 머리의 조그만 소녀, 힐다의 양녀 모니카 에버렛이 었다.

"어머나!"

힐다는 저도 모르게 소리치면서 모니카의 가녀린 몸을 끌어안았다.

"어서 오렴, 모니카. 셸그리아 카드를 줬길래 올해는 분명 돌아오겠지 싶었어. 그런데 왜 굳이 부엌문으로⋯⋯?"

"저기, 앞쪽 문의 도어 노커를 울렸는데, 대답이 없어서⋯⋯요."

몇 년 전까지 이 집에 살던 모니카는 당연히 집 열쇠도 가지고 있다.

열쇠를 써서 자유롭게 들어오면 될 텐데 이렇게 배려하는 모습은 지금도 옛날도 그대로였다.

"이런 추운 곳에 서서 이야기하기도 그러니까 안으로 들어오렴. 단, 현관으로⋯⋯."

"네?"

"귀여운 딸이 왔잖니. 제대로 현관에서 맞이하고 싶단다."

그렇게 말한 힐다는 대참사가 벌어진 부엌을 자기 몸으로

왕립 마법 연구소 연구원
힐다 에버렛

가려서 숨겼다.

　현관을 통해 집으로 들어온 모니카는 오랜만에 돌아온 집을 돌아봤다.

　힐다의 집은 여자 혼자서 살기에는 충분하고도 남을 만큼 넓지만, 책이나 실험 기구 따위의 물건이 너무 많아서 혼잡했다.

　그런데도 집이 먼지와 거미집 투성이가 되지 않은 점에서 하우스 메이드가 얼마나 노력했는지 느껴졌다.

　(그립, 네…….)

　힐다가 권해서 소파에 앉은 모니카는 가방에서 포장된 선물을 두 개 꺼내서 테이블에 놓았다.

　"힐다 씨, 이거, 선물이에요. 저기, 하나는 하우스 메이드 마틸다 씨에게……."

　"어머, 라벤더 비누네?"

　"네. 치, 친구와 선배하고 함께, 윈터 마켓에서, 쇼핑, 했어요……."

　친구와 선배라는 말이 모니카의 입에서 나오자 힐다는 조금 놀란 표정을 지었지만, 곧이어 다정하게 웃었다.

　"좋은 향이 나는 비누네……. 라벤더는 곰팡이에 효과적이니까 바로 서고에 놔둘게."

　비누를 욕실에 두려고 생각하지 않는 것이 정말이지 힐다

다웠다.

　그래도 하우스 메이드 마틸다가 본다면 슬쩍 비누를 옮겨 놓을 것이다.

　"그래서 모니카는 언제까지 있을 수 있니? 칠현인은 신년 식전에 참가해야 하잖아?"

　"네. 그래서 신년 식전 전날까지는, 성에 가려고……."

　"그럼 그때까지는 머물 수 있다는 거네. 느긋하게 있다가 가렴. 여기는 너의 집이니까…… 앗."

　모성이 느껴지는 부드러운 미소를 짓던 힐다는 문득 뭔가를 떠올렸다는 듯한 목소리로 신음하고 부엌으로 시선을 돌리고 힐끔거렸다.

　"저기, 식사는…… 저기…… 미안해. 한동안 빵과 피클로…… 지, 진저 케이크도 선반에 옮겨 놨으니까 무사해!"

　모니카는 대략적인 사정을 짐작했다. 이 양어머니의 처참한 집안일 솜씨는 뿌리가 깊으니까.

　"저기, 저는…… 차를, 타 올게요."

　힐다를 배려한 모니카가 일어나자, 힐다는 얼굴이 새파래지더니 그녀를 불러 세웠다.

　"잠깐만! 부엌은 지금, 저기…… 아아, 그게에…… 차라면 내가 타올 테니까……!"

　힐다의 제지가 무색하게 복도로 이어지는 금단의 문을 열어 버린 모니카는 그 참상을 보고 역시 변하지 않았다며 쓴웃음을 지었다.

모니카를 거둔 때부터, 힐다는 대체로 매년 비슷한 일을 저질렀기 때문이다.

결국 이날 모니카는 해가 저물 때까지 힐다와 함께 부엌 청소를 했다.

힐다는 매우 거북하다는 표정을 지었지만, 모니카가 보기에 이번에는 바닥이 더러워진 정도로 그쳤으니 그나마 나은 편이다.

심할 때는 작은 화재가 일어나서 천장이 타거나, 선반이 산산조각으로 부서지기도 한다. 힐다의 가사 능력은 그 정도로 무시무시했다.

청소가 끝나자, 힐다는 슬라이스한 빵과 벌꿀에 절인 견과류, 피클과 진저 케이크를 늘어놓았다. 아무래도 집에 있는 모든 보존식을 끄집어낸 모양이었다.

"네로, 네로, 일어나. 밥이야."

모니카가 짐 아래쪽에서 몸을 말고 있던 네로에게 말을 걸었지만 대답이 없었다.

네로는 온난한 레인부르그를 떠날 무렵에는 아직 일어나 있었지만, 왕도에 들어왔을 때부터 추위를 못 견디겠는지, 완전히 겨울잠을 자는 듯한 상태가 되어 하루 대부분을 자면서 보냈다.

이렇게 오래 자도 괜찮은 건지 걱정됐지만, 명색이 용이니까 이 정도로 쇠약해지지는 않으리라.

모니카는 네로를 난로 근처에서 재우고 힐다 맞은편 자리에 앉았다.

"미안해. 모처럼 네가 돌아왔는데…… 이런 간소한 식사여서."

"아뇨, 저기, 충분할 정도여서요……."

모니카는 원래 식사에는 그다지 집착하지 않는다. 오히려 자신이야말로 먹을 걸 선물로 가져왔어야 했다고 속으로 반성했다.

"저기…… 힐다 씨……."

"뭔데?"

힐다는 이미 입을 크게 벌려서 빵을 가득 물고 있었다. 모니카는 힐다가 빵을 삼키는 걸 기다렸다가 입을 열었다.

"아버지 주변에, 주술 연구를 하던 사람이, 있었나요?"

힐다의 표정이 굳더니 눈썹이 경련하듯이 꿈틀거리며 떨렸다.

(역시, 힐다 씨는 짐작 가는 사람이 있구나.)

레인부르그 공작 저택에서 일하던 종자, 피터 샘즈. 본명 배리 오츠.

주룡 소동을 일으킨 주술사이자 아버지의 죽음에 관해 뭔가 알고 있던 남자.

세상은 숫자로 이루어져 있다——.

피터가 동요한 것은, 모니카가 아버지의 입버릇이던 말을 입에 담았을 때였다.

(그 주술사는, 아버지를 알고 있었어.)

힐다는 모니카 아버지의 조수로, 아버지의 연구실에 가장 많이 드나들던 사람이다.

그래서 힐다라면 그 주술사에 관해 뭔가 알지 않을까 싶었던 모니카의 추측이 맞았던 모양이다.

"모니카. 왜 갑자기 그런 걸⋯⋯?"

힐다는 입가에 묻은 빵 부스러기를 닦고는 탐색하는 눈빛으로 모니카를 바라봤다.

모니카는 그 눈을 똑바로 바라보고는 등을 쭉 뻗고 힐다에게 대답했다.

"자세한 건 말할 수 없지만 아버지를 아는 주술사하고 만났어요. 그 사람은 제 얼굴을 보고 아버지 이름을 불렀어요⋯⋯. 그리고, 그 사람이, 아버지의 죽음과 관련 있다는 걸 암시하는 발언도⋯⋯."

"모니카, 그 주술사에게 관여하는 건 그만두렴."

힐다는 시선을 내리면서 낮게 중얼거렸다.

책상 위에 모은 힐다의 손등에는 푸른 핏줄이 떠올라 있었다. 그 손이 미약하게 떨렸다. 아마, 강하게 분노했기 때문이리라.

"그 녀석에게는 권력자가 붙어 있어. 섣불리 건드렸다가는 아무리 너라도 위험해."

칠현인인 모니카는 백작위에 해당하는 마법백이라는 지위

를 갖고 있다.

그런 모니카에게도 위험한 상대라면 왕족이거나 그에 버금가는 지위를 가진 자일까?

모니카는 약간의 반응도 놓치지 않기 위해 양어머니의 얼굴을 빤히 바라보면서 물었다.

"아버지가 처형당한 건, 그 주술사 때문, 인가요?"

힐다의 입가에서 으득거리며 이를 가는 소리가 들렸다.

언제나 온화하게 웃는 양어머니가 지금은 치솟는 격정을 참으려고 처절한 표정을 짓고 있었다.

"옛날에 레인 박사님에게 공동 연구를 제안한 주술사가 있었어. 그 사람은 생물을 조종하는 방법이니 뭐니 하는 금술로 취급되기 직전의 연구를 하고 있었지. 레인 박사님은 인체와 마력의 관계성을 연구하고 있었으니 비교적 테마가 비슷했어."

레인 박사가 그 제안을 단호하게 거절한 뒤 일주일이 지나고 사건이 일어났다.

누가 베네딕트 레인이 1급 금술인 죽은 자를 소생시키는 연구를 한다면서 관리에게 신고한 것이다.

죽은 자 소생은 흑염과 기후 조작에 비견되는 이 나라 최대의 금기다. 그 술법을 사용하는 건 물론이고 연구하기만 해도 극형에 처해진다.

"물론 레인 박사님은 죽은 자를 소생시키는 연구 같은 건 하지 않았어. 박사님은 언제나 생명에 경의를 표하던 분이야. 그런 사람이 죽은 자 소생이라는 생명에 대한 모독을 저지를 리가 없어."

그러나 관리가 현장을 검사한 결과, 레인 박사의 연구실에서는 죽은 자 소생 술법에 관한 자료나 금서가 다수 발견되었다고 한다.

그렇게 모니카의 아버지, 베네딕트 레인은 죄인으로 몰려 처형당하게 되었다.

"압수된 자료 같은 건, 그 남자가 레인 박사님의 연구소에 넣어 놓은 게 분명해. 하지만 관리의 태도는 변하지 않았어. 사태는 부자연스러울 만큼 그 남자에게 유리하게 움직였지."

그 점에 위화감이 든 힐다는 독자적으로 그 주술사를 조사했고…… 마침내 피터의 배후에 거물 귀족이 있음을 알았다.

그리고 힐다가 그자에게 도달했을 때는 이미, 베네딕트 레인의 처형이 집행되고 말았다.

재판도 없이 너무나도 빠르고 부자연스럽게 처형이 집행된 것은 그 거물 귀족의 압박 때문이었다.

모니카는 무릎 위로 주먹을 움켜쥐었다. 온몸의 핏기가 가셨는데도 신기하게 꺼림칙한 땀이 멈추지 않았다. 움켜쥔 손바닥에 미약하게 땀이 배어 나왔다.

"그 거물 귀족이라는 건, 누구, 인가요……?"

모니카가 묻자, 힐다는 천천히 고개를 가로저었다.

"지금 너는 칠현인이야. 그 귀족과 관여하게 될 수도 있어……. 그러니까 알려 줄 수 없어."

모니카가 그 거물 귀족에게 접근했다가 베네딕트 레인의 딸이라는 게 알려지면 처지가 위태로워진다.

힐다는 모니카의 신변이 걱정되어서 입을 다물고 있는 것이다.

그렇기에 모니카는 이 이상 힐다에게 정보를 캐물을 수가 없었다.

모니카가 에버렛가(家)에서 쓰던 방에는 침대나 책상 등이 그대로 남아 있었고 청소도 잘되어 있었다.

모니카는 품에 안은 네로를 침대로 옮겼다. 네로는 에버렛가에 도착한 뒤로 한 번도 일어날 기색이 없었다. 이대로 봄이 올 때까지 일어나지 않을지도 모른다.

모니카는 말 상대가 없어서 쓸쓸하다고 느끼는 자신에게 놀랐다.

산속 오두막에서 혼자 살 무렵에는 쓸쓸하다는 생각을 해 본 적이 없는데, 어느새 네로가 있는 생활에 완전히 익숙해진 모양이다.

"많이 따스해지면 일어나려나?"

모니카는 모포를 당겨서 네로에게 덮어 주고 모포 위로 네로의 몸을 쓰다듬었지만 역시 일어날 기색은 없었다.

모니카는 한동안 네로를 쓰다듬었지만 이윽고 조용히 일어나서 종이와 펜을 들고 책상 앞에 앉았다.

자기 전에 마음속에 있는 의문을 종이에 적어서 정리하고 싶었다.

【의문점】

· 아버지를 각하에게 팔아넘겼다는 피터의 발언. → 각하란 누구인가?

· 피터의 배후에는 권력자가 붙어 있었다. → 그 권력자 = 각하?

· 각하가 피터에게 힘을 빌려준 이유. → 각하는 주술이 필요했다?

· 피터는 착란에 빠져 '아서의 전철을 밟을 것 같으냐.'라는 말을 했다. → 아서란 누구인가?

· 전하는 주룡이 주술에 걸렸음을 알고 있었다. → 알면서도 침묵한 이유는? 전하는 피터가 범인인 걸 알고 있었을까?

여기까지 적은 모니카는 숨을 내쉬었다.

역시 제일 신경 쓰이는 사람은 피터의 배후에 있다는 거물 귀족이다. 아마 피터가 말한 각하라는 인물이 그 사람일 것이다.

피터는 레인부르그 공작 저택에서 일하던 사람이니까, 그 자가 각하라고 부르는 사람이라면 레인부르그 공작이라고 생각하는 게 일반적이다.

그러나 레인부르그 공작은 단적으로 말해서 존재감이 흐릿한 인물이다. 파르포리아 왕국과의 외교 석상에서도 거의 발언하지 않고 조심스럽게 펠릭스를 띄우고 있었다.

(뭐, 사람은 겉모습만으로 판단할 수 없다고 하지만…….)

그래도 모니카는 '각하 = 레인부르그 공작'이라는 구도에 왠지 위화감이 들었다.

현재 모니카는 바르톨로메우스에게 피터가 레인부르그 공작 저택에 오게 된 경위를 조사해 달라고 한 상태이다.

피터가 남긴 주술구는 '심연의 주술사' 레이 올브라이트에게 넘겼다.

모니카는 레이에게 자신의 아버지 이름이 나왔다는 걸 숨기고 피터의 최후에 관해 이야기했다.

(그 주술구에서 뭔가 단서를 얻으면 좋겠는데…….)

거기까지 생각한 모니카는 천천히 숨을 내쉬면서 무영창 마술로 메모장을 재로 만들어 쓰레기통에 버렸다.

(힐다 씨. 배려를 헛되이 해서 미안해요. 그래도 저는 진실을 알고 싶어요. 설령 칠현인의 지위를 잃더라도…….)

모니카는 네로 옆에 누워서 머리맡에 놔둔 짐에서 책 한 권을 꺼냈다. 그건 포터 고서점에서 금화 두 닢으로 산 아버지의 책이다.

세상은 숫자로 이루어졌다──. 모니카는 이 한마디로 시작되는 책을 몇 번이나 읽었다.

생물학이나 의학 지식이 적은 모니카는 내용을 이해하느라 고생했다. 하지만 전문 용어를 조사하면서 조금씩 읽다 보니 이 책에 적힌 내용이 얼마나 뛰어난 것인지 잘 알 수 있었다.

아버지가 한 연구는 인간의 성질 중에서 부모에게 유전되는 것에 관한 분석으로, 이 책에서는 특히 마력은 유전적 성질이 강하게 드러남을 언급했다. 나아가서는 인간의 마력을 분석하는 것으로 개인의 감정이나 혈연을 특정하는 것도 가능하다고 한다.

만약 아버지가 살아있었다면 분명 리디르 왕국의 의학은 좀 더 발전했을 것이다. 특히 유전병 연구는 비약적으로 진보했으리라.

몇 번이나 읽은 책의 페이지를 넘기던 모니카는 문득 고서점 점주인 포터가 한 말을 떠올렸다.

(그러고 보니, 포터 씨는, 아버지의 친구였던가.)

더스틴 귄터라는 이름으로 소설을 쓰는 고서점 점주. 그리고 모니카의 아버지가 쓴 책에 금화 두 닢의 가치를 매긴 남자.

아버지의 책에 금화 두 닢의 가치를 매겼다는 건, 아버지의 연구 성과를 인정했거나 아버지와 사이가 좋았던 게 아닐까. 모니카는 그렇게 생각하고 있었다.

(포터 씨도, 아버지의 연구실에 오거나 했을까…….)

모니카는 유년기에 아버지의 연구소에 들어간 적이 있지만 거기에 드나들던 사람이 누구인지 잘 기억나지 않았다.

애초에 모니카는 독서하는 데 열중해서 얼굴과 이름을 확실하게 기억하는 건 언제나 과자를 가져다 주었던 힐다 정도였다.

원래 모니카는 사람의 얼굴을 기억하는 게 서툰 아이였다.

사람의 얼굴이나 몸을 숫자로 기억하는 버릇이 생긴 건 삼촌에게 폭력을 당해 숫자의 세계로 도피한 것이 계기다.

멍하니 유년기를 회상하면서 페이지를 넘기던 모니카는 문득 깨달았다.

마지막 페이지 뒤에 있는 백지가, 안쪽 페이지에 달라붙어 있었던 것이다.

"……?"

붙은 페이지를 살며시 열어보자, 그 사이에 종이 한 장이 껴 있었다.

그건 원고지로 보이는 종이 조각이었다. 책이 찢어지지 않게 조심하면서 종이를 떼어 낸 모니카는 그 조각으로 시선을 돌렸다. 거기에는 이렇게 적혀 있었다.

『검은 성배의 진실을 깨달았다면 다시 가게로 찾아와라.』

모니카는 램프로 종이 조각을 비추면서 관찰했다.

종이도 글자도 별로 변색되지 않았다. 아마 몇 달 이내에 적은 것이리라.

글자는 대충 휘갈겨 쓴 것처럼 흐트러졌다. 분명 원고지 구석에 서둘러 이 글을 적어 풀을 살짝 발라 책 마지막 페이지에 끼운 것이다.

원고지라고 하면…… 고서점을 찾았을 때 포터는 소설 집필 중이었다.

카운터 위에는 원고지만이 아니라 문방구도 많이 흩어져 있었으니까 서점이라면 풀 정도는 갖췄을 것이다.

"이건, 포터 씨가……?"

글에 나온 가게란 아마 포터 고서점을 가리키는 것이리라.

그건 그렇고 검은 성배라니?

모니카는 기억을 더듬었지만 도저히 떠오르지 않았다. 아버지의 책에도 검은 성배라는 단어는 없었을 터다.

(어떤 은어인가? 아니면 암호?)

모니카는 침대에 누워 검은 성배의 의미가 무엇인지 끙끙거리며 고민했다.

그러나 딱히 아무것도 떠올리지 못한 채, 수마에 져서 잠들고 말았다.

그날 밤, 모니카는 아버지의 꿈을 꾸었다.

꿈속에서 모니카는 정신없이 수학서를 읽었고, 아버지는 의자에 앉아 커피를 마시며 평온하게 모니카를 바라봤다.

아버지 옆에는 손님이 한 명 앉아 있었다. 얼굴도 복장도 흐릿했지만 남자라는 건 얼추 알 수 있었다.

손님은 커피를 한 모금 마시고는 숨을 내쉬었다.

『흐으응. 확실히 쓴맛이 강하지만 잡내가 없네. 꽤 나쁘지 않은 맛이야. 무엇보다 잠기운을 깰 수 있어서 좋군. 원고작업 때 마시기에 딱 좋겠어. 예전에 네 커피포트를 봤을 때부터 한번 커피를 마셔 보고 싶었지.』

『힐다는 한 모금 마시고 쓴맛이 너무 강해 못 마시겠다고 하던데 말이지. 내 커피를 마시는 별난 이는 자네 정도야.』

『무슨 일에도 모험심을 잊지 않는 주의니까. 모험심을 잊은 생물은 퇴화하는 법이야, 베네딕트.』

왠지 어딘가에서 들어본 적 있는 말을 입에 담은 손님은 커피를 전부 마셨다.

『그나저나 네 딸은 별나군. 뭘 읽나 했더니만 수학서잖아. 내용을 알고 읽는 건가?』

『그래. 분명하게 이해하고 있지. 똑똑한 아이야.』

『내가 가져온 소설에는 흥미가 없나.』

『미안하군. 대신에 내가 읽어 두겠어.』

『너의 딸을 위해 가져왔는데 말이지. 모험 소설이야. 학자님은 흥미가 없는 것 아닌가?』

『자네 소설은 재미있어. 가상의 나라 이야기지만, 세계관에 외국 문화나 풍습을 잘 도입했지. 전작에 등장하는 키 아이템은 내 연구 내용과 비슷한 부분이 있어서 매우 흥미로웠어. 그것도 이국의 전승을 참고했나?』

『아아, 그건가. 그 키 아이템의 모델은, 이 ……라고?』

아버지와 손님이 이야기하고 있는 옆에서, 모니카는 묵묵히 수학서를 읽었다.

그저 그뿐인, 별것 아닌 꿈이다.

그렇다. 그저 그뿐인…….

에필로그 이 소리에 맹세한다

모니카는 양어머니의 집에서 동지 연휴를 느긋하게 보내고 새해 전날 성에 들어왔다. 식전 당일 아침에는 아슬아슬한 시간까지 객실에 틀어박혀 있었다. 펠릭스와 만나는 게 무서웠기 때문이다.

가능하면 신년 식전 날부터 일주일은 틀어박히고 싶었지만, 여러 곳에서 첫날 식전에는 무조건 출석하라는 말을 들었다.

그래서 모니카는 입가를 가리는 베일을 두르고 우울한 발걸음으로 집합 장소로 향했다.

리디르 왕국 왕족은 새해 첫날에 대교회에서 축복을 받고, 거기에서 신년 식전이 열리는 성까지 퍼레이드한다.

그리고 성에 도착한 왕족 앞에서 칠현인이 식전이 열리기 전에 마술 봉납을 진행한다.

신년 마술 봉납을 담당하는 칠현인은 매해 달라지며, 혼자서 하는 해도 있고 몇 명이 같이 하는 해도 있다.

올해 봉납 담당은 '포탄의 마술사', '결계의 마술사', '가시나무의 마녀' 이렇게 세 명이다.

'포탄의 마술사'가 하늘에 커다란 불꽃을 피우고, 그 불이 주변에 튀지 않도록 '결계의 마술사'가 보좌. 마지막에 왕족들이 지나가는 길에 '가시나무의 마녀'가 겨울 장미를 피운다——는 연출이라고 한다.

"끄으으으으으, 겸업농가 칠현인이이이이……!"

모니카가 행사가 시작하기 직전에 왕족을 맞이하는 문에 도착하자, '결계의 마술사' 루이스 밀러가 흉악한 표정으로 이를 갈고 있었다.

길게 땋은 머리가 곤두서는 게 아닌가 싶을 만큼 분노한 모습이다. 단안경 속의 눈은 분노한 나머지 번쩍거리며 빛나고 있다.

지금부터 축복하는 걸로는 안 보이는 흉흉함에 모니카는 저도 모르게 확 움츠러들어 발을 멈췄다.

칠현인이 모인 곳은 문 뒤편—— 이른바 성 쪽이다.

문 너머에는 이미 수많은 시민이 구경하러 몰려왔을 것이다. 문 너머에서 들리는 떠들썩한 사람들의 목소리를 듣자, 가뜩이나 소심한 모니카의 몸은 움츠러들었다.

"저, 저기…… 좋은, 아침입, 니다."

정문 뒤에는 모니카 말고도 다섯 명의 칠현인이 모여 있었다. 모니카가 작은 목소리로 인사한 걸 눈치채고 검은 머리에 턱수염이 난 거한, '포탄의 마술사' 브래드포드 파이어스톤이 싹싹하게 한 손을 들었다.

"여어, 침묵. 오랜만이구나. 그 베일은 패션이냐? 분위기가 있어서 좋구나."

"가, 감사합니다……."

"듣기로는 주룡을 해치웠다던데, 나중에 그 이야기 좀 들려 줘라."

모니카는 식전이 끝나면 객실에 틀어박혀야겠다고 남몰래 결심했다.

뭐니 뭐니 해도 주룡 소동은 네로의 정체, 펠릭스의 의혹, 주술사에 관한 것 등등, 얘기하기 힘든 내용이 많으니까.

모니카가 방에 틀어박히려고 결의를 다지자, '별을 읽는 마녀' 메리 하비가 나긋하게 웃었다.

"주룡 토벌 수고했어, 모니카. 그 재해를 예언한 자로서 감사하다는 말을 하고 싶네. 정말로 고마워."

"어, 아, 그게……."

위축돼 움츠러든 모니카에게 메리가 정중히 감사를 표했다.

그 아름다운 목소리에는, 나라를 염려하는 예언자의 위엄과 자애가 있었다.

"조금만 잘못됐어도 큰 재해가 되었을 사태야. 당신은 수많은 자의 목숨을 구했어."

자신은 칠현인으로서 제대로 도움이 됐던 모양이다.

모니카가 기뻐서 근질근질하고 있는데, 메리가 진심으로 안도했다는 듯이 가슴을 쓸어내렸다.

"아아, 그나저나 다행이야~. 당신까지 오지 않으면 어쩌나 했는데……."

'당신까지'라는 한 마디로 모니카는 지금 상황을 짐작했다.

이 자리에 있는 칠현인은 모니카를 포함해서 여섯 명이다. 즉 한 명이 부족하다.

(설마…….)

모니카가 주변을 돌아보자, 하얀 콧수염의 노인—— 칠현인 중 한 명인 '보옥의 마술사' 에마누엘 다윈이 씁쓸하게 끄덕였다.

"네네. '가시나무의 마녀' 님이 아직 안 보입니다."

에마누엘은 그 이명대로 전신에 짤랑리는 장식품을 매단 남자다.

그는 목걸이에 달린 루비를 신경질적으로 매만지면서 한탄하듯 투덜댔다.

"이대로 가면 칠현인의 체면 문제가 됩니다. 정말이지, 이런 중요한 날에 '가시나무의 마녀' 님은 뭘 하시는지……."

"뭘 하냐니, 그야 정원 일에 푹 빠져서 올 시간을 잊어버린 거겠지. 가시나무가 지각할 때는 대체로 그렇잖냐."

에마누엘의 푸념을 들은 브래드포드가 태연하게 말했다.

브래드포드는 자잘한 일은 별로 신경 쓰지 않는 대범한 성격이다. 이런 때에도 어딘가 즐거운 듯 미소를 짓고 있었다.

그런 브래드포드 옆에 지팡이에 매달려 등을 구부리고 있던 '심연의 주술사' 레이 올브라이트가 우울하게 중얼거렸다.

"그 녀석이라면 오늘 아침에, 성 정원에서 봤어……. 사람이 눈에 띄지 않게 몰래 이동하고 있었는데, 그 녀석은 나를 보자마자 무식하게 큰 목소리로 내 이름을 연호했다고…….

최악이야, 정말로 최악이야, 저주받아라……."

불쾌감을 못 감추는 '보옥의 마술사', 어딘가 즐거워하는 '포탄의 마술사', 거의 평소대로인 '심연의 주술사'.

각자의 반응에 모니카가 허둥대는데, 격노하던 '결계의 마술사' 루이스 밀러가 살짝 미소를 지으며 제안했다.

"이렇게 되면 '가시나무의 마녀' 님을 해고하고 오늘부터 육현인인 걸로 하지 않겠습니까?"

"자포자기하지 마, 루이스."

메리가 곤란하다는 표정으로 타일렀지만, 루이스가 화내는 것도 당연했다.

1년 전에도 식전을 잊어버리고 하마터면 내팽개칠 뻔한 칠현인이 있었으니까━. 그 사람은 다름 아닌 모니카였다.

1년 전, 연구에 몰두해서 식전을 잊고 있었던 모니카는 산속 오두막까지 날아온 루이스에게 칭칭 묶여서 성까지 연행됐었다.

작년에는 지각한 모니카의 연행, 올해는 '가시나무의 마녀'의 마술 봉납 구멍 메우기.

2년 연속으로 지각자에게 휘둘리게 된 루이스는 대단히 흉흉한 눈빛을 했다.

"이봐, 결계. 그렇게 성질내지 말라고."

"그렇게 말씀하시지만, 마술 봉납은 어쩔 겁니까? 마지막에 장미를 피우는 연출은 '가시나무의 마녀' 님만이 할 수 있잖습니까?"

"심연이 그럴싸한 걸 할 수 있잖냐? 그거, 뭔가 식물을 조종해서…….”

브래드포드의 말을 듣자, 레이가 눈을 까뒤집으며 날카로운 목소리로 외쳤다.

"그건 괴성을 내지르며 사람을 덮치는, 저주받은 식물이라고! 주술사에게 신년 마술 봉납을 시키려고 하다니, 바보 아냐?! 바보 아냐?! 애초에 불길한 주술사가 식전에 참가하는 것도 실은 좋게 보지 않는데……. 내가 마술 봉납을 했다가는 다들 돌을 던질 게 분명해……. 앗, 죽고 싶어졌어…….”

레이는 쪼그려 앉아서 공허한 눈으로 사랑받고 싶다고 중얼거렸다.

브래드포드는 턱수염을 매만지면서 연장자인 에마누엘을 슬쩍 바라봤다.

"보옥, 뭔가 대안 있나?”

"물론 저도 이 식전을 흥겹게 만드는 것에 온 힘을 다하고 싶습니다. 하지만 제가 젊은 분들이 활약할 자리를 빼앗는 것도 마음이 괴로우니…….”

에마누엘이 빠르게 변명을 시작하자, 루이스가 단안경을 누르며 코웃음 쳤다.

"'포탄의 마술사' 님, 노인에게 무리한 부탁을 하는 건 좋지 않습니다. '보옥의 마술사' 님은 사전 준비가 없으면 아무것도 못하니까요.”

에마누엘의 뺨이 실룩거리며 떨렸다.

'보옥의 마술사' 에마누엘 다윈은 물질에 마력을 부여하는 부여 마술이 특기인 일류 마도구 장인이다.

그렇기에 직접 제작한 마도구를 사용하면 마술 봉납에 어울리는 화려한 연출이 가능할지도 모르지만, 준비할 시간이 없으면 할 수 있는 것이 한정된다.

전부 젊은이에게 떠넘기려 하는 에마누엘과 그걸 그의 무능함이라 말하는 루이스의 험악한 논쟁. 그리고 우울한 분위기를 흩뿌리며 사랑받고 싶다고 중얼거리는 레이.

신년 식전에 임하는 걸로 보이지 않는 분위기에, 칠현인을 규합하는 역할인 메리가 한숨을 내쉬었다.

"곤란하네. 이제 시간이 없는데……."

최악의 분위기에서 모니카가 조심스럽게 오른손을 들었다.

"저기…… 마, 마술 봉납은, 꽃이 아니라도 괜찮, 은가요?"

모니카의 말을 듣자, 루이스가 단안경 안쪽에서 눈을 크게 떴다.

이럴 때 모니카가 자주적으로 발언하는 일은 좀처럼 없어서 놀란 것이리라.

"마술 봉납에는 계절감이 드러나면 제일 좋습니다만, 보기 좋다면 뭐든 딱히 상관없겠죠. 동기님, 무언가 짐작 가는 거라도……?"

"보기 좋은 것……. 저기, 다시 말해, 멋진 거면, 괜찮, 죠?"

마술로 재현할 수 있는 멋진 것이라면 모니카에게 짐작 가는 게 있었다. 무엇보다 계절감도 있다.

말할까, 역시 그만둘까. 그렇게 고민한 건 한순간이었다.

모니카는 오른손으로 움켜쥔 지팡이 장식을 한 번 올리고는 입을 열었다.

"저, 저한테, 생각이, 있어요……!"

* * *

천천히 시내를 나아가는 퍼레이드 마차 위에서, 제2왕자 펠릭스 아크 리디르는 주홍색 정장을 입고 국민에게 손을 흔들고 있었다.

아름답고 단정한 용모의 펠릭스가 미소를 지으며 손을 흔드는 것만으로도 여기저기서 비명이 들린다.

이미 주룡 토벌 소문은 왕도에 전해졌으리라. 펠릭스에게 날아오는 뜨거운 시선은 작년 이상으로 많았다.

펠릭스는 백성에게 완벽한 미소를 보이면서도 이 뒤에 진행될 마술 봉납 생각으로 머리가 가득했다.

(올해는 어느 칠현인이 마술 봉납을 담당할까?)

가능하다면 '침묵의 마녀'의 마술 봉납을 보고 싶지만, 그녀는 주룡 토벌에서 왼손에 부상을 입은 몸이다. 마술 봉납에서는 빠진다고 보는 게 타당하다.

그걸 유감스럽게 여기는데 마차가 멈췄다. 성에 도착한 것이다.

국왕을 필두로 왕비와 왕자가 뒤를 따라 정문으로 향했다.

지팡이를 들고 선두에서 걷는 국왕은 화장을 잘해서 안색은 나쁘지 않아 보였다.

그러나 펠릭스는 신전에서 진행되는 식전 순서가 간략화됐다는 걸 눈치챘다. 드문드문 휴식 시간도 끼워 넣었으니, 국왕의 몸 상태가 좋지 않은 건 사실이리라.

국왕이 정문 앞에서 발을 멈췄다. 축복하는 나팔 소리가 드높이 울려 퍼지며 천천히 문이 열렸다.

문 건너편에는 똑같은 후드가 달린 로브를 입은 칠현인이 무릎을 꿇고 땅에 지팡이를 놓는 마술사의 최상위 경례를 하고 있었다.

펠릭스는 모른다──. 그중 한 명, 부재중인 '가시나무의 마녀'가 '별을 읽는 마녀'의 환술로 만든 환상임을.

칠현인 중 한 명, '보옥의 마술사' 에마누엘 다윈이 최상위 경례를 한 채로 축복하는 말을 올렸다.

"신년 경하드립니다, 폐하. 빛의 여신 세렌디네 님께서 눈을 뜨신 이 좋은 날, 새로운 한 해의 시작을 맞아 저희 칠현인 일동, 삼가 기쁨의 말을 바치고자 합니다."

유창하게 말하는 '보옥의 마술사'의 말을 이어받듯이, '포탄의 마술사'와 '결계의 마술사'가 앞으로 나와 영창했다.

'포탄의 마술사'의 낮고 힘찬 영창과 '결계의 마술사'의 노래하는 듯한 우아한 영창이 겹쳤다.

이윽고 영창을 마친 '포탄의 마술사'가 크고 다부진 팔로 지팡이를 들었다.

"리디르 왕국에 영광 있으라!"

울부짖듯이 외친 '포탄의 마술사'의 지팡이 끝에서 한 아름 정도 크기의 화염구가 부풀어 올라 하늘을 향해 올라갔다.

화염구는 높이 올라가서 성 첨탑을 넘어선 위치에서 퍼엉 소리를 내며 터졌다.

연한 물색 하늘 일대에 커다란 화염 꽃이 활짝 피었다. 불꽃 놀이의 기술은 매년 발전되지만, 그것과는 비교도 되지 않는 커다란 화염이다.

하늘 가득 펼쳐진 커다란 화염의 꽃잎은 결코 성이나 도시의 건물을 태우지 않았다. '결계의 마술사'가 방어 결계를 펼쳐서 건물을 보호한 것이다.

하늘을 올려다본 펠릭스는 눈을 반짝였다.

(저건 '포탄의 마술사'의 다중 강화 술식……. 저 위력은 혹시 4중인가? 아니면 5중? 용의 몸통조차 관통한다는 우리나라 최고봉의 위력을 가진 자. 어쩜 이리도 강력한 마술일까. 그걸 완벽하게 막은 '결계의 마술사'의 결계도 훌륭해. 저렇게나 강도가 강한 결계를 광범위하고 복잡한 형태로 펼치다니, 아무나 할 수 있는 게 아니야.)

하늘에 펼쳐진 화염 꽃이 겨울 하늘에 녹아내리듯이 덧없게 사라졌다.

그때, 펠릭스는 가장 조그만 체구의 칠현인이 앞으로 나와 지팡이를 들어 올린 것을 봤다.

(설마……!)

'침묵의 마녀'의 지팡이 장식이 짤랑거리는 소리를 내며 울렸다. 그 지팡이 주변에 물색 빛의 입자가 떠올라 부드러운 나선을 그리며 하늘로 올라갔다.

빛의 입자는 얼음이 되어 조금씩 어떤 형태를 만들었다. 얼음으로 된 가늘고 긴 통이다. 하나하나가 인간의 키 정도 되는 통이 30개 이상이나 하늘에 떠 있었다.

저것은 이 나라 사람이라면 누구나 아는 겨울의 풍물시——오르테리아 차임이다.

얼음 통이 흔들리고, 부딪치면서 청량한 소리를 연주했다.

일반적인 얼음 통끼리 부딪친다면 저렇게 청량한 소리는 나지 않는다. 아마 얼음의 강도나 밀도까지 조절한 것이리라.

아마 복잡한 마술식이 될 게 분명하다. '침묵의 마녀'는 그것을 무영창으로 사용한 것이다.

펠릭스의 심장이 두근거렸다. 겨울 공기로 차갑던 뺨이 안쪽에서 열기를 띠었다.

오르테리아 차임은 정령신에게 목소리를 전하기 위한 것이다. 분명 이 자리에 있는 사람들의 기쁨도, 번영을 바라는 목소리도 전해 주리라.

한 해의 첫날에 이보다 어울리는 마술 봉납은 없다.

(굉장해, 굉장해, 굉장해……!)

'포탄의 마술사'가 만든 힘찬 화염 꽃 이후에 바친, 섬세한 마술로 만든 오르테리아 차임. 그 대비되는 아름다움은 필설로 다 표현할 수 없다.

여기가 남들 앞이 아니었다면 분명 환성을 질렀으리라.

——아, 저 위대한 마녀의 기적을 이 눈으로 볼 수 있다니!

펠릭스는 후드를 뒤집어쓴 '침묵의 마녀'를 눈에 새기면서 마음속으로 맹세했다.

(겨울방학이 지나면 반드시 당신을 찾아내겠어…… 레이디 에버렛.)

* * *

하이온 후작 영식 시릴 애슐리는 여관에서 몸단장을 하면서 머리가 흐트러지지 않았나, 옷깃이 꺾이지 않았나 조마조마하며 거울을 들여다보고 있었다.

소파에 앉아서 책을 읽던 하이온 후작이 그런 시릴에게 조용히 말을 걸었다.

"잠시 앉아 있는 게 어떠냐?"

"네, 넷. 실례하겠습니다."

어색하게 소파에 앉은 시릴은 돌처럼 굳어서 바닥을 노려보았다.

오늘 오후, 시릴은 하이온 후작과 함께 성으로 가서 국왕 폐하에게 신년 인사를 한다.

리디르 왕국의 모든 귀족이 모이는 새해 인사에는 한날에 사람이 몰리지 않게 미리 일정을 정한다. 하이온 후작은 첫날 저녁에 가는 일정이다.

사실은 오전 중에 진행되는 퍼레이드를—— 거기에 참가하는 펠릭스를 보러 가고 싶었지만, 양아버지가 말렸다.

시내 퍼레이드는 매우 혼잡해서 마차에 탄 사람을 육안으로 보려면 그야말로 전날부터 자리를 잡아야 하는 모양이다.

실제로 창문으로 보이는 인파는 어마어마했다. 이 여관은 퍼레이드가 지나는 큰길과 떨어져 있는데도 길에 넘쳐나는 사람이 보였다.

(양아버님의 말씀대로 해서 다행이었어…….)

퍼레이드를 보려고 인파에 짓눌렸다면 저녁 인사를 위한 체력을 모두 써 버렸을 것이다.

그게 아니더라도 긴장해서 위가 오그라들어 오늘 아침조차 제대로 먹지 못했다.

(처음으로 가는 신년 인사……. 절대로 양아버님에게 창피를 주는 일이 있어서는 안 돼.)

시릴은 바닥을 바라보던 고개를 들어서 벽에 걸린 거울로 눈을 돌렸다.

거울에 비친 시릴의 얼굴은 창백했고, 기분 탓인지 몰라도 등이 구부정했다.

(평소에는 후배들에게 등을 펴라고 말했는데, 내가 봐도 한심하군…….)

잠시 방을 환기시키자. 바깥 공기를 마시며 머리를 개운하게 비우고 싶다.

"양아버님, 잠시 창문을 열어도 될까요?"

"그래, 괜찮다."

양아버지의 허락을 받은 시릴은 창문을 열었다. 그러자 그 타이밍에 퍼엉, 하는 커다란 소리가 났다.

놀라서 하늘을 올려다보자── 성 상공에 커다란 화염 꽃이 피었다.

"저건……."

시릴이 눈을 동그랗게 뜨자, 소파에서 책을 읽던 하이온 후작이 "칠현인의 마술 봉납이 시작됐겠지."라고 중얼거렸다.

마술 봉납이 시작됐다는 건, 드디어 경애하는 펠릭스가 성에 도착했다는 뜻이다. 그걸 의식했더니 다시 긴장됐다.

시릴이 남몰래 위를 누르고 있는데, 그 귀에 청량한 종소리 같은 것이 닿았다.

성당 종처럼 장엄한 소리는 아니다. 짤랑거리며 경쾌하게 이어지는 그 소리는, 오르테리아 차임이 울리는 소리다.

(누군가가 오르테리아 차임을 울리는 건가?)

시릴은 눈을 감고 그 아름다운 소리를 들었다.

그러자 떠오르는 건 겨울방학 전 윈터 마켓의 풍경.

오르테리아 차임을 울리며 맹세했던 후배들.

"겁먹지 않고 당당하게 행동해 보이겠어……."

후배들이 그랬듯이, 소리를 내서 선언하자 배에 힘이 조금 들어가는 것 같았다.

등을 쭉 펴며 주먹을 움켜쥔 시릴의 뒤에서 하이온 후작이 조용히 중얼거렸다.

"너라면 할 수 있다. 겁먹지 말고 도전하거라."

양아버지가 있다는 걸 완전히 잊은 시릴은 귀까지 빨개져서 얼어붙었다.

* * *

성문 앞에서 흔들리는, 얼음으로 만든 거대한 오르테리아 차임.

이 화려한 마술을 보여 준 '침묵의 마녀'는 지금 누구보다도 주위의 시선을 모으고 있었다.

주목을 받는 게 거북한 모니카는 평소였다면 위축되며 도망쳤을 것이다.

그래도 도망치지 않고 여기에 서 있을 수 있는 건, 윈터 마켓에서 오르테리아 차임에 맹세했기 때문일지도 모른다.

모니카는 자신의 마술로 만든 얼음 종을 올려다봤다.

윈터 마켓에 있던 오르테리아 차임에서, 남들 앞에서 제대로 행동하도록 노력하겠다고 맹세했다.

그럼 지금 여기서 연주하는 종에 무엇을 맹세할까——. 모니카의 마음은 이미 정해져 있었다.

(아버지의 무고함은…… 내가, 증명해 보이겠어.)

오르테리아 차임이 수많은 사람들의 소원과 맹세를 실은 채 높고 아름답게 겨울 하늘에 울려 퍼졌다.

[시크릿 에피소드]

'침묵의 마녀'가 모르는
몇 가지 일들

A few things the "Silent Witch" doesn't know

앰버드 백작의 차남인 버니 존스는 마술사 양성 기관 미네르바의 학생이었지만, 후계자였던 형이 급사했기 때문에 올해 말에 자퇴해서 본가로 돌아가는 게 정해졌다.

사실 고령의 아버지는 지병이 있었고 장남의 죽음으로 매우 쇠약해져서, 의사에게 살날이 그리 길지 않을 거라고 들었다. 그러면 뒤를 이는 것은 버니가 된다.

어린 시절, 그렇게나 원했던 후계자의 자리가 이런 형태로 굴러들어 올 줄은 생각지도 못했다. 그러니 솔직하게 기뻐할 수 있을 리 없었다.

(그래도 난 되고 말겠어. 역대 최고의 앰버드 백작이······.)

가슴을 펴고 자랑할 수 있는 사람이 아니라면, 버니는 모니카의 앞에 설 수 없으니까.

그렇게 스스로를 타이른 버니는 학생 기숙사를 나왔다.

대부분의 학교는 겨울이 되면 학생 기숙사가 완전 폐쇄된다고 들었다. 하지만 미네르바에는 학생 기숙사에 남는 학생도, 심지어 연구실에 남는 교사도 많다. 마술 연구는 날을 비울 수가 없기도 하기 때문이다.

짐을 정리하고 방을 나선 버니는 신세를 진 교수에게 마지막 인사를 하고자 연구동으로 발을 옮겼다.

연구동 앞에는 곰방대를 문 눈초리가 험악한 노인, '자연의 마술사' 기디온 러더포드 교수가 등이 굽은 고령의 학장과 뭔가 이야기를 나누고 있었다.

버니는 러더포드의 연구실 소속이 아니고, 그렇게까지 신세를 진 것도 아니다. 그래도 학장이 있으니 일단 인사라도 하려고 두 사람에게 다가갔다.

"드디어 2대 악동이 퇴학당했나. 정말이지 바보 같은 녀석이야. 그렇게나 재능이 있는데……."

"러더포드는 악동과 인연이 있으니까요. 쓸쓸하십니까?"

"'그래, 정말 쓸쓸해지겠어——.'라고 말할 줄 알았나, 학장? 공교롭게도 개운하다고. 그 녀석의 빌어먹게 기분 나쁜 성격은 교정이 불가능해. 감당할 수가 없어."

러더포드는 곰방대를 한 모금 빨고는 날카롭게 눈을 뜨면서 학장을 바라봤다.

"그래서 그 악동은 고향으로 돌아가는 건가?"

"부모의 의향에 따라 세렌디아 학원에 편입한다던데요."

학장의 말을 듣고 버니는 깜짝 놀랐다.

그리고 두 사람에게 달려가서 인사하는 것도 예의 차리는 것도 잊고 이야기에 끼어들었다.

"실례합니다. 그 얘기가 사실인가요? 디 선배가…… 모니카를 쫓아다니던 남자가 세렌디아 학원에 편입한다고요?"

학장과 러더포드에게 이야기를 들은 버니는 기숙사로 돌

아가 짐에서 필기도구와 편지지를 꺼내 책상에 펼쳤다.

일찍이 '침묵의 마녀' 모니카 에버렛에게 집착해서 집요하게 마법전을 하자고 조르던 질 나쁜 남자가 있었다. 그 이름은 휴버드 디.

최고로 흉악한 흉견, 마법전장의 악마, 2대 미네르바의 악동—— 각 방면에서 두려워하고 소외당하던 그 남자가, 미네르바에서 퇴학당하고 겨울방학 이후부터는 세렌디아 학원에 편입한다고 한다.

하필이면 모니카가 잠입 임무 중인 세렌디아 학원에!

만약 그 최악의 남자와 모니카가 만난다면 분명 큰일이 벌어질 것이다.

버니, 도와줘어어어……라며 우는 모니카의 모습을 버니는 쉽게 상상할 수 있었다.

그래서 마음씨 착한 그는 손이 많이 가는 라이벌에게 인정을 베풀기로 했다.

(그 사람은 계~속 나에게 감사하면 된다고.)

가슴속으로 중얼거린 버니는 '나의 영원한 라이벌 님에게' 라는 문장으로 시작되는 편지를 쓰기 시작했다.

* * *

귀성한 셰일베리 후작 영애 브리짓 그레이엄이 저택에 도착하자, 두 살 아래인 여동생, 세라피나가 활짝 웃으며 마중 나왔다.

"어서 오세요, 브리짓 언니!"

세라피나는 브리짓과 같은 금색 곱슬머리에 눈이 커다란 사랑스러운 소녀다. 큼지막한 레이스가 달린 장밋빛 드레스도 잘 어울렸다.

브리짓은 그런 여동생에게 "다녀왔어요."라고 쌀쌀맞게 대답하고는 자기 방으로 향했다.

브리짓은 걸어가면서 생각했다.

(그 탐정에게 모니카 노튼이 케르백 백작령에서 하는 행동도 감시하라고 했어. 그 뒤에는 어떻게든 크록포드 공작의 저택을……)

"언니, 언니."

붙임성 있는 강아지처럼 뒤를 따라온 세라피나가 순진하게 말을 걸었다.

생각이 가로막힌 브리짓은 발을 멈추고 여동생을 돌아봤다.

"뭔가요?"

"펠릭스 전하와는 언제나 함께 다과회를 여시나요? 학원제가 끝나고 열린 무도회에서 댄스는 추셨나요?"

"…………."

세라피나는 집을 떠나는 걸 불안해해서 영지 안에 있는 여학원에 다니지만, 세렌디아 학원을 동경하는 모양이었다.

브리짓이 귀성할 때마다 여동생은 세렌디아 학원에서 있었던 일을 물어본다.

"언니와 펠릭스 전하의 댄스, 분명 근사했겠네요……. 펠릭스 전하는 어린 시절에는 미덥지 못해서 언니의 상대로는 안 어울린다고 생각했는데, 지금은 그렇게 근사해지셔서……."

"세라피나."

브리짓은 여동생의 말을 짧게 끊었다.

결코 큰 소리는 아니었지만, 거부를 용납하지 않는 강한 말투여서 세라피나는 꾹 입을 닫았다.

브리짓은 호박색 눈으로 여동생을 차갑게 바라봤다.

"전하께 불경해요."

"죄, 죄송해요. 언니……."

이 순진한 여동생에게 악의가 없다는 건 안다.

그렇기에…… 화가 나는 거다.

브리짓은 세라피나에게 등을 돌리고 빠르게 자기 방으로 돌아와 손을 뒤로 돌려 문을 닫고 자물쇠를 걸었다.

그리고 미끄러지듯 그 자리에 쪼그려 앉아 무릎을 안고 얼굴을 묻었다.

"전하……."

중얼거리는 목소리는, 당장에라도 울음을 터뜨릴 것처럼 가늘게 떨렸다.

그러나 브리짓은 곧바로 일어나서 아무 일도 없었던 것처럼 묵묵히 짐 정리를 시작했다.

지금까지의 등장인물

Characters of the Silent Witch

Characters

모니카
에버렛

칠현인 중 한 명인 '침묵의 마녀'. 칠현인의 지팡이를 세상에서 제일 비싼 빨래 건조대로 쓰고 있었다. 로브는 옷장 안에 말아서 쑤셔 넣은 걸 린이 발견해서 다림질했다.

루이스
밀러

칠현인 중 한 명인 '결계의 마술사'. 결계술이나 비행 마술 등등 할 수 있는 게 많아서 일을 많이 떠맡는다. 새해에 일주일 동안 칠현인이 성에 머물러야 하는 관습은 쓰레기 같다고 생각하는 애처가.

네로

모니카의 사역마. 그 정체는 일찍이 케르벡 백작령 워건 산맥을 떠들썩하게 했던 흑룡. 사람이나 고양이 모습을 해도 알코올이나 독에는 내성이 있지만, 커피의 쓴맛에는 깜짝 놀랐다.

린즈벨피드

루이스와 계약한 바람의 상위 정령. 겨울 방학 때는 멀리 있는 요인을 맞이하러 나가는 등 은근히 바쁘다. 겨울의 특별 상여(보너스)를 요구하자 루이스는 떨떠름한 표정을 보였다.

메리
하비

칠현인 중 한 명인 '별을 읽는 마녀'. 본 인은 그다지 특기가 아니라고 하지만, 칠 현인 중에서는 가장 환술이 능숙하다. 이 상적인 미소년의 환 상을 만들고는 "틀렸 어, 이게 아니야."라 고 하면서 울며 쓰러 지는 나날을 보낸다.

브래드포드
파이어스톤

칠현인 중 한 명인 '포탄의 마술사'. 현 칠현인 중에서는 두 번째로 마력량이 많 다. 용의 몸통에 바람 구멍을 뚫을 수 있는 고위력 마술의 사용 자. 호쾌한 성격으로 마법전을 무척 좋아 한다.

레이
올브라이트

칠현인 중 한 명인 '심연의 주술사'. 칠 현인 중에서 유일하 게 마술사가 아닌 주 술사이기에 기본적으 로 마술 봉납은 담당 하지 않는다. 사실은 멋지게 마술 봉납을 해서 추앙받고 싶어 한다.

Characters Secrets of the Silent Witch

펠릭스
아크 리디르

리디르 왕국 제2왕자. 세렌디아 학원 학생회장. '침묵의 마녀'를 만나는 게 정해졌을 때부터 두근거려서 잠들지 못하는 날이 이어져, 윌디아누에게 그런 병에 걸렸냐고 걱정을 끼쳤다.

엘리엇
하워드

더즈비 백작 영식. 학생회 서기. 겨울방학에는 사교계나 친척 모임에서 어엿한 백작 영식으로 행동하고, 아침에는 침대에 달라붙어서 고용인을 곤란하게 만드는 아침에 약한 남자.

시릴
애슐리

하이온 후작 영식(양자). 학생회 부회장. 어머니와의 응어리가 풀린 뒤에는 학생회, 학우, 손이 많이 가는 후배와의 떠들썩한 학원 생활을 잔뜩 이야기했다.

브리짓
그레이엄

셰일베리 후작 영애. 학생회 서기. 탐정을 고용해 모니카의 신변을 조사한다. 독서가로, 이야기보다는 세계 각지의 문화나 풍습을 알려주는 여행기를 좋아한다.

닐
크레이
메이우드

메이우드 남작 영식. 학생회 서무. 겨울방학에는 가축을 돌보거나 눈을 치우거나, 약혼자에게 편지를 쓰는 등 규칙적인 나날을 보내고 있다. 의외로 체력파.

글렌
더들리

'결계의 마술사' 루이스 밀러의 제자. 마력량이 남들보다 많아서 마력 폭주 사건을 일으켜 루이스의 제자가 된 과거가 있다. 마력량만큼은 모니카나 루이스를 웃돈다.

이자벨
노튼

케르벡 백작 영애. 모니카의 겨울방학 알리바이를 만들고자 여러모로 사전 작업 중. 또한, 케르벡에서는 화려한 악역 일가의 주최로 모니카의 대역 선출 오디션이 열렸다.

엘리안느
하이엇

레인부르그 공작 영애. 아버지는 응석을 받아주고, 어머니는 엄하게 키웠다. 조금 어리광쟁이지만 고용인을 소중히 여기기에, 저택의 고용인들이 그녀를 딸이나 손녀처럼 귀여워한다.

Characters <small>Secrets of the Silent Witch</small>

버니
존스

앰버드 백작 영식. 아버지의 후계자가 되기 위해 미네르바를 자퇴하고 훌륭한 백작이 되려고 매진 중. 모니카에게 보낸 편지는 20번 정도 다시 썼다.

바르톨로
메우스
바르

제국 출신의 기술자. 마도구 공방에서 일한 적이 있다. '침묵의 마녀'와 제2왕자가 연인 사이라는 오해는 계속하는 중. "신분 차이에 지지 마라, 꼬맹"라며 따스하게 지켜보고 있다.

기디온
러더포드

마술사 양성 기관 미네르바의 교수. 통칭 '자연의 마술사'. 모니카의 은사이자 루이스의 스승. 왠지 문제아들과 인연이 있다.

힐다
에버렛

왕립 마법 연구소의 연구원이자 모니카의 양어머니. 모니카 아버지의 조수이기도 했다. 우수한 연구자로, 마술식은 정확하게 읽을 수 있는데도 요리 레시피는 곡해하는 재녀.

〔 그 밖의 등장인물 소개 〕

애거서

이자벨 전속 시녀. 이자벨에게는 언니 같은 존재로, 연애 소설 같은 걸 화제 삼아 신나게 하고 있다. 신체 능력이 좋아 이자벨의 호위도 겸하고 있다.

윌디아누

펠릭스와 계약한 물의 상위 정령. 상위 정령 중에서는 비교적 젊다. 주인이 그다지 본심을 말하지 않아서 언제나 마음고생을 한다.

다리우스 나이틀리

크록포드 공작. 펠릭스의 외조부이자 리디르 왕국에서 손꼽히는 권력자.

피터 샘즈

배리 오츠라는 이름으로 올브라이트 가문에 의탁했던 주술사. 인간을 꼭두각시로 만드는 저주를 연구하고 있었다. 모니카의 아버지와 베네딕트를 아는 인물.

베네딕트 레인

모니카의 아버지. 7년 전, 금술 연구죄로 처형당했다. 폭넓은 분야에 정통했던 천재 학자였다.

포터

콜랩튼의 고서점 점주. 더스틴 귄터라는 이름으로 소설을 쓴다. 모니카의 아버지인 베네딕트와 친구였다.

앨버트 프라우 로베리아 리디르

리디르 왕국 제3왕자. 공부는 잘하지만 운동은 서툴러서, 모니카에게 필적하는 작중 굴지의 운동치. 발을 동동 구르다가 접질린 적이 있다.

후기

『사일런트 위치』 5권을 구입해 주셔서 정말 감사합니다.

5권은 학원에서 벗어난 겨울방학편입니다.

그래서 학원 친구들이 등장할 차례가 적은 권이 되고 말았습니다.

이번 권에서 등장이 없었던 인물은 대체로 다들 평온한 겨울방학을 보냈을 겁니다.

평온하지 않은 건 모니카의 주변 사람 정도입니다.

6권에서는 다시 기운찬 학우들의 모습을 보내드릴 수 있을 겁니다.

이 작품을 서적화할 때, 수익 여하에 따라 3권이나 5권에서 접는 패턴도 염두에 두었습니다. (저는 이 경우를 '폭속 사일런트 위치' 라고 부릅니다.)

그러나 대단히 감사하게도 독자 여러분 덕에 속간을 낼 수 있게 되어 번외편 같은 포지션인 4권 애프터도 냈고, 이렇게 5권도 보내드리게 되었습니다. 물론 6권도 나옵니다.

이 자리에서 독자 여러분에게 매우 깊은 감사의 말씀을

드립니다.

 ……그런고로 다음 권은 6권입니다만, 제가 가장 우려하는 점이 있습니다.

 거슬러 올라가자면 1년 이상 전이 되는데, 이 작품의 2권 표지 디자인을 보고 저는 경악했습니다.

 권수 표기가 로마 숫자로 되어 있었기 때문입니다.

 누구나 한 번쯤 로마 숫자로 번호를 매긴 물건에서 Ⅳ(4)와 Ⅵ(6)을 틀리거나, Ⅶ(7)과 Ⅷ(8)을 잘못 봐서 울상이 된 적이 있으리라 생각합니다.

 ……있겠죠? Ⅳ(4)와 Ⅵ(6)은 제일 틀리기 쉬운 거겠죠?

 저는 로마 숫자 익히기를 한참 전에 포기했습니다만, 제 작품이 로마 숫자로 권수를 매겨서 익히지 않을 수가 없었습니다.

 그래서 최근에는 로마 숫자 표기법과 마주하고 있습니다. 현재도 가끔 Ⅸ를 어떻게 쓰는지 잊어버립니다.

 일단 다음 권(6권)은 Ⅴ 오른쪽에 세로줄이 들어갑니다. Ⅴ 오른쪽에 세로줄!

 아무쪼록 서점에서 6권을 구입하실 때는 "Ⅴ 오른쪽에 세로줄!"이란 말을 떠올려 주세요.

 후지미 난나 선생님. 이번 권에서도 아름다운 일러스트를 그려 주셔서 감사합니다.

환상적인 표지가 무척 근사해서, 몇 번이고 바라보며 싱글벙글하고 있습니다.

러프를 받을 때부터 어떤 그림을 봐도 "이거, 굉장한 게 나왔네……."라고 생각하는데, 완성품을 보면 상상 이상의 박력과 아름다움에 감동합니다.

타나 토비 선생님. 언제나 근사한 만화를 그려 주셔서 감사합니다. 어느 컷이든 하나하나 세심하게 그려 주셔서 굉장히 기쁩니다.

콘티를 본 시점에서 "아, 이 표정 근사하네."라고 생각하는데, 실제로 완성된 걸 보면 더욱 근사해서 정말로 작가가 된 보람을 느낍니다.

만화판은 비즈로그 코믹스에서 단행본 2권이 발매 중입니다. 이쪽도 아무쪼록 잘 부탁드립니다.

코믹스 2권 표지는 모니카와 라나가 주역입니다. 모니카가 아직 조금 어색하고 긴장한 표정이라서 굉장히 흐뭇합니다.

언제나 팬레터를 보내 주셔서 감사합니다.

3권에서 할당된 후기 페이지가 한 페이지인데다가 팬레터를 받을 주소를 표기한 곳도 없어서 "작가는 후기를 쓰지 못하고 팬레터도 못 읽을 만큼 심신 모두 지친 게 아닌가?" 하는 걱정 어린 말을 들었습니다. 하지만 그건 제가 페이지

수가 아슬아슬할 정도로 3권 원고를 집필했기 때문입니다.

　작가는 건강하므로 아무쪼록 걱정 마세요. 팬레터를 기다리고 있겠습니다.

　앞으로도 후기나 펜레터를 보낼 주소가 적힌 페이지가 사라졌다면 작가가 일을 저질렀구나……라고 짐작해 주세요.

　담당자님, 늘 죄송합니다. 또 일을 저지를 것 같습니다.

　모니카의 학원 생활도 드디어 후반전입니다.

　6권도 힘내서 쓰겠으므로 구입해 주시면 감사하겠습니다.

　6권은 'Ⅴ 오른쪽에 세로줄!' 입니다. 아무쪼록 잘 부탁드립니다.

이소라 마츠리

사일런트 위치 −침묵의 마녀의 비밀− Ⅴ

2024년 08월 14일 제1판 인쇄
2024년 08월 21일 제1판 발행

지음 이소라 마츠리
일러스트 후지미 난나

번역 이경인

편집 · 제작 노블엔진 편집부

발행 데이즈엔터(주)
등록번호 제 2023−000035호
주소 07551 서울특별시 강서구 양천로 570 NH서울타워 19층
대표전화 02−2013−5665

ISBN 979−11−380−5054−8
ISBN 979−11−380−1204−1 (세트)

구매 시 파손된 도서는 구매처에서 교환하실 수 있습니다.
기타 불편사항, 문의사항이 있으신 독자님께서는 노블엔진 홈페이지
[http://novelengine.com] 에서 Q&A 게시판을 이용해 주시기 바랍니다.